记事珠

冰心 著

记事珠

商务印书馆
The Commercial Press
创于1897

2018年·北京

图书在版编目(CIP)数据

记事珠/冰心著. —北京:商务印书馆,2018
ISBN 978 - 7 - 100 - 15887 - 9

Ⅰ.①记…　Ⅱ.①冰…　Ⅲ.①散文集—中国—现代　Ⅳ.①I266

中国版本图书馆 CIP 数据核字(2018)第 038979 号

记事珠

冰心　著

商 务 印 书 馆 出 版
(北京王府井大街36号　邮政编码100710)
商 务 印 书 馆 发 行
北京新华印刷有限公司印刷
ISBN　978 - 7 - 100 - 15887 - 9

2018 年 4 月第 1 版　　　开本 787×1092 1/32
2018 年 4 月北京第 1 次印刷　　印张 13½　插页 4

定价:52.00 元

冰心（摄于 1923 年）

出版说明

　　《记事珠》根据冰心老人几十年间断断续续写成的自传性文章及序跋、创作谈等整理而成，跨度六十余年，由人民文学出版社于一九八二年出版。本次由商务印书馆出版，除原书个别明显讹误外，对其中的专名、数字、标点等用法，以及语言习惯等基本不做改动。经陈恕先生授权，编目略做调整。谨以此书纪念冰心老人。

目 录

自序 ………………………………………………… *1*

自传 ………………………………………………… *1*

我的故乡 …………………………………………… *5*

我的童年 …………………………………………… *19*

我的童年 …………………………………………… *28*

童年杂忆 …………………………………………… *44*

梦 …………………………………………………… *56*

往事（节选）……………………………………… *60*

　　三、五、六、七、十、十二、十三、十四、十七、十八、十九

最痛快的一件事 …………………………………… *75*

回忆"五四" ……………………………………… *79*

遥寄印度哲人泰戈尔 ⋯⋯⋯⋯⋯⋯⋯⋯⋯⋯⋯ *85*

闲情 ⋯⋯⋯⋯⋯⋯⋯⋯⋯⋯⋯⋯⋯⋯⋯⋯ *87*

好梦——为《晨报》周年纪念作 ⋯⋯⋯⋯⋯ *90*

往事（其二）（节选） ⋯⋯⋯⋯⋯⋯⋯⋯ *94*

　　二、四、五、六、七、八、九

寄小读者（节选） ⋯⋯⋯⋯⋯⋯⋯⋯⋯ *124*

　　一、二、三、四、五、七、九、十、十一、十八、十九、

　　二十、二十一、二十四、二十六、二十九

山中杂记——遥寄小朋友 ⋯⋯⋯⋯⋯⋯⋯ *208*

《冰心全集》自序 ⋯⋯⋯⋯⋯⋯⋯⋯⋯⋯ *228*

丢不掉的珍宝 ⋯⋯⋯⋯⋯⋯⋯⋯⋯⋯⋯⋯ *247*

上海——南下北上的中心 ⋯⋯⋯⋯⋯⋯⋯ *255*

从"五四"到"四五" ⋯⋯⋯⋯⋯⋯⋯⋯⋯ *258*

等待 ⋯⋯⋯⋯⋯⋯⋯⋯⋯⋯⋯⋯⋯⋯⋯⋯ *269*

生命从八十岁开始 ⋯⋯⋯⋯⋯⋯⋯⋯⋯⋯ *274*

文艺丛谈（二） ⋯⋯⋯⋯⋯⋯⋯⋯⋯⋯⋯ *276*

我做小说，何曾悲观呢？ ⋯⋯⋯⋯⋯⋯⋯ *279*

《繁星》自序 ⋯⋯⋯⋯⋯⋯⋯⋯⋯⋯⋯⋯⋯⋯ 283

我是怎样写《繁星》和《春水》的 ⋯⋯⋯⋯⋯⋯ 284

《往事》以诗代序 ⋯⋯⋯⋯⋯⋯⋯⋯⋯⋯⋯⋯ 290

假如我是个作家 ⋯⋯⋯⋯⋯⋯⋯⋯⋯⋯⋯⋯⋯ 295

《寄小读者》四版自序 ⋯⋯⋯⋯⋯⋯⋯⋯⋯⋯⋯ 298

《平绥沿线旅行纪》序 ⋯⋯⋯⋯⋯⋯⋯⋯⋯⋯⋯ 300

《冰心小说散文选集》自序 ⋯⋯⋯⋯⋯⋯⋯⋯⋯ 304

我的热切的希望 ⋯⋯⋯⋯⋯⋯⋯⋯⋯⋯⋯⋯⋯ 306

西郊短简 ⋯⋯⋯⋯⋯⋯⋯⋯⋯⋯⋯⋯⋯⋯⋯⋯ 312

关于散文 ⋯⋯⋯⋯⋯⋯⋯⋯⋯⋯⋯⋯⋯⋯⋯⋯ 318

我是怎样被推进儿童文学作家队伍里去的 ⋯⋯⋯⋯ 321

笔谈儿童文学 ⋯⋯⋯⋯⋯⋯⋯⋯⋯⋯⋯⋯⋯⋯ 328

漫谈关于儿童散文创作 ⋯⋯⋯⋯⋯⋯⋯⋯⋯⋯⋯ 331

儿童文学工作者的任务与儿童文学的特点 ⋯⋯⋯⋯ 335

《拾穗小札》序 ⋯⋯⋯⋯⋯⋯⋯⋯⋯⋯⋯⋯⋯ 341

谈点读书与写作的甘苦 ⋯⋯⋯⋯⋯⋯⋯⋯⋯⋯⋯ 342

写作经验琐谈 ⋯⋯⋯⋯⋯⋯⋯⋯⋯⋯⋯⋯⋯⋯ 384

漫谈《小桔灯》的写作经过 ················· 416

《小桔灯》新版后记 ················· 420

《晚晴集》后记 ················· 422

创作谈 ················· 424

自序

　　人民文学出版社要出一系列作家谈创作的书，也向我索稿。我这几十年来，随着时光的推移、环境的改变，心有所感，兴之所至，断断续续地随意写些短文、小诗、书信和短篇小说，尽是零敲碎打，随写随交了出去，从来没有写过大块文章，也从来没有写作计划，根本谈不上创作道路！而且几十年来东迁西移，即使有些著作、手稿，也遗失殆尽，要追溯追踪这条零碎断续的痕迹、线索，也要花许多时间和精力，今天的我，是办不到的了。

　　在这里，我要感谢卓如同志——我很喜欢佩服这位耐心认真的年轻人——她从不同时代、不同刊物里搜寻出许许多多我零敲碎打的、散落在各个角落的竹头木屑，而且搜集得十分齐全！当她把这本书目拿来给我看的时候，使我感到意外的喜悦。比如说，我在一九四二年也曾写过

《我的童年》这篇短文，我的脑海中就没有一点印迹！

书名为《记事珠》，也是我临时想起的。美其名曰"珠"，并不是说这些短文有什么"珠光宝气"。其实就是说明每一段文字都像一串珠中的一颗，互不相干，只是用"我"这一根细线，把它们穿在一起而已。是为序。

1981 年 4 月 28 清晨

自传

我原名谢婉莹，一九〇〇年十月五日（农历庚子年闰八月十二日）生于福建省的福州（我的原籍是福建长乐）。一九〇一年移居上海。当时父亲是清政府的海军军官，担任副舰长。

一九〇四年，父亲任海军学校校长，我们移居烟台。我的童年是在海边度过的，我特别喜欢大海，所以在我早期的作品中经常有关于海的描写。

一九一一年，辛亥革命爆发前，我父亲辞去海军学校校长的职务，全家便又回到了福州。我在山东时没有进过小学，只在家塾里做一个附读生，回到福州后，进过女子师范学校预科。

中华民国成立，父亲到北京就任海军部军学司司长，一九一三年，我又随家到了北京。

一九一四年我进入教会学校北京贝满女子中学，一九一八年毕业，进了协和女子大学，学的是理预科，因为母亲体弱多病，就一心一意想学医。

一九一九年五四运动爆发了，当时我在协和女子大学学生会当文书，写些宣传的文章。在"五四"革命浪潮的激荡下，我开始写一点东西在北京《晨报》上发表。由于过多的宣传活动，使我的理科实验课受到影响，这时我只好转到文学系学习。这时协和女大已并入燕京大学。

一九二三年我从燕京大学文科毕业，得了文学士学位，并得金钥匙奖，又得到美国威尔斯利（Wellesley College）女子大学的奖学金，到美国学习英国文学。血疾复发，在医院里休养了七个月。

一九二六年夏读完研究院，得了文学硕士学位。回国后曾在燕京大学、清华大学、北京女子文理学院任教。

一九二一年后，文学研究会出版了我的小说集《超人》，诗集《繁星》；一九二六年后，北新书局出版了诗集《春水》和散文集《寄小读者》；一九三二年，北新书局出版《冰心全集》，分集出版的有《往事》、《冬儿姑娘》等。

抗日战争时期，一九三八年我先到了昆明，一九四〇年又到重庆，曾用"男士"的笔名写了《关于女人》，先由天地出版社，后由开明书店出版。

抗战胜利后一九四六年，我到了日本。一九四九年至一九五〇年在东京大学（原帝国大学）教"中国新文学"课程。记得这时也有一些小文章，登在日本的报刊和东京大学校刊上。

一九五一年，我回到祖国后，写了《归来以后》等作品，我的创作生活又揭开了新的一页。人民文学出版社和北京人民出版社、天津百花出版社出版了我的小说、散文集《冰心小说散文选》、《归来以后》、《我们把春天吵醒了》、《樱花赞》、《拾穗小札》、《小桔灯》、《晚晴集》等。

一九五八年又开始写《再寄小读者》。

一九五四年以来，我曾被选为历届全国人民代表大会代表。一九七八年被选为第五届全国政协常务委员。一九七九年第四次文代会上被选为作协理事、中国文联副主席。同年被选为中国民主促进会副主席。

粉碎"四人帮"后，我开始在《儿童时代》发表《三寄小读者》。

除了创作之外，我还先后翻译过泰戈尔的《园丁集》、《吉檀迦利》、《泰戈尔诗集》和他的短篇小说，穆·拉·安纳德的《印度童话集》，叙利亚作家凯罗·纪伯伦的《先知》，尼泊尔国王的《马亨德拉诗抄》，马耳他总统安东·布蒂吉格的《燃灯者》。

　　我的作品曾由外国翻译家译成日、英、德、法等国文字出版。

1980 年 6 月

我的故乡

　　我生于一九〇〇年十月五日（农历庚子年闰八月十二日），七个月后我就离开了故乡——福建福州。但福州在我的心里，永远是我的故乡，因为它是我的父母之乡。我从父母亲口里听到的极其琐碎而又极其亲切动人的故事，都是以福州为背景的。

　　我母亲说：我出生在福州城内的隆普营。这所祖父租来的房子里，住着我们的大家庭，院里有一个池子，那时福州常发大水，水大的时候，池子里的金鱼都游到我们的屋里来。

　　我的祖父谢銮恩（子修）老先生，是个教书匠，在城内的道南祠授徒为业。他是我们谢家第一个读书识字的人。我记得在我十一岁那年（一九一一年），从山东烟台回到福州的时候，在祖父的书架上，看到薄薄的一本套

冰心的祖父谢銮恩（1834—1921）（摄于1915年）

红印的家谱。第一位祖父是昌武公，以下是顺云公、以达公，然后就是我的祖父。上面仿佛还讲我们谢家是从江西迁来的，是晋朝谢安的后裔。但是在一个清静的冬夜，祖父和我独对的时候，他忽然摸着我的头说："你是我们谢家第一个正式上学读书的女孩子，你一定要好好地读呵。"说到这里，他就源源本本地讲起了我们贫寒的家世！原来我的曾祖父以达公，是福建长乐县横岭乡的一个贫农，因为天灾，逃到了福州城里学做裁缝。这和我们现在遍布全球的第一代华人一样，都是为祖国的天灾人祸所迫，飘洋过海，靠着不用资本的三把刀，剪刀（成衣业）、厨刀（饭馆业）、剃刀（理发业）起家的，不过我的曾祖父还没有逃得那么远！

那时做裁缝的是一年三节，即春节、端午节、中秋节，才可以到人家去要账。这一年的春节，曾祖父到人家要钱的时候，因为不认得字，被人家赖了账，他两手空空垂头丧气地回到家里，等米下锅的曾祖母听到这不幸的消息，沉默了一会，就含泪走了出去，半天没有进来。曾祖父出去看时，原来她已在墙角的树上自缢了！他连忙把她解救了下来，两人抱头大哭；这一对年轻的农民，在寒风中跪下对天立誓：将来如蒙天赐一个儿子，拼死拼活，也要让他读书识字，好替父亲记账、要账。但是从那以后我的曾祖母却一连生了四个女儿，第五胎才来了一个男的，还是难产。这个难得出生的男孩，就是我的祖父谢子修先生，乳名"大德"的。

这段故事，给我的印象极深，我的感触也极大！假如我的祖父是一棵大树，他的第二代就是树枝，我们就都是枝上的密叶；叶落归根，而我们的根，是深深地扎在福建横岭乡的田地里的。我并不是"乌衣门第"出身，而是一个不识字、受欺凌的农民裁缝的后代。曾祖父的四个女儿，我的祖姑母们，仅仅因为她们是女孩子，就被剥夺了读书识字的权利！当我把这段意外的故事，告诉我的一个堂哥哥的时候，他却很不高兴地问我是听谁说的？当我告诉他这是祖父亲口对我讲的时候，他半天不言语，过了一会才悄悄地吩咐我，不要把这段故事再讲给别人听。当下，我对他的"忘本"和"轻农"就感到极大的不满！从那时起，我就不再遵守我们谢家写籍贯的习惯。我写在任何表格上的籍贯，不再是祖父"进学"地点的"福建闽侯"，而是"福建长乐"，以此来表示我的不同意见！

我这一辈子，到今日为止，在福州不过前后呆了两年多，更不用说长乐县的横岭乡了。但是我记得在一九一一年到一九一二年之间我们在福州的时候，横岭乡有几位父老，来邀我的父亲回去一趟。他们说横岭乡小，总是受人欺侮，如今族里出了一个军官，应该带几个兵勇回去夸耀夸耀。父亲恭敬地说：他可以回去祭祖，但是他没有兵，也不可能带兵去。我还记得父老们送给父亲一个红纸包的见面礼，那是一百个银角子，合起来值十个银元。父亲把这一个红纸包退回了，只跟父老们到横岭乡去祭了祖。一九二○年前后，我在北京《晨报》写过一篇叫做《还乡》的短篇小说，就讲的是这个故事。现在这张剪报也找不到了。

从祖父和父亲的谈话里，我得知横岭乡是极其穷苦的。农民世世代代在田地上辛勤劳动，过着蒙昧贫困的生活，只有被卖去当"戏子"，才能逃出本土。当我看到那包由一百个银角子凑成的"见面礼"时，我联想到我所熟悉的山东烟台东山金钩寨的穷苦农民来，我心里涌上了一股说不出来难过的滋味！

我很爱我的祖父，他也特别的爱我，一来因为我不常在家，二来因为我虽然常去看书，却从来没有翻乱他的书籍，看完了也完整地放回原处。一九一一年我回到福州的时候，我是时刻围绕在他的身边转的。那时我们的家是住在"福州城内南后街杨桥巷口万兴桶石店后"。这个住址，现在我写起来还非常地熟悉、亲切，因为自从我会写字起，我的父母亲就时常督促我给祖父写信，信封也要我自己写。这所房子很大，住着我们大家庭的四房人。祖父和我们这一房，就住在大厅堂的两边，我们这边的前后房，住着我们一家六口，祖父的前、后房，只有他一个人，和满屋满架的书，那里成了我的乐园，我一得空就钻进去翻书看。我所看过的书，给我的印象最深的是清袁枚（子才）的笔记小说《子不语》，还有我祖父的老友林纾（琴南）老先生翻译的线装的法国名著《茶花女遗事》。这是我以后竭力搜求"林译小说"的开始，也可以说是我追求阅读西方文学作品的开始。

我们这所房子，有好几个院子，但它不像北方的"四合院"的院子，只是在一排或一进屋子的前面，有一个长方形的"天井"，每个"天井"里都有一口井，这几乎是福州房子的特点。这所大房里，除了住人的以外，就是客室和书房。几乎所有的厅堂和客室、书房的柱子上墙壁上都贴着或挂着书画。正房大厅的柱子上有红纸写的很长的对联，我只记得上联的末一句是"江左风流推谢傅"，这又是对晋朝谢太傅攀龙附凤之作，我就不屑于记它！但这些挂幅中的确有许多很好很值得记忆的，如我的伯叔父母居住的东院厅堂的楹联，就是：

　　　海阔天高气象
　　　风光月霁襟怀

又如西院客室楼上有祖父自己写的：

　　　知足知不足
　　　有为有弗为

这两幅对联，对我的思想教育极深。祖父自己写的横幅，更是到处都有。我只记得有在道南祠种花诗中的两句：

　　　花花相对叶相当
　　　红紫青蓝白绿黄

在西院紫藤书屋的过道里还有我的外叔祖父杨维宝（颂岩）老先生送给我祖父的一幅对联是：

有子才如不羁马

知君身是后凋松

那几个字写得既圆润又有力！我很喜欢这一幅对子，因为"不羁马"夸奖了他的侄婿、我的父亲，"后凋松"就称赞了他的老友，我的祖父！

从"不羁马"应当说到我的父亲，谢葆璋（镜如）了。他是我祖父的第三个儿子。我的两个伯父，都继承了我祖父的职业，做了教书匠。在我父亲十七岁那年，正好祖父的朋友严复（幼陵）老先生，回到福州来招海军学生，他看见了我的父亲，认为这个青年可以"投笔从戎"，就给我父亲出了一道诗题，是"月到中秋分外明"，还有一道八股的破题。父亲都做出来了。在一个穷教书匠的家里，能够有一个孩子去当"兵"领饷，也还是一件好事，于是我的父亲就穿上一件用伯父们的两件长衫和半斤棉花缝成的棉袍，跟着严老先生到天津紫竹林的水师学堂，去当了一名驾驶生。

父亲大概没有在英国留过学，但是作为一名巡洋舰上的青年军官，他到过好几个国家，如英国、日本。我记得他曾气愤地对我们说："那时堂堂一个中国，竟连一首

冰心的父亲谢葆璋（1866—1940）（摄于 1903 年，烟台）

国歌都没有！我们到英国去接收我们中国购买的军舰，在举行接收典礼仪式时，他们竟奏一首《妈妈好胡涂》的民歌调子，作为中国的国歌，你看！"

甲午中日海战之役，父亲是威远舰上的枪炮二副，参加了海战。这艘军舰在大东沟决战时被击沉了。父亲泅水到了大东沟，赤足走到刘公岛，从那里又回到了福州。

我的母亲常常对我谈到那一段忧心如焚的生活。我的母亲杨福慈，十四岁时她的父母就相继去世，跟着她的叔父颂岩先生过活，十九岁嫁到了谢家。她的婚姻是在她九岁时由我的祖父和外祖父做诗谈文时说定的。结婚后小夫妻感情极好，因为我父亲长期在海上生活，"会少离多"，因此他们通信很勤，唱和的诗也不少。我只记得父亲写的一首七绝中的三句：

> ×××××××，
> 此身何事学牵牛，
> 燕山闽海遥相隔，
> 会少离多不自由。

甲午海战爆发后，因为海军里福州人很多，阵亡的也不少，因此我们住的这条街上，今天是这家糊上了白纸的门联，明天又是那家糊上白纸门联。母亲感到这副白纸门联，总有一天会糊到我们家的门上！她悄悄地买了一盒鸦片烟膏，藏在身上，准备一旦得到父亲阵亡的消息，她就服毒自尽。祖父看到了母亲沉默而悲哀的神情，就让我的两个堂姐姐，日夜守在母亲身旁。家里有人还到庙里去替我母亲求签，签上的话是：

> 筵已散，
> 堂中寂寞恐难堪，
> 若要重欢，
> 除是一轮月上。

母亲半信半疑地把签纸收了起来。过了些日子，果然在一个明月当空的夜晚，听到有人敲门，母亲急忙去开门时，月光下看见了辗转归来的父亲！母亲说："那时你父亲的脸，才有两个指头那么宽！"

从那时起，这一对年轻夫妻，在会少离多的六七年之后，才厮守了几个月。那时母亲和她的三个妯娌，每人十天替大家庭轮流做饭，父亲便帮母亲劈柴、生火、打水，做个下手。不久，海军名宿萨鼎铭（镇冰）将军，就来了一封电报，把我父亲召出去了。

一九一二年，我在福州时期，考上了福州女子师范学校预科，第一次过起了学校生活。头几天我还很不惯，偷偷地流过许久眼泪，但我从来没有对任何人说过，怕大家庭里那些本来就不赞成女孩子上学的长辈们，会出来劝我辍学！但我很快地就交上了许多要好的同学。至今我还能顺老师上班点名的次序，背诵出十几个同学的名字。福州女师的地址，是在城内的花巷，是一所很大的旧家第宅，我记得我们课堂边有一个小池子，池边种着芭蕉。学校里还有一口很大的池塘，池上还有一道石桥，连接在两处亭馆之间。我们的校长是黄花岗七十二烈士中之一的方声洞先生的姐姐，方君瑛女士。我们的作文老师是林步瀛先生。在我快离开女师的时候，还来了一位教体操的日本女教师，姓石井的，她的名字我不记得了。我在这所学校只读了三个学期，中华民国成立后，海军部长黄钟瑛（赞侯），又来了一封电报，把父亲召出去了。不久，我们全家就到了北京。

我对于故乡的回忆，只能写到这里，十几年来，我还没有这样地畅快挥写过！我的回忆像初融的春水，涌溢奔流。十几年来，睡眠也少了，"晓枕心气清"，这些回忆总是使人欢喜而又惆怅地在我心头反复涌现。这一幕一幕的图画或文字，都是我的弟弟们没有看过或听过的，即使他们看过听过，他们也不会记得懂得的，更不用说我的第二代第三代了。我有时想如果不把这些写记下来，将来这些图文就会和我的刻着印象的头脑一起消失。这是否可惜呢？但我同时又想，这些都是关于个人的东西，不留下或被忘却也许更好。这两种想法在我心里矛盾了许多年。

一九三六年冬，我在英国的伦敦，应英国女作家弗吉尼亚·沃尔夫（Virginia Woolf）之约，到她家喝茶。我们从伦敦的雾，中国和英国的小说、诗歌，一直谈到当时英国的英王退位和中国的西安事变。她忽然对我说："你应该写一本自传。"我摇头笑说："我们中国人没有写自传的风习，而且关于我自己也没有什么可写的。"她说："我倒不是要你写自己，而是要你把自己作为线索，把当地的一些社会现象贯穿起来，即使是关于个人的一些事情，也可作为后人参考的史料。"我当时没有说什么，谈锋又转到别处去了。

事情过去四十三年了，今天回想起来，觉得她的话也有些道理，我就把这些在我脑子里反复呈现的图画和文字，奔放自由地写在纸上。

记得在半个世纪之前，在我写《往事》（之一）的时候，曾在上面写过这么几句话：

> 索性凭着深刻的印象，
> 将这些往事
> 移在白纸上罢——
> 再回忆时
> 不向心版上搜索了！

这几句话，现在还是可以应用的。把这些图画和文字，移在白纸上之后，我心里的确轻松多了！

1979 年 2 月 11 日

我的童年

提到童年，总使人有些向往，不论童年生活是快乐，是悲哀，人们总觉得都是生命中最深刻的一段；有许多印象，许多习惯，深固的刻划在他的人格及气质上，而影响他的一生。

我的童年生活，在许多零碎的文字里，不自觉的已经描写了许多，当曼瑰对我提出这个题目的时候，我还觉得有兴味，而欣然执笔。

中年的人，不愿意再说些情感的话，虽然在回忆中充满了含泪的微笑，我只约略的画出我童年的环境和训练，以及遗留在我的嗜好或习惯上的一切，也许有些父母们愿意用来作参考。

先说到我的遗传：我的父亲是个海军将领，身体很好，我从不记得他在病榻上躺着过。我的祖父身体也很好，八十六岁无疾而终。我的母亲却很瘦弱；常常头痛，吐血——这吐血的症候，我也得到，不是肺结核，而是肺气枝涨大，过劳或操心，都会发作——因此我童年时代记忆所及的母亲，是个极温柔，极安静的女人，不是作活计，就是看书，她的生活是非常恬淡的。

虽然母亲说过，我在会吐奶的时候，就吐过血，而在我的童年时代，并不曾发作过，我也不记得我那时生过什么大病，身体也好，精神也活泼，于是那七八年山陬海隅的生活，我多半是父亲的孩子，而少半是母亲的女儿！

在我以先，母亲生过两个哥哥，都是一生下就夭折了，我的底下，还死去一个妹妹。我的大弟弟，比我小六岁。在大弟弟未生之前，我在家里是个独子。

环境把童年的我，造成一个"野孩子"，丝毫没有少女的气息。我们的家，总是住近海军兵营，或海军学校。四围没有和我同年龄的女伴，我没有玩过"娃娃"，没有学过针线，没有搽过脂粉，没有穿过鲜艳的衣服，没有戴过花。

反过来说，因着母亲的病弱，和家里的冷静，使得我整天跟在父亲的身边，参加了他的种种工作与活动，得到了连一般男子都得不到的经验。为一切方便起见，我

记事珠

母亲杨福慈与冰心

父亲谢葆璋与冰心（摄于 1923 年，北京）

总是男装，常着军服。父母叫我"阿哥"，弟弟们称呼我"哥哥"，弄得后来我自己也忘其所以了。

父亲办公的时候，也常常有人带我出去，我的游踪所及，是旗台，炮台，海军码头，火药库，龙王庙。我的谈伴是修理枪炮的工人，看守火药库的残废兵士，水手，军官，他们多半是山东人，和蔼而质朴，他们告诉我以许多海上新奇悲壮的故事。有时也遇见农夫和渔人，谈些山中海上的家常。那时除了我的母亲和父亲同事的太太们外，几乎轻易见不到一个女性。

四岁以后，开始认字。六七岁就和我的堂兄表兄们同在家里读书。他们比我大了四五岁，仍旧是玩不到一处，我常常一个人走到山上海边去。那是极其熟识的环境，一草一石，一沙一沫，我都有无限的亲切。我常常独步在沙岸上，看潮来的时候，仿佛天地都飘浮了起来! 潮退的时候，仿佛海岸和我都被吸卷了去! 童稚的心，对着这亲切的"伟大"，常常感到怔忡。黄昏时，休息的军号吹起，四山回响，声音凄壮而悠长，那熟识的调子，也使我莫名其妙的要下泪，我不觉得自己的"闷"，只觉得自己的"小"。

因着没有游伴，我很小就学习看书，得了个"好读书，不求甚解"的习惯。我的老师很爱我，常常教我背些诗句，我似懂似不懂的有时很能欣赏。比如那"前不见古人，后不见来者，念天地之悠悠，独怆然而涕下"。我独立山头的时候，就常常默诵它。

离我们最近的城市，就是烟台，父亲有时带我下去，赴宴会，逛天后宫，或是听戏。父亲并不喜听戏，只因那时我正看《三国》，父亲就到戏园里点戏给我听，如《草船借箭》，《群英会》，《华容道》等。看见书上的人物，走上舞台，虽然不懂得戏词，我也觉得很高兴。所以我至今还不讨厌京戏，而且我喜听须生，花脸，黑头的戏。

再大一点，学会了些精致的淘气，我的玩具已从铲子和沙桶，进步到蟋蟀罐同风筝，我收集美丽的小石子，在磁缸里养着，我学作诗，写章回小说，但都不能终篇，因为我的兴趣，仍在户外，低头伏案的时候很少。

父亲喜欢种花养狗，公余之暇，这是他唯一的消遣。因此我从小不怕动物，对于花木，更有普遍的爱好。母亲不喜欢狗，却也爱花，夏夜我们常常在豆棚花架下，饮啤酒，汽水，乘凉。母亲很早就进去休息，父亲便带我到旗台上去看星，他指点给我各个星座的名称和位置。他常常说："你看星星不是很多很小，而且离我们很远么？但是我们海上的人一时都离不了它。在海上迷路的时候看见星星就如同看见家人一样。"因此我至今爱星甚于爱月。

父亲又常常带我去参观军舰，指点给我军舰上的一切，我只觉得处处都是整齐，清洁，光亮，雪白；心里总有说不出的赞叹同羡慕。我也常得亲近父亲的许多好友，如萨镇冰先生，黄赞侯先生——民国第一任海军部长黄钟瑛上将——他们都是极严肃，同时又极慈蔼，生活是那样纪律，那样恬淡，他们也作诗，同父亲常常唱和，他们这一班人是当时文人所称为的"裳带歌壶，翩翩儒将"。我当时的理想，是想学父亲，学父亲的这些好友，并不曾想到我的"性"阻止了我作他们的追随者。

这种生活一直连续到了十一岁，此后我们回到故乡——福州——去，生活起了很大的转变。我也不能不感谢这个转变！十岁以前的训练，若再继续下去，我就很容易变成一个男性的女人，心理也许就不会健全。因着这个转变，我才渐渐的从父亲身边走到母亲的怀里，而开始我的少女时期了。

童年的印象和事实，遗留在我的性格上的，第一是我对于人生态度的严肃，我喜欢整齐，纪律，清洁的生活，我怕看怕听放诞，散漫，松懈的一切。

第二是我喜欢空阔高远的环境，我不怕寂寞，不怕静独，我愿意常将自己消失在空旷辽阔之中。因此一到了野外，就如同回到了故乡，我不喜城居，怕应酬，我没有城市的嗜好。

第三是我不喜欢穿鲜艳颜色的衣服，我喜欢的是黑色，蓝色，灰色，白色。有时母亲也勉强我穿过一两次稍为鲜艳的衣服，我总觉得很忸怩，很不自然，穿上立刻就要脱去，关于这一点，我觉得完全是习惯的关系，其实在美好的品味之下，少女爱好天然，是应该"打扮"的！

第四是我喜欢爽快，坦白，自然的交往。我很难勉强我自己做些不愿意做的事，见些不愿意见的人，吃些不愿意吃的饭！母亲常说这是"任性"之一种，不能成为"伟大"的人格。

第五是我一生对于军人普遍的尊敬，军人在我心中是高尚，勇敢，纪律的结晶。关系军队的一切，我也都感到兴趣。

说到童年，我常常感谢我的好父母，他们养成我一种恬淡，"返乎自然"的习惯，他们给我一个快乐清洁的环境，因此，在任何环境里都能自足，知足。我尊敬生命，宝爱生命，我对于人类没有怨恨，我觉得许多缺憾是可以改进的，只要人们有决心，肯努力。

这不是一件容易事，因为生命是一张白纸，他的本质无所谓痛苦，也无所谓快乐。我们的人生观，都是环境形成的。相信人生是向上的人，自己有了勇气，别人也因而快乐。

我不但常常感念我的父母，我也常常警惕我们应当怎样做父母。

1942 年 3 月 27 日，歌乐山

我的童年

我生下来七个月，也就是一九〇一年的五月，就离开我的故乡福州，到了上海。

那时我的父亲是"海圻"巡洋舰的副舰长，舰长是萨镇冰先生。巡洋舰"海"字号的共有四艘，就是"海圻"、"海筹"、"海琛"、"海容"，这几艘军舰我都跟着父亲上去过。听说还有一艘叫做"海天"的，因为舰长驾驶失误，触礁沉没了。

上海是个大港口，巡洋舰无论开到哪里，都要经过这里停泊几天，因此我们这一家便搬到上海来，住在上海的昌寿里。这昌寿里是在上海的哪一区，我就不知道了，但是母亲所讲的关于我很小时候的故事，例如我写在《寄小读者》通讯（十）里面的一些，就都是以昌寿里为背景的。我关于上海的记忆，只有两张相片作为根据，一张是父亲自己照的：年轻的母亲穿着沿着阔边的衣裤，坐在一张有床架和帐楣的床边上，脚下还摆着一个脚炉，我就站在她的身旁，头上是一顶青绒的帽子，身上是一件深色的棉袍。父亲很喜欢玩些新鲜的东西，例如照相，我记得他的那个照相机，就有现在卫生员背的药箱那么大！他还有许多冲洗相片的器具，至今我还保存有一个玻璃的漏斗，就是洗相片用的器具之一。另一边相片是在照相馆照的，我的祖父和老姨太坐在茶几的两边，茶几上摆着花盆、盖碗茶杯和水烟筒，祖父穿着夏天的长衫，手里拿着扇子；老姨太穿着沿着阔边的上衣，下面是青纱裙子。我自己坐在他们中间茶几前面的一张小椅子上，头上梳着两个丫角，身上穿的是浅色衣裤，两手按在膝头，手腕和脚踝上都戴有银镯子，看样子不过有两三岁，至少是会走了吧。

父亲四岁丧母，祖父一直没有再续弦，这位老姨太大概是祖父老了以后才娶的。我在一九一一年回到福州时，也没有听见家里人谈到她的事，可见她在我们家里的时间是很短暂的，记得我们住在山东烟台的时期内，祖父来信中提到老姨太病故了。当我们后来拿起这张相片谈起她时，母亲就夸她的活计好，她说上海夏天很热，可是老姨太总不让我光着膀子，说我背上的那块蓝"记"是我的前生父母给涂上的，让他们看见了就来讨人了。她又知道我母亲不喜欢红红绿绿的，就给我做白洋纱的衣裤或背心，沿上黑色烤绸的边，看去既凉爽又醒目。母亲说她太费心了，她说费事倒没有什么，就是太素淡了。的确，我母亲不喜欢浓艳的颜色，我又因为从小男装，所以我从来没有扎过红头绳。现在，这两张相片也找不到了。

在上海那两三年中，父亲隔几个月就可以回来一次。母亲谈到夏天夜里，父亲有时和她坐马车到黄浦滩上去兜风，她认为那是她在福州时所想望不到的。但是父亲回到家来，很少在白天出去探亲访友，因为舰长萨镇冰先生说不定什么时候就会派水手来叫他。萨镇冰先生是父亲在海军中最敬仰的上级，总是亲昵地称他为"萨统"，（"统"就是"统领"的意思，我想这也和现在人称的"朱总"、"彭总"、"贺总"差不多。）我对萨统的印象也极深。记得有一次，我拉着一个来召唤我父亲的水手，不让他走，他笑说，"不行，不走要打屁股的！"我问，"谁叫打？用什么打？"他说，"军官叫打就打，用绳子打，打起来就是'一打'，'一打'就是十二下。"我说，"绳子打不疼吧？"他用手指比划着说，"喝！你试试看，我们船上用的绳索粗着呢，浸透了水，打起来比棒子还疼呢！"我着急地问，"我父亲若不回去，萨统会打他吧？"他摇头笑说，"不会的，当官的顶多也就记一个过。萨统很少很少打人，你父亲也不打人，打起来也只打'半打'，还叫用干索子。"我问，"那就不疼了吧？"他说，"那就好多了……"这时父亲已换好军装出来，他就笑着跟在后面走了。

大概就在这时候，母亲生了一个妹妹，不几天就夭折了。头几天我还搬过一张凳子，爬上床去亲她的小脸，后来床上就没有她了。我问妹妹哪里去了，祖父说妹妹逛大马路去了，但她始终就没有回来！

一九〇三——一九〇四年之间，父亲奉命到山东烟台去创办海军军官学校。我们搬到烟台，祖父和老姨太又回到福州去了。

我们到了烟台，先住在市内的海军采办厅，所长叶茂蕃先生让出一间北屋给我们住。南屋是一排三间的客厅，就成了父亲会客和办公的地方。我记得这客厅里有一幅长联是：

此地有崇山峻岭茂林修竹
是能读三坟五典八索九丘

我提到这一幅对联，因为这是我开始识字的一本课文！父亲那时正忙于拟定筹建海军学校的方案，而我却时刻缠在他的身边，说这问那，他就停下笔指着那幅墙上的对联说："你也学着认认字好不好？你看那对子上的山、竹、三、五、八、九这几个字不都很容易认的吗？"于是我就也拿起一枝笔，坐在父亲的身旁一边学认一边学写，就这样，我把对联上的二十二个字都会念会写了，虽然直到现在我还不知道这"三坟五典八索九丘"究竟是哪几本古书。

　　不久，我们又搬到烟台东山北坡上的一所海军医院去寄居。这时来帮我父亲做文书工作的，我的舅舅杨子敬先生，也把家从福州搬来了，我们两家就住在这所医院的三间正房里。

　　这所医院是在陡坡上坐南朝北盖的，正房比较阴冷，但是从廊上东望就看见了大海！从这一天起，大海就在我的思想感情上占了一个极其重要的位置。我常常心里想着它，嘴里谈着它，笔下写着它；尤其是三年前的十几年里，当我忧从中来，无可告语的时候，我一想到大海，我的心胸就开阔了起来，宁静了下去！一九二四年我在美国养病的时候，曾写信到国内请人写一幅"集龚"的对联，是：

世事沧桑心事定

胸中海岳梦中飞

谢天谢地，因为这幅很短小的对联，当时是卷起压在一只大书箱的箱底的，"四人帮"横行，我家被抄的时候，它竟没有和我的其他珍藏的字画一起被抄走！

现在再回来说这所海军医院。它的东厢房是病房，西厢房是诊室，有一位姓李的老大夫，病人不多。门房里还住着一位修理枪支的师傅，大概是退伍军人吧！我常常去蹲在他的炭炉旁边，和他攀谈。西厢房的后面有个大院子，有许多花果树，还种着满地的花，还养着好几箱的蜜蜂，花放时热闹得很。我就因为常去摘花，被蜜蜂蜇了好几次，每次都是那位老大夫给上的药，他还告诫我：花是蜜蜂的粮食，好孩子是不抢人的粮食的。

这时，认字读书已成了我的日课，母亲和舅舅都是我的老师，母亲教我认"字片"，舅舅教我的课本，是商务印书馆的国文教科书第一册，从"天地日月"学起。有了海和山作我的活动场地，我对于认字，就没有了兴趣，我在一九三二年写的《冰心全集》自序中，曾有过这一段，就是以海军医院为背景的：

  ……有一次母亲关我在屋里，叫我认字，我却挣扎着要出去。父亲便在外面，用马鞭子重重地敲着堂屋的桌子，吓唬我，可是从未打到我的头上的马鞭子，也从未把我爱跑的癖气吓唬回去……

  不久，我们又翻过山坡，搬到东山东边的海军练营旁边新盖好的房子里。这所房子盖在山坡挖出来的一块平地上，是个四合院，住着筹备海军学校的职员们。这座练营里已住进了一批新招来的海军学生，但也住有一营（？）的练勇（大概那时父亲也兼任练营的营长）。我常常跑到营门口去和站岗的练勇谈话。他们不像兵舰上的水手那样穿白色军装。他们的军装是蓝布包头，身上穿的也是蓝色衣裤，胸前有白线绣的"海军练勇"字样。当我跟着父亲走到营门口，他们举枪立正之后，父亲进去了就挥手叫我回去。我等父亲走远了，却拉那位练勇蹲了下来，一面摸他的枪，一面问，"你也打过海战吧？"他摇头说"没有"。我说，"我父亲就打过，可是他打输了！"他站了起来，扛起枪，用手拍着枪托子，说："我知道，你父亲打仗的时候，我还没当兵呢。你等着，总有一天你的父亲还会带我们去打仗，我们一定要打个胜仗，你信不信？"这几句带着很浓厚山东口音的誓言，一直在我的耳边回响着！

回想起来，住在海军练营旁边的时候，是我在烟台八年之中，离海最近的一段。这房子北面的山坡上，有一座旗台，是和海上军舰通旗语的地方。旗台的西边有一条山坡路通到海边的炮台，炮台上装有三门大炮，炮台下面的地下室里还有几个鱼雷，说是"海天"舰沉后捞上来的。这里还驻有一支穿白衣军装的军乐队，我常常跟父亲去听他们演习，我非常尊敬而且羡慕那位乐队指挥！炮台的西边有一个小码头。父亲的舰长朋友们来接送他的小汽艇，就是停泊在这码头边上的。

写到这里，我觉得我渐渐地进入了角色！这营房、旗台、炮台、码头，和周围的海边山上，是我童年初期活动的舞台。我在一九六二年九月十八日夜曾写过一篇叫做《海恋》的散文，里面有：

　　……我童年活动的舞台上，从不更换布
景……在清晨我看见金盆似的朝日，从深黑色、
浅灰色、鱼肚白色的云层里，忽然涌了上来，这

时太空轰鸣，浓金泼满了海面，染透了诸天……在黄昏我看见银盘似的月亮颤巍巍地捧出了水平，海面变成一层层一道道的由浓黑而银灰渐渐地漾成光明闪烁的一片……这个舞台，绝顶静寂，无边辽阔，我既是演员，又是剧作者。我虽然单身独自，我却感到无限的欢畅与自由。

就在这个期间，一九〇六年，我的大弟谢为涵出世了。他比我小得多，在家塾里的表哥哥和堂哥哥们又比我大得多，他们和我玩不到一块儿，这就造成了我在山巅水涯独往独来的性格。这时我和父亲同在的时间特别多。白天我开始在家塾里附学，念一点书，学作一些短句子，放了学父亲也从营里回来，他就教我打枪、骑马、划船，夜里就指点我看星星。逢年过节，他也带我到烟台市上去，参加天后宫里海军军人的聚会演戏，或到玉皇顶去看梨花，到张裕酿酒公司的葡萄园里去吃葡萄，更多的时候，就是带我到进港的军舰上去看朋友。

一九〇八年，我的二弟谢为杰出世了，我们又搬到海军学校后面的新房子里来。

这所房子有东西两个院子，西院一排五间是我们和

父亲谢葆璋与冰心（左）、大弟谢为涵（中）（摄于1908年，烟台）

舅舅一家合住的。我们住的一边，父亲又在尽东头面海的一间屋子上添盖了一间楼房，上楼就望见大海。我在《海恋》中有过这么一段描写，就是在这楼上所望见的一切：

> 右边是一座屏幛似的连绵不断的南山，左边是一带围抱过来的丘陵，土坡上是一层一层的麦地，前面是平坦无际的淡黄的沙滩。在沙滩与我之间，有一簇依山上下高低不齐的农舍，亲热地偎倚成一个小小的村落。在广阔的沙滩前面，就是那片大海！这大海横亘南北，布满东方的天边，天边有几笔淡墨画成的海岛，那就是芝罘岛，岛上有一座灯塔……

在这时期，我上学的时间长了，看书的时间也多了，主要的还是因为离海远些了，父亲也忙些了，我好些日子才到海滩上去一次，我记得这海滩上有一座小小的龙王庙，庙门上的对联是：

群生被泽
四海安澜

因为少到海滩上去，那间望海的楼房就成了我常去的地方。这房间算是客房，但是客人很少来往，父亲和母亲想要习静的时候就到那里去。我最喜欢在风雨之夜，倚栏凝望那灯塔上的一停一射的强光，它永远给我以无限的温暖快慰的感觉！

这时，我们家塾里来了一位女同学，也是我的第一个女伴，她是父亲同事李毓丞先生的女儿名叫李梅修的，她比我只大两岁，母亲说她比我稳静得多。她的书桌和我的摆在一起，我们十分要好。这时，我开始学会了"过家家"，我们轮流在自己"家"里"做饭"，互相邀请，吃些小糖小饼之类。一九一一年，我们在福州的时候，父亲得到李伯伯从上海的来信，说是李梅修病故了，我们都很难过，我还写了一篇"祭亡友李梅修文"寄到上海去。

我和李梅修谈话或做游戏的地方，就在楼房的廊上，一来可以免受表哥哥和堂哥哥们的干扰，二来可以赏玩海景和园景。从楼廊上往前看是大海，往下看就是东院那个客厅和书斋的五彩缤纷的大院子。父亲公余喜欢栽树种花，这院子里种有许多果树和各种的花。花畦是父亲自己画的种种几何形的图案，花径是从海滩上挑来的大卵石铺成的，我们清晨起来，常常在这里活动。我记得我的小舅舅杨子玉先生，他是我的外叔祖父杨颂岩老先生的儿子，那时正在唐山路矿学堂肄业，夏天就到我们这里来度假。他从烟台回校后，曾寄来一首长诗，头几句我忘了，后几句是：

……
……
忆昔夏日来芝罘
照眼繁花簇小楼
清晨微步惬情赏
向晚琼筵勤劝酬
欢娱苦短不逾月
别来倏忽惊残秋
花自凋零吾不见
共怜福份几生修

小舅舅是我们这一代最欢迎的人，他最会讲故事，讲得有声有色。他有时讲吊死鬼的故事来吓唬我们，但是他讲得更多的是民族意识很浓厚的故事，什么洪承畴卖国啦，林则徐烧鸦片啦等等，都讲得慷慨淋漓，我们听过了往往兴奋得睡不着觉！他还拉我的父亲和父亲的同事们组织赛诗会，就是：在开会时大家议定了题目，限了韵，各人分头做诗，传观后评定等次，也预备了一些奖品，如扇子、笺纸之类。赛诗会总是晚上在我们书斋里举行，我们都坐在一边旁听。现在我只记得父亲做的《咏蟋蟀》一首，还不完全：

庭前……正花黄
床下高吟际小阳
笑尔专寻同种斗
争来名誉亦何香

还有《咏茅屋》一首，也只记得两句

……
……
久处不须忧瓦解
雨余还得草根香

我记住了这些句子，还是因为小舅舅和我父亲开玩笑，说他做诗也解脱不了军人的本色。父亲也笑说："诗言志嘛，我想到什么就写什么，当然用词赶不上你们那么文雅了。"但是我体会到小舅舅的确很喜欢父亲的"军人本色"，我的舅舅们和父亲以及父亲的同事们在赛诗会后，往往还谈到深夜，那时我们都睡觉去了，也不知道他们都谈些什么。

小舅舅每次来过暑假，都带来一些书，有些书是不让我们看的，越是不让看，我们就越想看，哥哥们就怂恿我去偷，偷来看时，原来都是《天讨》之类的"同盟会"的宣传册子。我们偷偷地看了之后，又偷偷地赶紧送回原处。

一九一〇年我的三弟谢为楫出世了。就在这之后不久，海军学校发生了风潮！

大概在这一年之前，那时的海军大臣载洵，到烟台海军学校视察过一次，回到北京，便从北京贵胄学堂派来了二十名满族学生，到海军学校学习。在一九一一年的春季运动会上，为着争夺一项锦标，一两年中蕴积的满汉学生之间的矛盾表面化了！这一场风潮闹得很凶，北京就派来了一个调查员郑汝成，来查办这个案件。他也是父亲的同学。他背地里告诉父亲，说是这几年来一直有人在北京告我父亲是"乱党"，并举海校学生中有许多同盟会员——

其中就有萨镇冰老先生的侄子（？）萨福昌……而且学校图书室订阅的，都是《民呼报》之类，替同盟会宣传的报纸为证等等，他劝我父亲立即辞职，免得落个"撤职查办"。父亲同意了，他的几位同事也和他一起递了辞呈。就在这一年的秋天，父亲恋恋不舍地告别了他所创办的海军学校，和来送他的朋友、同事和学生，我也告别了我的耳鬓厮磨的大海，离开烟台，回到我的故乡福州去了！

　　这里，应该写上一段至今回忆起来仍使我心潮澎湃的插曲。振奋人心的辛亥革命在这年的十月十日发生了！我们在回到福州的中途，在上海虹口住了一个多月。我们每天都在抢着等着看报。报上以黎元洪将军（他也是父亲的同班同学，不过父亲学的是驾驶，他学的是管轮）署名从湖北武昌拍出的起义的电报（据说是饶汉祥先生的手笔），写得慷慨激昂，篇末都是以"黎元洪泣血叩"收尾。这时大家都纷纷捐款劳军，我记得我也把攒下的十块压岁钱，送到《申报》馆去捐献，收条的上款还写有"幼女谢婉莹君"字样，我把这张小小的收条，珍藏了好多年，现在，它当然也和如水的年光一同消逝了！

1979 年 7 月 4 日清晨

童年杂忆

童年呵！

是梦中的真，

是真中的梦，

是回忆时含泪的微笑。

——繁星

一九八〇年的后半年，几乎全在医院中度过，静独时居多。这时，身体休息，思想反而繁忙，回忆的潮水，一层一层地卷来，又一层一层地退去，在退去的时候，平坦而光滑的沙滩上，就留下了许多海藻和贝壳和海潮的痕迹！

这些痕迹里，最深刻而清晰的就是童年时代的往事。我觉得我的童年生活是快乐的，开朗的，首先是健康的。

该得的爱，我都得到了，该爱的人，我也都爱了。我的母亲，父亲，祖父，舅舅，老师以及我周围的人都帮助我的思想、感情往正常、健康里成长。二十岁以后的我，不能说是没有经过风吹雨打，但是我比较是没有受过感情上摧残的人，我就能够禁受身外的一切。有了健康的感情，使我相信人类的前途是光明的，虽然在螺旋形上升的路上，是峰回路转的，但我们有自己的看法，自己的判断，来克制外来的侵袭。

八十年里我过着和三代人相处（虽然不是同居）的生活，感谢天，我们的健康空气，并没有被污染。我希望这爱和健康的气息，不但在我们一家中间，还在每一个家庭中延续下去。

话说远了，收回来吧。

读书

我常想，假如我不识得字，这病中一百八十天的光阴，如何消磨得下去？

感谢我的母亲，在我四五岁的时候，在我百无聊赖的时候，把文字这把钥匙，勉强地塞在我手里。到了我七岁的时候，独游无伴的环境，迫着我带着这把钥匙，打开了书库的大门。

门内是多么使我眼花缭乱的画面呵！我一跨进这个门槛，我就出不来了！

我的文字工具，并不锐利，而我所看到的书，又多半是很难攻破的。但即使我读到的对我是些不熟习的东西，而"熟能生巧"一个字形的反复呈现，这个字的意义，也会让我猜到一半。

我记得我首先得到手的，是《三国演义》和《聊斋志异》，这里我只谈《聊斋志异》。

《聊斋志异》真是一本好书，每一段故事，多的几千字，少的只有几百字。其中的人物，是人、是鬼、是狐，都有自己独特的性格，每个"人"都从字上站起来了！看得我有时欢笑，有时流泪，母亲说我看书看得疯了。不幸的《聊斋志异》，有一次因为我在澡房里偷看，把洗澡水都凉透了，她气得把书抢过去，撕去了一角，从此后我就反复看着这残缺不完的故事，直到十几年后我自己买到一部新书时，才把故事的情节拼全了。

此后是无论是什么书，我得到就翻开看。即或不是一本书，而是一张纸，哪怕是一张极小的纸，只要上面有字，我就都要看看。我记得当我八岁或九岁的时候，我要求我的老师教给我做诗。他说做诗要先学对对子，我说我要试试看。他笑着给我写了三个字，是"鸡唱晓"，我几乎不假思索地就对上个"鸟鸣春"，他大为喜悦诧异，以为我自己已经看过韩愈的《送孟东野序》。其实"以鸟鸣春，以雷鸣夏，以虫鸣秋，以风鸣冬"这四句话，我是在一张香烟画的后面看到的！

再大一点，我又看了两部"传奇"，如《再生缘》、《天雨花》等，都是女作家写的，七字一句的有韵的故事，中间也夹些说白，书中的主要角色，又都是很有才干的女孩子。如《再生缘》中的孟丽君，《天雨花》中的左仪贞。故事都很曲折，最后还是大团圆。以后我还看一些类似的书，如《凤双飞》，看过就没有印象了。

与此同时，我还看了许多商务印书馆出版的"说部丛书"，其中就有英国名作家迭更斯的《块肉余生述》，也就是《大卫·考伯菲尔》，我很喜欢这本书！译者林琴南老先生，也说他译书的时候，被原作的情文所感动，而"笑啼间作"。我记得当我反复地读这本书的时候，当可怜的大卫，从虐待他的店主出走，去投奔他的姨婆，旅途中饥寒交迫的时候，我一边流泪，一边掰我手里母亲给我当点心吃的小面包，一块一块地往嘴里塞，以证明并体会我自己是幸福的！有时被母亲看见了，就说，"你这孩子真奇怪，有书看，有东西吃，你还哭！"事情过去几十年了，这一段奇怪的心理，我从来没有对人说过！

我的另一个名字

我的另一个名字，是和我该爱而不能爱的人有关，这个人就是我的姑母。

我从来没有见过我的姑母，只从父亲口里听到关于她的一切。她是父亲的姐姐，父亲四岁丧母，一切全由姐姐照料。我记得父亲说过姑母出嫁的那一天，父亲在地上打着滚哭，看来她似乎比我的父亲大得多。

姑母嫁给冯家，我在一九一一年回福州去的时候，曾跟我的父亲到三官堂冯家去看我的姑夫。姑姑生了三男二女，我的二表姐，乳名叫"阿三"的，长得非常的美。坐在镜前梳头，发长委地，一张笑脸红扑扑地！父亲替她做媒，同一位姓陈的海军青年军官——也是父亲的学生——结了婚，她回娘家的时候，就来看我们。我们一大家的孩子都围着她看，舍不得走开。

冯家也是一个大家庭，我记得他们堂兄弟姐妹很多，个个都会吹弹歌唱，墙上挂的都是些箫，笙，月琴，琵琶之类。父亲常说他们家可以成立一个民乐团！

　　我生下来多病。姑母很爱我的父母，因此也极爱我。据说她出了许多求神许愿的主意，比如说让我拜在吕洞宾名下，作为寄女，并在他神座前替我抽了一个名字，叫"珠瑛"，我们还买了一条牛，在吕祖庙放生——其实也就是为道士耕田！每年在我生日那一天，还请道士到家来念经，叫做"过关"。这"关"一直要过到我十六岁，都是在我老家福州过的，我只有在回福州那个时期才得"恭逢其盛"！一个或两个道士一早就来，在厅堂用八仙桌搭起祭坛，围上红缎"桌裙"，点蜡，烧香，念经，上供，一直闹到下午。然后立起一面纸糊的城门似的"关"，让我拉着我们这一大家的孩子，从"关门"里走过，道士口里就唱着"××关过啦""××关过啦"，我们哄笑着穿走了好几次，然后把这纸门烧了，道士也就领了酒饭钱，收拾起道具，回去了。

　　吕祖庙在福州城内乌石山上——福州是山的城市，城内有三座山，乌石山，越王山（屏山），于山。一九三六年冬我到欧洲七山之城的罗马的时候，就想到福州！

吕祖庙是什么样子，我已忘得干干净净，但是乌石山上有两大块很光滑的大石头，突兀地倚立在山上，十分奇特。福州人管这两块大石头叫"桃瓣李片"，说出来就是一片桃子和一片李子倚立在一起，这两块石头给我的印象很深。

和我的这个名字（珠瑛）有联系的东西，我想起了许多，都是些迷信的事，像把我寄在吕祖名下和"过关"等等，我的父亲和母亲都不相信的，只因不忍过拂我姑母的意见，反正这一切都在老家进行，并不麻烦他们自己，也就算了，"珠瑛"这个名字，我从来没有用过，家里人也从不这样称呼我。

在我开始写短篇小说的时候，一时兴起，曾想以此为笔名，后来终竟因为不喜欢这迷信的联想，又觉得"珠瑛"这两字太女孩子气了，就没有用它。

这名字给了我八十年了，我若是不想起，提起，时至今日就没有人知道了。

父亲的"野"孩子

当我连蹦带跳地从屋外跑进来的时候，母亲总是笑骂着说，"看你的脸都晒'熟'了！一个女孩子这么'野'，大了怎么办？"跟在我后面的父亲就会笑着回答，"你的孩子，大了还会野吗？"这时，母亲脸上的笑，是无可奈何的笑，而父亲脸上的笑，却是得意的笑。

的确，我的"野"，是父亲一手"惯"出来的，一手训练出来的。因为我从小男装，连穿耳都没有穿过。记得我回福州的那一年，脱下男装后，我的伯母，叔母都说，"四妹（我在大家庭姐妹中排行第四）该扎耳朵眼，戴耳环了。"父亲还是不同意，借口说，"你们看她左耳唇后面，有一颗聪明痣。把这颗痣扎穿了，孩子就笨了。"我自己看不见我左耳唇后面的小黑痣，但是我至终没有扎上耳朵眼！

不但此也，连紧鞋父亲也不让穿，有时我穿的鞋稍为紧了一点，我就故意在父亲面前一瘸瘸地走，父亲就埋怨母亲说，"你又给她小鞋穿了！"母亲也气了，就把剪刀和纸裁的鞋样推到父亲面前说，"你会做，就给她做，将来长出一对金刚脚，我也不管！"父亲真的拿起剪刀和纸就要铰个鞋样，母亲反而笑了，把剪刀夺了过去。

那时候，除了父亲上军营或军校的办公室以外，他一下班，我一放学，他就带我出去，骑马或是打枪。海军学校有两匹马，一匹是白的老马，一匹黄的小马，是轮流下山上市去取文件或书信的。我们总在黄昏，把这两匹马牵来，骑着在海边山上玩。父亲总让我骑那匹老实的白马，自己骑那匹调皮的小黄马，跟在后面。记得有一次，我们骑马穿过金钩寨，走在寨里的小街上时，忽然从一家门里蹒跚地走出一个刚会走路的小娃娃，他一直闯到白马的肚子底下，跟在后面的父亲，吓得赶忙跳下马来拖他。不料我座下的那匹白马却从从容容地横着走向一边，给孩子让出路来。当父亲把这孩子抱起交给他的惊惶追出的母亲时，大家都松了一口气，父亲还过来抱着白马的长脸，轻轻地拍了几下。

在我们离开烟台以前，白马死了。我们把它埋在东山脚下。我有时还在它墓上献些鲜花，反正我们花园里有的是花。从此我们再也不骑马了。

父亲还教我打枪，但我背的是一杆鸟枪。枪弹只有绿豆那么大。母亲不让我向动物瞄准，只许我打树叶或树上的红果，可我很少能打下一片绿叶或一颗红果来！

烟台是我们的!

夏天的黄昏，父亲下了班就带我到山下海边散步，他不换便服，只把白色制服上的黑地金线的肩章取了下来，这样，免得走在路上的学生们老远看见了就向他立正行礼。

我们最后就在沙滩上面海坐下，夕阳在我们背后慢慢地落下西山，红霞满天。对面好像海上的一抹浓云，那是芝罘岛。岛上的灯塔，已经一会儿一闪地发出强光。

有一天，父亲只管抱膝沉默地坐着，半天没有言语。我就挨过去用头顶着他的手臂，说，"爹，你说这小岛上的灯塔不是很好看么？烟台海边就是美，不是吗？"这些都是父亲平时常说的话，我想以此来引出他的谈锋。

父亲却摇头慨叹地说，"中国北方海岸好看的港湾多的是，何止一个烟台？你没有去过就是了。"

我瞪着眼等他说下去。

他用手拂弄着身旁的沙子，接着说，"比如威海卫，大连湾，青岛，都是很好很美的……"

我说，"爹，你哪时也带我去看一看。"父亲拣起一块卵石，狠狠地向海浪上扔去，一面说，"现在我不愿意去！你知道，那些港口现在都不是我们中国人的，威海卫是英国人的，大连是日本人的，青岛是德国人的，只有，只有烟台是我们的，我们中国人自己的一个不冻港！"

我从来没有看见父亲愤激到这个样子。他似乎把我当成一个大人，一个平等的对象，在这海天辽阔、四顾无人的地方，倾吐出他心里郁积的话。

他说，"为什么我们把海军学校建设在这海边偏僻的山窝里？我们是被挤到这里来的呵。这里僻静，海滩好，学生们可以练习游泳，划船，打靶等等。将来我们要夺回威海，大连，青岛，非有强大的海军不可。现在大家争的是海上霸权呵！"

从这里他又谈到他参加过的中日甲午海战：他是在威远战舰上的枪炮副。开战的那一天，站在他身旁的战友就被敌人的炮弹打穿了腹部，把肠子都打溅在烟囱上！炮火停歇以后，父亲把在烟囱上烤焦的肠子撕下来，放进这位战友的遗体的腔子里。

"这些事，都像今天的事情一样，永远挂在我的眼前，这仇不报是不行的！我们受着外来强敌的欺凌，死的人，赔的款，割的地还少吗？"

"这以后，我在巡洋舰上的时候，还常常到外国去访问。英国，日本，法国，意大利……我觉得到哪里我都抬不起头来！你不到外国，不知道中国的可爱，离中国越远，就对她越亲。但是我们中国多么可怜呵，不振兴起来，就会被人家瓜分了去。可是我们现在难关多得很，上头腐败得……"

他忽然停住了，注视着我，仿佛要在他眼里把我缩小了似的。他站起身来，拉起我说，"不早了，我们回去吧！"

一般父亲带我出去，活动的时候多，像那天这么长的谈话，还是第一次！在这长长的谈话中，我记得最牢，印象最深的，就是"烟台是我们的！"这一句。

许多年以后，除了威海卫之外，青岛，大连，我都去过。英国、日本、法国、意大利……的港口，我也到过，尤其在新中国成立后，我并没有觉得抬不起头来。做一个新中国的人民是光荣的！

但是，"烟台是我们的"，这"我们"二字，除了十亿我们的人民之外，还特别包括我和我的父亲！

1981 年 4 月

梦

　　她回想起童年的生涯，真是如同一梦罢了！穿着黑色带金线的军服，佩着一柄短短的军刀，骑在很高大的白马上，在海岸边缓辔徐行的时候，心里只充满了壮美的快感；几曾想到现在的自己，是这般的静寂，只拿着一枝笔儿，写她幻想中的情绪呢？

　　她男装到了十岁。十岁以前，她父亲常常带她去参与那军人娱乐的宴会，朋友们一见都夸奖说："好英武的一个小军人！今年几岁了？"父亲先一面答应着，临走时才微笑说："他是我的儿子，但也是我的女儿。"

　　她会打走队的鼓，会吹召集的喇叭，知道毛瑟枪里的机关，也会将很大的炮弹，旋进炮腔里。五六年父亲身畔无意中的训练，真将她做成很矫健的小军人了。

　　别的方面呢？平常女孩子所喜好的事，她却一点都不

冰心（左）与同学谢文秋

爱。这也难怪她，她的四围并没有别的女伴。偶然看见山下经过的几个村里的小姑娘，穿着大红大绿的衣裳，裹着很小的脚，匆匆一面里，她无从知道她们平居的生活。而且她也不把这些印象，放在心上。一把刀，一匹马，便堪了尽一生了！女孩子的事，是何等的琐碎烦腻呵！当探海的电灯射在浩浩无边的大海上，发出一片一片的寒光。灯影下，旗影下，两排儿沉豪英毅的军官，在剑佩锵锵声里，整齐严肃的一同举起杯来，祝中国万岁的时候，这光景是怎样的使人涌出慷慨的快乐的眼泪呢？

她这梦也应当到了醒觉的时候了！人生就是一梦么？

十岁回到故乡上，换上了女孩子的衣服。在姊妹群中，学到了女儿情性：五色的丝线，是能做成好看的活计的；香的美丽的花，是要插在头上的；镜子是妆束完时要照一照的；在众人中间坐着，是要说些很细腻很温柔的话的；眼泪是时常要落下来的；女孩子是总有点脾气，带点娇贵的样子的。

这也是很新颖很能造就她的环境——但她父亲送给她的一把佩刀，还长日挂在窗前。拔出鞘来，寒光射眼，她每每呆住了。白马呵，海岸呵，荷枪的军人呵……模糊中有无穷的怅惘。姊妹们在窗外唤她，她也不出去了，站了半天，只掉下几点无聊的眼泪。

她后悔么？也许是，但有谁知道呢！军人的生活，是怎样的造就了她的性情呵！黄昏时营幕里吹出来的箫声，不更是抑扬凄惋么？世界上软款温柔的境地，难道只有女孩儿可以占有么？海上的月夜星夜，眺台独立倚枪翘首的时候：沉沉的天幕下，人静了，海也浓睡了，——"海天以外的家！"这时的情怀，是诗人的还是军人的呢？是两缕悲壮的丝交纠之点呵！

除了几点无聊的英雄泪，还有甚么？她安于自己的境地了！生命如果是圈儿般的循环，或者便从"将来"又走向"过去"的道上去，但这也是无聊呵！

十年深刻的印象遗留于她现在的生活中的，只是矫强的性质了——她依旧是喜欢看那整齐的步伐，听那悲壮的军笳，但与其说她是喜欢看，喜欢听，不如说她是怕看，怕听罢。

横刀跃马和执笔沉思的她，原都是一个人，然而时代将这些事隔开了……

童年！只是一个深刻的梦么？

1921 年 10 月 1 日

往事（节选）

三

"只是等着，等着，母亲还不回来呵！"

乳母在灯下睁着疲倦下垂的眼睛，说，"莹哥儿！不要尽着问我，你自己上楼去，在栏边望一望，山门内露出两盏红灯时，母亲便快来到了。"

我无疑地开了门出去，黑暗中上了楼——望着，望着，无有消息。

绕过那边栏旁，正对着深黑的大海，和闪烁的灯塔。

幼稚的心，也和成人一般，一时的光明朗澈——我深思，我数着灯光明灭的数儿，数到第十八次。我对着未曾想见的命运，自己假定的起了怀疑。

"人生！灯一般的明灭，飘浮在大海之中。"——我起了无知的长太息。

生命之灯燃着了，爱的光从山门边两盏红灯中燃着了！

五

场厅里四隅都黑暗了，只整齐的椅子，一行行的在阴沉沉的影儿里平列着。

我坐在尽头上近门的那一边，抚着锦衣，抚着绣带和缨冠凝想——心情复杂得很。

晚霞在窗外的天边，一刹浓红，一刹深紫，回光到屋顶上——

台上琴声作了，一圈的灯影里，从台侧的小门，走出十几个白衣彩饰散着头发的安琪儿，慢慢的相随进来，无声地在台上练习着第一场里的跳舞。

我凝然的看着，潇洒极了，温柔极了，上下的轻纱的衣袖和着钲铮的琴声，合拍的和着我心弦跳动，怎样的感人呵！

灯灭了，她们又都下去，台上台下只我一人了。

原是叫我出来疏散休息着的，我却哪里能休息？我想……一会儿这场里便充满了灯彩，充满了人声和笑语，怎知道剧前只为我一人的思考室呢?

在宇宙之始,也只有一个造物者,万有都整齐平列着,他凭在高栏。看那些光明使者,歌颂——跳舞。

到了宇宙之中,人类都来了,悲剧也好,喜剧也好,佯悲诡笑的演了几场,剧完了,人散了,灯灭了……一时沉黑,只有无尽无穷的寂寞!

一会儿要到台上,要说许多的话。憨稚的话,激昂的话,恋别的话……何尝是我要说的?但我既这样的上了台,就必须这样的说。我千辛万苦,冒进了阴惨的夜宫,经过了光明的天国,结果在剧中还是做了一场大梦。

印证到真的——比较的真的——生命道上,或者只是时间上久暂的分别罢了;但在无限之生里,真的生命的几十年,又何异于台上之一瞬?

我思路沉沉,我觉悟而又惆怅,场里更黑了。

台侧的门开了,射出一道灯光来——我也须下去了,上帝!这也是"为一大事出世"!

我走着台上几小时的生命的道路……

又乏倦的倚着台后的琴站着——幕外的人声,渐渐的远了,人们都来过了;悲剧也罢,喜剧也罢,我的事完了;从宇宙之始,到宇宙之终,也是如此,生命的道路走尽了!

看她们洗去铅华，卸去妆饰，无声的忙乱着。

满地的衣裳狼藉，金戈和珠冠杂置着。台上的仇敌，现在也拉着手说话；台上的亲爱的人，却东一个西一个的各忙自己的事。

我只看着——终竟是弱者呵！我爱这几小时如梦的生命！我抚着头发，抚着锦衣，……"生命只这般的虚幻么？"

六

涵在廊上吹箫，我也走了出去。

天上只微微的月光，我撩起垂拂的白纱帐子来，坐在廊上的床边。

我的手触了一件蠕动的东西，细看时是一条很长的蜈蚣。我连忙用手绢拂到地上去，又唤涵踏死他。

涵放了箫，只默然的看着。

我又说："你还不踏死他！"

他抬起头来，严重而温和的目光，使我退缩。他慢慢的说："姊姊，这也是一个生命呵！"

霎时间，使我有无穷的惭愧和悲感。

七

父亲的朋友送给我们两缸莲花；一缸是红的，一缸是白的，都摆在院子里。

八年之久，我没有在院子里看莲花了——但故乡的园院里，却有许多；不但有并蒂的，还有三蒂的，四蒂的，都是红莲。

九年前的一个月夜，祖父和我在园里乘凉。祖父笑着和我说，"我们园里最初开三蒂莲的时候，正好我们大家庭中添了你们三个姊妹。大家都欢喜，说是应了花瑞。"

半夜里听见繁杂的雨声，早起是浓阴的天，我觉得有些烦闷。从窗内往外看时，那一朵白莲已经谢了，白瓣儿小船般散飘在水面。梗上只留个小小的莲蓬，和几根淡黄色的花须。那一朵红莲，昨夜还是菡萏的，今晨却开满了，亭亭地在绿叶中间立着。

仍是不适意——徘徊了一会子，窗外雷声作了，大雨接着就来，愈下愈大。那朵红莲，被那繁密的雨点，打得左右欹斜。在无遮蔽的天空之下，我不敢下阶去，也无法可想。

对屋里母亲唤着，我连忙走过去，坐在母亲旁边说笑——一回头忽然看见红莲旁边的一个大荷叶，慢慢的倾侧了来，正覆盖在红莲上面……我不宁的心绪散尽了！

雨势并不减退，红莲却不摇动了。雨点不住的打着，只能在那勇敢慈怜的荷叶上面，聚了些流转无力的水珠。

我心中深深的受了感动——

母亲呵！你是荷叶，我是红莲。心中的雨点来了，除了你，谁是我在无遮拦天空下的荫蔽？

1922 年 7 月 21 日

十

晚餐的时候，灯光之下，母亲看着我半天，忽然想起笑着说，"从前在海边住的时候，我闷极了，午后睡了一觉，醒来遍处找不见你。"

我知道母亲要说什么——我只不言语，我忆起我五岁时的事情了。

弟弟们都问，"往后呢？"

母亲笑着看着我说："找到大门前，她正呆呆的自己坐在石阶上，对着大海呢！我睡了三点钟，她也坐了三点钟了。可怜的寂寞的小人儿呵！你们看她小时已经是这样的天真而沉默了——我连忙上前去，珍重地将她揽在怀里……"

母亲眼里满了欢喜慈怜的珠泪。

父亲也微笑了。——弟弟们更是笑着看我。

母亲的爱，和寂寞的悲哀，以及海的深远，都在我心中又起了一回不可言说的惆怅！

十二

闷极，是出游都可散怀。——便和她们山游了半日。

回来了——一路只泛泛的。

震荡的车里，我只向后攀着小圆窗看着。弯曲的道儿，跟着车走来，愈引愈长。树木，村舍，和田陇，都向后退曳了去，只有西山峰上的晚霞不动。

车里，她们捉对儿谈话，我和晚霞谈话。——"晚霞！我不配和你心谈，但你总可容我瞻仰。"

车进到城门里，我偶然想起那园来，她们都说去走一走，我本无聊，只微笑随着她们。车又退出去了。

悄悄地进入园里，天色渐暗了——忆起去年此时，正是出园的时候，那时心绪又如何？

幽凉里，走过小桥，走过层阶，她们又四散了。我一路低首行来，猛抬头见了烈塚。碑下独坐，四望青青，晚霞更红了！

正在神思飞越，忠从后面来了。我们下了台去，在仄径中走着。我说，"我原意在此过这悠长的夏日，避避尘嚣。"她说，"佳时难再，此游也是纪念。"我无言点首。

鸟儿都休息了，不住的啁啾着——暮色里，匆匆的又走了出来。车进了城了，我仍是向后望着。凉风吹着衣袖和头发——庄严苍古的城楼，浮在晚霞上，竟留了个最浓郁的回忆！

1922 年 7 月 7 日

十三

小别之后，星来访我——先在窗下写些字，看些画，晚凉时才出去。

只谈着谈着，篱外的夕阳渐渐淡了，墙影渐渐的长了，晚霞退了，繁星生了；我们便渐渐的浸到黑暗里，只能看见近旁花台里的小白花，在苍茫中闪烁——摇动。

她谈到沿途的经历和感想，便说，"月下宜有清话。群居杂谈，实在无味。"

我说："夜坐谈话，到底比白日有趣，但各种的夜又不同了。月夜宜清谈，星夜宜深谈，雨夜宜絮谈，风夜宜壮谈……固然也须人地两宜，但似乎都有自然的趋势……"

那夜树影深深，四顾悄然，却是个星夜！

我们的谈话，并不深到许多，但已觉得和往日的微有不同。

十四

每次拿起笔来，头一件事忆起的就是海。我嫌太单调了，常常因此搁笔。

每次和友朋谈话，谈到风景，海波又侵进谈话的岸线里，我嫌太单调了，常常因此默然，终于无语。

一夜和弟弟们在院子里乘凉，仰望天河，又谈到海。我想索性今夜彻底的谈一谈海，看词锋到何时为止，联想至何处为极。

我们说着海潮，海风，海舟……最后便谈到海的女神。

涵说，"假如有位海的女神，她一定是'艳如桃李，冷若冰霜'的。"我不觉笑问，"这话怎讲？"

涵也笑道，"你看云霞的海上，何等明媚；风雨的海上，又是何等的阴沉！"

杰两手抱膝凝听着，这时便运用他最丰富的想象力，指点着说："她……她住在灯塔的岛上，海霞是她的扇旗，海鸟是她的侍从；夜里她曳着白衣蓝裳，头上插着新月的梳子，胸前挂着明星的璎珞，翩翩地飞行于海波之上……"

楫忙问，"大风的时候呢？"杰道："她驾着风车，狂飚疾转的在怒涛上驱走；她的长袖拂没了许多帆舟。下雨的时候，便是她忧愁了，落泪了，大海上一切都低头静默着。黄昏的时候，霞光灿然，便是她回波电笑，云发飘扬，丰神轻柔而潇洒……"

这一番话带着画意，又是诗情，使我神往，使我微笑。

楫只在小椅子上，挨着我坐着，我抚着他，问，"你的话必是更好了，说出来让我们听听！"他本静静的听着，至此便抱着我的臂儿笑道，"海太大了，我太小了，我不会说。"

我肃然——涵用折扇轻轻的击他的手，笑说，"好一个小哲学家！"

涵道，"姊姊，该你说一说了。"我道，"好的都让你们说尽了——我只希望我们都像海！"

杰笑道，"我们不配做女神，也不要'艳如桃李，冷若冰霜'的。"

他们都笑了——我也笑说："不是说做女神，我希望我们都做个'海化'的青年。像涵说的，海是温柔而沉静。杰说的，海是超绝而威严。楫说的更好了，海是神秘而有容，也是虚怀，也是广博……"

我的话太乏味了，楫的头渐渐的从我臂上垂下去，我扶住了，回身轻轻地将他放在竹榻上。

涵忽然说："也许是我看的书太少了，中国的诗里，咏海的真是不多：可惜这么一个古国，上下数千年，竟没有一个'海化'的诗人！"

从诗人上，他们的谈锋便转移到别处去了——我只默默的守着楫坐着，刚才的那些话，只在我心中，反覆的寻味——思想。

十七

我坐在院里，仪从门外进来，悄悄地和我说，"你睡了以后，叔叔骑马去了，是那匹好的白马……"我连忙问，"在哪里？"他说，"在山下呢，你去了，可不许说是我告诉的。"我站起来便走。仪自己笑着，走到书室里去了。

出门便听见涛声，新雨初过，天上还是轻阴。曲折平坦的大道，直斜到山下，既跑了就不能停足，只身不由己的往下走。转过高冈，已望见父亲在平野上往来驰骋。这时听得乳娘在后面追着，唤："慢慢的走！看道滑掉在谷里！"我不能回头，索性不理她。我只不住的唤着父亲，乳娘又不住的唤着我。

父亲已听见了，回身立马不动。到了平地上，看见董自己远远的立在树下。我笑着走到父亲马前，父亲凝视着我，用鞭子微微的击我的头，说，"睡好好的，又出来作什么！"我不答，只举着两手笑说，"我也上去！"

父亲只得下来，马不住的在场上打转，父亲用力牵住了，扶我骑上。董便过来挽着辔头，缓缓的走了。抬头一看，乳娘本站在冈上望着我，这时才转身下去。

我和董说："你放了手，让我自己跑几周！"董笑说，"这马野得很，姑娘管不住，我快些走就得了。"

渐渐的走快了，只听得耳旁海风，只觉得心中虚凉，只不住的笑，笑里带着欢喜与恐怖。

父亲在旁边说，"好了，再走要头晕了！"说着便走过来。我撩开脸上的短发，双手扶着鞍子，笑对父亲说，"我再学骑十年的马，就可以从军去了，像父亲一般，做勇敢的军人！"父亲微笑不答。

马上看了海面的黄昏——

董在前牵着，父亲在旁扶着。晚风里上了山，直到门前。母亲，和仪还有许多人，都到马前来接我。

十八

我最怕夏天白日睡眠，醒时使人惆怅而烦闷。

无聊的洗了手脸，天色已黄昏了，到门外园院小立，抬头望见了一天金黄色的云彩。——世间只有云霞最难用文字描写，心里融会得到，笔下却写不出。因为文字原是最着迹的，云霞却是最灵幻的，最不着迹的，徒唤奈何！

回身进到院里，隔窗唤涵递出一本书来，又到门外去读。云彩又变了，半圆的月，渐渐的没入云里去了。低头看了一会子的书。听得笑声，从圆形的缘满豆叶的棚下望过去，杰和文正并坐在秋千上：往返的荡摇着，好像一幅活动的影片，——光也从圆片上出现了，在后面替他们推送着。光夏天瘦了许多，但短发拂额，仍掩不了她的憨态。

我想随处可写，随时可写，时间和空间里，开满了空灵清艳的花，以供慧心人的采撷，可惜慧心人写不出！

天色更暗了，书上的字已经看不见。云色又变了，从金黄色到了暗灰色。轻风吹着纱衫，已是太凉了，月儿又不知哪里去了。

1922 年 7 月 5 日

十九

后楼上伴芳弹琴，忽然大雷雨——

那些日子正是初离母亲过宿舍生活的时期。一连几天，都是好天气，同学们一起读书说笑，不觉把家淡忘了。——但这时我心里突然的郁闷焦躁。

我站在琴旁，低头抚着琴上的花纹说，"我们到前楼去罢！"芳住了琴劝我说："等止了雨再走，你看这么大的雨，如何走得下去；你先在一旁坐着听我弹琴，好不好？"我无聊只得坐下。

雷声只管隆隆，雨声只管澎湃。天容如墨，窗内黑暗极了，我替芳开了琴旁的电灯，她依旧弹着，只回头向我微微的笑了一笑。

她不注意我，我也不注意她——我想这时母亲在家里，也不知道做些什么？也许叫人卷起苇帘，挪开花盆，小弟弟们都在廊上拍手看雨……

想着，目注着芳的琴谱，忽然觉得纸上渐渐的亮起来，回头一看，雨已止了，夕阳又出来了，浮云都散了，奔走得很快。树上更绿了，蝉儿又带着湿声乱叫着。

我十分欢喜，过去唤芳说，"雨住了，我们下去罢！"芳看一看壁上的钟，说，"只剩一刻钟了，再容我弹两遍。"我不依，说，"你不去，我自己去。"说着回头便走。她只得关上琴盖，将琴谱收在小柜子里，一面笑道，"你这孩子真磨人！"

球场边雨水成湖，我们挨着墙边，走来走去。藤萝上的残滴，还不时的落下来，我们并肩站在水边，照见我们在天上云中的影子。

只走来走去的谈着，郁闷已没有了。那晚我竟没有上夜堂去，只坐在秋千板上，芳攀着秋千索子，站在我旁边，两人直谈到夜深。

1922 年 7 月 31 日

最痛快的一件事

有一位印度朋友在中国访问了几星期之后，回到北京，很有感触地对我叹羡地说："在亚洲，我所走过的地方，只有新中国的大陆上，看不到一点帝国主义的痕迹！"这些话突然提醒了我，真是"身在福中不知福"，这十年来，使中国人民高兴痛快的事情太多了，我们只注意到应接不暇的日新月异的建设，而把我们从这一片大地上摧毁消灭了一切帝国主义造成的创痕的这一件事实，倒有点忘记了。其实，我和这一位印度朋友，有很深的同感，十年来中国人民最痛快的一件事，应该是从中国广大的土地上彻底地、完全地消灭了帝国主义的痕迹。

就我个人来说，我呱呱坠地，就坠在帝国主义所造成的创痕斑驳的中国大地上！我是一九〇〇年生的，这是八国联军进逼北京的一年，中国人民的生命和财产，遭到了空前的浩劫。（以后我在国外旅行的时候，在许多帝国主义国家的博物馆和私人的收藏室里，都看到了他们从中国抢去的赃物！）我很小的时候，住在山东的烟台，那是一个不大的沿海市镇，但是当我在沙滩上游戏的时候，几乎每天都看见有挂着形形色色的外国旗帜的商船和军舰，在出出进进。每年夏天，还总有几只美国军舰来此过夏。也几乎每天都有酗酒斗杀的事件发生，不大的烟台市，也有日本的饭馆、商店和妓院以及美英各国的披着宗教外衣实行文化侵略的医院、教堂和学校。当我十岁的时候，我们一家坐着英国商船从烟台到上海去，船上有许多欧洲人趾高气扬地踞倚在"大餐间"的船栏上，向客仓的仓面扔着果核。那大餐间是即使能付足票价的中国人，也不能乘坐的。船一驶进黄浦江口，江面上停泊满了外国的商船兵舰。码头上，有我们的同胞汗流浃背地在外国监工者的鞭挞之下，替帝国主义者扛运着他们从中国榨取去的丰富的资源。在上海，满街上都是外国的商行、银行、工厂、俱乐部……还有跑马厅和公园，公园门口挂着"华人和狗不准入内"的牌子。街道的名字，也根本不是中国的，像什么霞飞路、慕尔鸣路……纵横交织，路上，坐车的都是外国人，开车拉车的却是我们的同胞。两年以后，我们从上海去到天津。天津也和上海一样，割裂成几个帝国主义国家的租界，租界上的警察们，对中国人民，简直是犬马不如。我们从天津到达北京，一下车站，首先经过东交民巷，又是一个世界上绝无仅有的"使馆区"，在使馆区的东边，就是现在的东单公园，那时是使馆驻兵的操场，穿着各种各色军服的外国兵士，扬威耀武地在怒眦欲裂的中国人民面前，做着军操……。那些年，中国人民受压迫欺凌的日子，真是说也说不完，几亿的中国人，都有他自己的惨痛的经历，我们的日历上一年到头有许许多多的国耻纪念日，学生们愤慨地说："尽纪念国耻有什么用处？我们若不把帝国主义彻底打倒，将来我们的日历上，有国耻的日子将多于没有国耻的日子了！"

中国人民为打倒帝国主义作了几十年的斗争，终于找到了正确的道路。我们在中国共产党领导之下，几亿人民百十年来的冤愤，化成一股翻山倒海的力量，我们终于端起了这座压在我们头上的大山，把它狠狠地摔在地上，发出了震天的巨响！这巨响，在我们的领袖毛泽东主席十年前在北京天安门上向全世界人民宣告"中国人民站起来了"的声音中传达出来了！

"没有共产党，就没有新中国"，中国人民从百十年来的血泪斗争的沉痛经验中，说出了这句充满了真理的智慧的话。我们从心底知道只有劳动人民自己的党，才能坚定地站在人民的立场上，才能根本地、彻底地、全面地把帝国主义在中国远伸深入的吸血管，连根抽拔，把帝国主义在我们大地上造成的创痕，洗涤得毫无踪迹。

1959 年 9 月

回忆"五四"

　　五四运动，说起来整整六十年了，光阴过得多快！当"五四"时期，自己还很年轻的时候，幻想六十年之后，自己一定不在了，但中国的前途，一定是想象不到地美好与光明。现在这个幻想的年代，已来到眼前，我这个从小多病之身，居然还健在，我们的祖国也已经从三座大山的重压之下，解放出来了，中国人民站起来了！但是我们在"五四"时期所梦寐以求的科学与民主，却在建国后的十几年中，被万恶的林彪和"四人帮"搞得漆黑一团！我的悲愤的心情，决不是"感慨系之"这四个字所能表达的……好在这十几年中，我们都经受了考验，增长了见识，"前事不忘，后事之师"，我们只有牢牢记住这创巨痛深的教训，和全国各族人民在一起，在党的领导下，在自己的岗位上，扎扎实实认认真真地给科学与民主铺出一条前进的道路。

话说回来吧，当时十九岁的我，一九一九年在北京确曾参加过五四运动，但即使在本校我也不是一个骨干分子。那时我是北京协和女子大学理预科一年级的学生，学生自治会的"文书"。在五四运动的前几天，我就已经请了事假住在东交民巷的德国医院，陪着我的动了耳部手术的二弟。"五四"那一天的下午，我家的女工来给我们送东西，告诉我说街上有好几百个学生，打着纸旗在游行，嘴里喊着口号，要进到东交民巷来，被外国警察拦住了，路旁看的人挤得水泄不通。黄昏时候又有一位亲戚来了，兴奋地告诉我说北京的大学生们为了阻止北洋军阀政府和日本签订出卖青岛的条约在天安门聚集起浩大的游行队伍，在街上呼口号撒传单，最后涌到卖国贼章宗祥的住处，火烧了赵家楼，有许多学生被捕了，我听了又是兴奋又是愤慨，她走了之后，我的心还在激昂地跳，窗外刮着强劲的春风，槐花的浓香熏得我头痛！

我对于蚕食鲸吞我国的那些帝国主义列强早就切齿痛恨了，尤其是日本帝国主义。我的父亲在我刚会记事的年纪，就常常愤慨地对我讲过："你知道我们为什么要住到烟台来吗？因为它是我国北方的唯一港口了！如今，青岛是德国的，威海卫是英国的，大连是日本的，只有烟台是我们可以训练海军军官和兵士的地方了！"父亲在年轻时曾参加过中日甲午海战，提起日本帝国主义时，他尤其愤激。我记得当一九一五年，日本军国政府向正想称帝的袁世凯，提出二十一条要求之后（那时我还是中学一年级的学生，我和贝满女子中学的同学们列队到中央公园——现在的中山公园——去交爱国捐，我们的领队中，就有李德全同学，那时她是四年级生，她也上台去对大家演讲。那天，社稷坛四围是人山人海，我是第一次看到那样悲壮伟大的场面），在父亲的书房里，就挂上一幅白纸，是当时印行的以岳武穆（飞）字迹摘排出来的，"五月七日之事"，就是纪念那一年的国耻的。

"五四"这一夜，我兴奋得合不上眼，第二天就同二弟从医院回家去了。到学校一看，学生自治会里完全变了样，大家都不上课了，都站在院子里面红耳赤地大声谈论，同时也紧张地投入了工作。我们的学生会是北京女学界联合会之一员，我也就参加了联合会的宣传股。出席女学界联合会和北京学生联合会的，都是些高班的同学，我们只做些文字宣传，鼓动罢课罢市，或对市民演讲。为了抵制日货，我们还制造些日用品如文具之类，或绣些手绢去卖。协和女大是个教会学校，一向对于当前政治潮流，不闻不问，而这次波澜壮阔的爱国力量，终于冲进了这个校园，修道院似的校院，也成了女学界联合会代表们开会的场所了，同学们个个兴奋紧张，一听见什么紧急消息，就纷纷丢下书本涌出课堂，谁也阻挡不住。我们三五成群地挥舞着旗帜，在街头宣传，沿门沿户地进入商店，对着怀疑而又热情的脸，劝说他们不要贩卖日货，讲着人民必须一致奋起，反对日本帝国主义的侵略压迫，反对军阀政府卖国行为的大道理。我们也三三两两地抱着大扑满，在大风扬尘的长安街，在破敝黯旧的天安门前，拦住过往的人力车，请求大家捐些铜子，帮助援救慰问那些被捕的爱国同学。我们大队大队地去参加北京法庭对被捕学生的审讯。我们开始用白话文写各种形式的反帝反封建的文章，在各种报刊上发表。

那时我的一位表兄刘放园先生，是《北京晨报》的编辑者之一。他的年纪比我大得多，以前他到我们家来，我都以长辈之礼相待，不大敢同他讲话。这时为了找发表宣传文章的地方，我就求了他，他惊奇而又欣然地答应了。此后他不但在《晨报》上发表我们的宣传文字，还鼓励我们多看关于新思潮的文章，多写问题小说。这时新思潮空前高涨，新出的报刊杂志，像雨后春笋一般，几乎看不过来。我们都贪婪地争着买，争着借，彼此传阅，如《新青年》，《新潮》，《中国青年》，一直到后来的《语丝》。看了这些书报上大学生们写的东西，我写作的胆子又大了一些，觉得反正大家都是试笔，我又何妨把我自己所见所闻的一些小问题，也写出来求教呢？但是作为一个大学里的小学生，我还是有点胆怯，我用"冰心"这个笔名投稿，一切稿子都由刘放园先生转交，我和报刊编辑者从来没有会过面。这时我每写完一篇东西，必请我母亲先看，父亲有时也参加点意见。这里应当提到我的父母比较开明，从不阻止我参加学生运动。我的父亲对于抗日救国尤其热心，有时还帮我修改词句。例如在我写的《斯人独憔悴》里，那个爱国青年和他的顽固派父亲的一段对话，就有好几句是我父亲添上的！我们是一边写，一边笑，因为那个老人嘴里的话，都是我所没听过的，我觉得很传神。

这时我写东西，写得手滑了，一直滑到了使我改变了我理想中的职业。

在这以前，我是一心一意想学医的。因为我的母亲多病，我的父亲又比较相信西医，而母亲对于西医的看病方法，比如说听听胸部背部吧，总感到很不习惯，那时的女西医还很少，我就立志自己长大了一定要学西医，好为我母亲看病。所以我在中学时代，就对于理科课程，特别用功，升到协和女大时，我报的也是理预科。

学理科有许多实验要做，比如说生物解剖，这一类课程，缺了就很难自己补上。我因为常常上街搞宣传、开会，实验的课就缺了许多，在我对写作的兴趣渐渐浓厚了以后，又得到周围人们的帮助和怂恿，我就同意"改行"了，理预科毕业后，我就报升文本科，还跳了一班。从那时起，我就断断续续地写作起来，直到现在。

在一九五九年四月，我已经写过一篇《回忆"五四"》的短文，在那里我曾歉仄地承认过，由于我的家庭出身和教会学校的教育，以及我自己的软弱本质，使得我没有投身到火热的政治革命中去，使得五四运动对我的影响，仅仅限于文学方面——即以新的文学形式来代替旧的文学形式，等等。但在今天，我又想，一个人不是生活在真空里，整个潮流在前进，决不容一朵小小的浪花，沉滞在中流，特别是经过了这曲折的六十年，我更认清、看准了，在我们前面高高照耀的科学与民主这两盏明灯。如今，我的岁月和力量是有限的，但我仍当为我们能拿到、举起这两盏照耀我们社会主义祖国光明前途的明灯，尽上我最大的力量！

1979 年 3 月 2 日

遥寄印度哲人泰戈尔

泰戈尔！美丽庄严的泰戈尔！当我越过"无限之生"的一条界线——生——的时候，你也已经越过了这条界线，为人类放了无限的光明了。

只是我竟不知道世界上有你——

在去年秋风萧瑟，月明星稀的一个晚上，一本书无意中将你介绍给我，我读完了你的传略和诗文——心中不作别想，只深深的觉得澄澈……凄美。

你的极端信仰——你的"宇宙和个人的灵中间有一个调和"的信仰：你的存蓄"天然的美感"发挥"天然的美感"的诗词：都渗入我的脑海中，和我原来的"不能言说"的思想，一缕缕的合成琴弦，奏出缥渺神奇无调无声的音乐。

泰戈尔！谢谢你以快美的诗情，救治我天赋的悲感：

谢谢你以超卓的哲理，慰藉我心灵的寂寞。

　　这时我把笔深宵，追写了这篇赞叹感谢的文字，只不过倾吐我的心思，何尝求你知道——

　　然而我们既在"梵"中合一了，我也写了，你也看见了。

1920 年 8 月 30 日夜

闲情

弟弟从我头上,拔下发针来,很小心的挑开了一本新寄来的月刊。看完了目录,便反卷起来,握在手里笑说,"莹哥,你真是太沉默了,一年无有消息。"

我凝思地,微微答以一笑。

是的,太沉默了!然而我不能,也不肯忙中偷闲;不自然地,造作地,以应酬为目的地,写些东西。

病的神慈悲我,竟赐予我以最清闲最幽静的七天。

除了一天几次吃药的时间,是苦的以外,我觉得没有一时,不沉浸在轻微的愉快之中。——庭院无声。枕簟生凉。温暖的阳光,穿过苇帘,照在淡黄色的壁上。浓密的树影,在微风中徐徐动摇。窗外不时的有好鸟飞鸣。这时世上一切,都已抛弃隔绝,一室便是宇宙,花影树声,都含妙理。是一年来最难得的光阴呵,可惜只有七天!

黄昏时，弟弟归来，音乐声起，静境便霎然破了。一块暗绿色的绸子，蒙在灯上，屋里一切都是幽凉的，好似悲剧的一幕。镜中照见自己玲珑的白衣，竟悄然的觉得空灵神秘。当屋隅的四弦琴，颤动的，生涩的，徐徐奏起。两个歌喉，由不同的调子，渐渐合一。由悠扬，而宛转，由高亢，而沉缓的时候，怔忡的我，竟感到了无限的怅惘与不宁。

小孩子们真可爱，在我睡梦中，偷偷的来了，放下几束花，又走了。小弟弟拿来插在瓶里，也在我睡梦中，偷偷的放在床边几上。——开眼瞥见了，黄的和白的，不知名的小花，衬着淡绿的短瓶。……原是不很香的，而每朵花里，都包含着天真的友情。

终日休息着，睡和醒的时间界限，便分得不清。有时在中夜，觉得精神很圆满。——听得疾雷杂以疏雨，每次电光穿入，将窗台上的金钟花，轻淡清切的映在窗帘上，又急速的隐抹了去。而余影极分明的，印在我的脑膜上。我看见"自然"的淡墨画，这是第一次。

得了许可，黄昏时便出来疏散。轻凉袭人。迟缓的步履之间，自觉很弱，而弱中隐含着一种不可言说的愉快。这情景恰如小时在海舟上，——我完全不记得了，是母亲告诉我的，——众人都晕卧，我独不理会，颠顿的自己走上舱面，去看海。凝注之顷，不时的觉得身子一转，已跌坐在甲板上，以为很新鲜，很有趣。每坐下一次，便喜笑个不住，笑完再起来，希望再跌倒，忽忽又是十余年了，不想以弱点为愉乐的心情，至今不改。

一个朋友写信来慰问我，说：

"东坡云'因病得闲殊不恶'，我亦生平善病者，故知能闲真是大工夫，大学问。……如能于养神之外，偶阅《维摩经》尤妙，以天女能道尽众生之病，断无不能自其病也！恐扰清神，余不敢及。"

因病得闲，是第一慊心事，但佛经却没有看。

1922 年 6 月 12 日

好梦

——为《晨报》周年纪念作

自从太平洋舟中，银花世界之夜以后，再不曾见有团圆的月。

中秋之夕，停舟在慰冰湖上，自黄昏直至夜深，只见黑云屯积了来，湖面压得黯沉沉的。

又是三十天了，秋雨连绵，十四十五两夜，都从雨声中度过，我已拼将明月忘了！

今夜晚餐后，她竟来看我，竟然谈到慰冰风景，竟然推窗——窗外树林和草地，如同罩上一层严霜一般。"月儿出来了！"我们喜出意外的，匆匆披上外衣，到湖旁去。

曲曲折折的离开了径道，从露湿的秋草上踏过，轻软无声。斜坡上再下去。湖水已近接足下。她的外衣铺着，我的外衣盖着，我们无言的坐了下去，微微的觉得秋凉。

月儿并不十分清明。四围朦胧之中，山更青了，水更白了。湖波淡淡的如同叠锦。对岸远处一两星灯火闪烁着。湖心隐隐的听见笑语。一只小舟，载着两个人儿，自淡雾中，徐徐泛入林影深处。

回头看她，她也正看着我。月光之下，点漆的双睛，乌云般的头发，脸上堆着东方人柔静的笑。如何的可怜呵！我们只能用着西方人的言语，彼此谈着。

她说着十年前，怎样的每天在朝露还零的时候，抱着一大堆花儿从野地上回家里去——又怎样的赤着脚儿，一大群孩子拉着手，在草地上，和着最柔媚的琴声跳舞。到了酣畅处，自己觉得是个羽衣仙子。——又怎样的喜欢作活计。夏日晚风之中，在廊下拈着针儿，心里想着刚看过的书中的言语……。这些满含着诗意的话，沁入心脾，只有微笑。

渐渐的深谈了：谈到西方女孩子的活泼，和东方女孩子的温柔。谈到哲学。谈到朋友，引起了很长的讨论，"淡交如水"，是我们不约而同的收束。结果圆满，兴味愈深，更爽畅的谈到将来的世界，渐渐侵入现在的国际问题。我看着她，忽然没有了勇气。她也不住的弄着衣缘，言语很吞吐。——然而我们竟将许多伤心旧事，半明半晦的说过。"最遗憾的是一时的国际间的私意！理想的和爱的天国，离我们竟还遥远，然而建立这天国的责任，正在我们……"她低头说着，我轻轻的接了下去，"正在我们最能相互了解的女孩儿身上。"

自此便无声响，刚才的思想太沉重了，这云淡风轻的景物，似乎不能负载，我们都想挣脱出来，却一时再不知说什么好。数十年相关的历史，几万万人相对的感情，今夜竟都推在我们两个身上——惆怅到不可言说！

百步外一片灯光里，欢乐的歌声悠然而起，穿林度水而来——我们都如梦醒，"是西方人欢愉活泼的精神呵！"她含笑的说着，我长吁了一口气！

思想又扩大了，经过了第二度的沉默——只听得湖水微微激荡，风过处橡叶坠地的声音我不能再说什么话，也不肯再说什么话——她忽然温柔的抚着我的臂说："最乐的时间，就是和最知心的朋友，同在最美的环境之中，却是彼此静默着没有一句话说！"

月儿愈高，风儿愈凉。衣裳已受了露湿，我们都觉得支持不住。——很疲缓的站起，转过湖岸，上了层阶，迎面灿然的立着一座灯火楼台，她邀我到她楼上屋里去，捧过纪念本子来，要我留字。题过姓名在"快乐思想"的标

记事珠

目之下，我略一沉吟，便提起笔写下去，是"月光的底下，湖的旁边，和你一同坐着！"

独自归来的路上，瘦影在地。——过去的一百二十分钟，憧憬在我的心中，如同做了一场好梦。

1923 年 10 月 25 日夜，闭璧楼，威尔斯利

往事（其二）（节选）

她是翩翩的乳燕，

横海飘游，

月明风紧，

不敢停留——

在她频频回顾的飞翔里

总带着乡愁！

二

哪有心肠？然而竟被友人约去话别。

回来已是暮色沉沉。今夜没有电光，中堂燃着两支蜡烛，闪闪的光影，从竹帘里透出，觉得凄清。

走到院子里，已听见母亲同涵和杰断断续续的说话。

等我进去时，帘子响处，声音都寂。母亲只低着头做针线，涵和杰惘然的站了起来，却没有话说，只扶着椅背，对着闪闪的烛光呆望。

我怀疑着，一面向母亲说着今天饯别的光景，他们两个竟不来搭话，我也不问。

母亲进去了，我才问他们到底是怎么一回事。涵不言语，杰叹了一口气，半晌说："母亲说……她舍不得你走，你走了她如同……但她又不愿意让你知道……"

几个月来，我们原是彼此心下雪亮，只是手软心酸，不敢揭破这一层纸。然而今夜我听到了这意中的言语，我竟呆了。

忽然涵望着杰沉重的说："母亲吩咐不对莹哥说，你又来多事做什么？"

暂时沉默——这时电灯灿然的亮了，明光里照见他们两个的脸都红着。

杰嗫嚅着说："我想……我想不要紧的……"

涵截住他："不，我不许你说！"声音更严厉了。

这时杰真急了，觉得过分的受哥哥的诃斥。他也大声的说："瞒别人，难道要瞒自己的姊姊？"他负固的抵抗着。

我已丧失了裁判的能力，茫然的，无心的吹灭了蜡烛，正要勉强的说一两句话——

涵的声音凄然了，"正是不瞒别人，只瞒自己的姊姊呢！"

两对辛酸的眼光相触，如同刚卸下的琴弦一般，两个人同时无力的低下头去。

我神魂失据的站在他们中间。

电灯又灭了，感谢这一瞬时消失的光明！我们只觉得温热颤动的手，紧紧的互握着，却看不见彼此盈盈的泪眼！

1923 年 7 月 23 日夜，北京

四

心血来潮，如听精灵呼唤，从昏迷的睡中，旋风般翻身起坐——

铃声响后，屋门开了，接着床前一阵惨默的忙乱。

狂潮渐退——医生凝立视我无语。护士捧着磁盘，眼光中带着未尽的惊惶。我精神全隳，心里是彻底的死去般的空虚。颊上流着的清泪，只是眼眶里的一种压迫，不是从七情中的任一情来的。

　　　　　　　　　　　　　　　记事珠

最后仿佛的寻见了我自己是坐着，半缚半围的拥倚在床栏上，胸前系着一个大冰囊。注射过的右臂，麻木隐痛到不能转动，然而我也没有转动的意想。

心血果然凝而不流，飘忽的灵魂，觉出了躯壳的重量。这重量层层下沉，躯壳压在床栏上，床栏压在楼屋上，楼屋又压在大地上。

凝结沉重之中，时间一分一分的过去，人们已退尽。床侧的灯光，是调节到只能看见室内一切的模糊轮廓为止，——其实这时我自己也只剩一个轮廓！

我连闭目的力量都没有——然而我竟极无端的见了一个梦。

我在层层的殿阁中缓缓行走，却总不得踏着实地，软绵绵的在云雾中行。

不知走了多远，到了最末层；猛抬头看见四个大字的金匾，是"得大自在"，似乎因此觉悟了这是京西卧佛寺的大殿。

不由自主的还是往上走，两庑下忽然加深，黑沉沉的，两边忽然奏起音乐，却看不见一个乐人。那声音如敲繁钟，如吹急管，天风吹送着，十分的错落凄紧！我梦中停足倾耳，自然赞叹，"这是'十番'，究竟还是东方的古乐动人！"

更向里走，殿中更加沉黑，如漆如墨，摸索着愈走愈深。忽然如同揭开殿顶，射下一道光明来，殿中洞然，不见了那卧佛的大像，后壁上却高高的挂着一幅大白绫子，缀着青绒的大字，明白的是："只因天上最高枝，开向人……"光梢只闪到"人"字，便霎然的掣了回去。我惊退，如雾，如电，不断的乐音中，我倏然的坠下无底深渊去……

无限的下坠之中，灵魂又寻到了躯壳：耳中还听见"十番"，室中仍只是几堆模糊的轮廓，星辰在窗外清冷灰白色的天空中闪耀着——

我定一定神，我又微笑，周身仍是沉重冰结，心灵中却来了一缕凉意，是知识来复后的第一个感觉。

天还未明，刚在右臂药力消散之后，我挣扎着探身取了铅笔，将梦中所见的十个字，欹斜的写在一张小纸上，塞在浴衣的袋里。

病到不知西东的时候，冻结的心魂，还有能力飞扬！——光影又只霎然的一闪，"开向人……"之下，竟不知是些什么，无论何时回忆起，都觉得有些惋惜。原也只是许多字形在梦中的观念的再现，而上句"只因天上最高枝"这七个字，连缀得已似乎不错。

1923年11月26日夜，圣卜生疗养院

五

"风浪要来了，这一段水程照例是不平稳的！"

这两句话不知甚时，也不知是从哪一个侍者口中说出来的，一瞬时便在这几百个青年中间传播开了。大家不住的记念着，又报告佳音似的彼此谈说着。在这好奇而活泼的心绪里，与其说是防备着，不如说是希望着罢。

于是大家心里先晕眩了，分外的凝注着海洋。依然的无边闪烁的波涛，似乎渐渐的摇荡起来，定神看时，却又不见得。

我——更有无名的喜悦，暗地里从容的笑着。

晚餐的时候，灯光依旧灿然，广厅上杯光衣影，盈盈笑语之中，忽然看见那些白衣的侍者，托着盘子，敧斜的从许多圆桌中间掠走了过来，海洋是在动荡了！大家暂时的停了刀叉，相顾一笑，眼珠都流动着，好像相告说："风浪来了！"——这时都觉出了船身左右的摇摆。

我没有言语，又满意的一笑。

餐后回到房里——今夜原有一个谈话会——我徐徐的换着衣服，对镜微讴，看见了自己镜中惊喜的神情，如同准备着去赴海的女神召请去对酌的一个夜宴；又如同磨剑赴敌，对手是一个闻名的健者，而自己却有几分胜利的把握。

预定夜深才下舱来，便将睡前一切都安排好了。

出门一笑，厅中几个女伴斜坐在大沙发上，灯光下娇惰的谈笑着，笑声中已带晕意。

一路上去，遇见许多挟着毡子，笑着下舱来的同伴，笑声中也有些晕意。

我微笑着走上舱面去。琴旁坐着站着还围有许多人，我拉过一张椅子，坐在玲的旁边。她笑得倚到我的肩上说："风浪来了！"

弹琴的人左右倾欹的双腕仍是弹奏着，唱歌的人，手扶着琴台笑着唱着，忽然身不自主一溜的从琴的这端滑到那端去。

大家都笑了，笑声里似都不想再支持，于是渐渐的四散了。

我转入交际室，谈话会的人都已在里面了，大家团团的坐下。屋里似乎很郁闷。我觉得有些人面色很无主，掩着口蹙然的坐着——大家都觉得在同一的高度中，和室内一切，一齐的反侧欹斜。

似乎都很勉强，许多人的精神，都用到晕眩上了！仿佛中谈起爱海来，华问我为何爱海？如何爱海？——我渐渐的觉得快乐充溢，怡然的笑了。并非喜欢这问题，是喜欢我这时心身上直接自海得来的感觉，我笑说："爱海是这么一点一分的积渐的爱起来的……"

未及说完，一个同伴，掩着口颠顿的走了出去。

大家又都笑了。笑声中，也似乎说："我们散了罢！"却又都不好意思走，断断续续的仍旧谈着。我心神已完全的飞越，似乎水宫赴宴的时间，已一分一分的临近；比试的对手，已一步一步的仗着剑向着我走来，——但我还天一句地一句的说着"文艺批评"。

又是一个同伴，掩着口颠顿的走了出去——于是两个，三个……

我知道是我说话的时候了，我笑说："我们散了罢，别为着我大家拘束着！"一面先站了起来。

大家笑着散开了。出到舱外，灯影下竟无一人，栏外只听得涛声。全船想都睡下了，我一笑走上最高层去。

迎着海风，掠一掠鬓发，模糊摇撼之中，我走到栏旁，放倒一个救生圈，抱膝坐在上面，遥对着高竖的烟囱与桅樯。我看见船尾的栏干，与暗灰色的天末的水平线，互相重叠起落，高度相去有五六尺。

我凝神听着四面的海潮音。仰望高空，桅尖指处，只一两颗大星露见。——我的心魂由激扬而宁静，由快乐而感到庄严。海的母亲，在洪涛上轻轻的簸动这大摇篮。几百个婴儿之中，我也许是个独醒者……

我想到母亲，我想到父亲，忆起行前父亲曾笑对我说："这番横渡太平洋，你若晕船，不配作我的女儿！"

我寄父亲的信中，曾说了这几句："我已受了一回风浪的试探。为着要报告父亲，我在海风中，最高层上，坐到中夜。海已证明了我确是父亲的女儿。"

其实这又何足道？这次的航程，海平如镜，天天是轻风习习，那夜仅是五六尺上下的震荡。侍者口中夸说的风浪，和青年心中希冀惊笑的风浪，比海洋中的实况，大得多了！

1922 年 8 月 20 日夜，太平洋舟中

六

从来未曾感到的，这三夜来感到了，尤其是今夜！——与其说"感"不如说"刺"——今夜感到的，我

恳颤的希望这一生再也不感到!

阴历八月十四夜,晚餐后同一位朋友上楼来,从塔窗中,她忽然赞赏的唤我看月。撩开幔子,我看见一轮明月,高悬在远远的塔尖。地上是水银泻地般的月光。我心上如同着了一鞭,但感觉还散漫模糊,只惘然的也赞美了一句,便回到屋里,放下两重帘子来睡了。

早起一边理发,忽又惘惘的忆起昨夜的印象。我想起"……看月多归思,晓起开笼放白鹇"这两句来。如有白鹇可放,我昨夜一定开笼了,然而她纵有双飞翼,也怎生飞渡这浩浩万里的太平洋?我连替白鹇设想的希望都绝了的时候,我觉得到了最无可奈何的境界!

中秋日,居然晴明,我已是心慑,仪又欢笑的告诉我,今夜定在湖上泛舟,我尤其黯然!但这是沿例,旧同学年年此夜请新同学荡舟赏月,我如何敢言语?

黄昏良来召唤我时,天竟阴了,我一边和她走着,说不出心里的感谢。

我们七人,坐了三只小舟,一篙儿点开,缓缓从桥下穿过,已到湖上。

四顾廓然,湖光满眼。环湖的山黯青着,湖水也翠得很凄然。水底看见黑云浮动,湖岸上的秋叶,一丛丛的红意迎人，几座楼台在远处，旋转的次第入望。

我们荡到湖心，又转入水枝低亚处，错落的谈着，不时的仰望云霭的天空。云彩只严遮着，月意杳然。——"千金也买不了她这一刻的隐藏！"我说不出的心里的感谢。

云影只严遮着，月意杳然，夜色渐渐逼人，湖光渐隐。几片黑云，又横曳过湖东的丛树上，大家都怅惘，说："无望了！我们回去罢！"

归棹中我看见舟尾的秋。她在桨声里，似吟似叹的说："月呵！怎么不做美呵！"她很轻巧的又笑了，我也报她一笑。——这是"释然"，她哪儿知道我的心绪？

到岸后，还在堤边留连仰望了片晌。——我想："真可怜——中秋夜居然逃过了！"人人怅惘的归途中，我有说不尽的心里的感谢。

十六夜便不防备，心中很坦然，似乎忘却了。

不知如何，偶然敲了楼东一个朋友的室门，她正灭了灯在窗前坐着。月光满室！我一惊，要缩回也来不及了，只能听她起身拉着我的手，到窗前来。

没有一点缺憾！月儿圆满光明到十二分。我默然，我咬起唇儿，我几乎要迸出一两句诅咒的话！

假如她知道我这时心中的感伤是到了如何程度，她也必不忍这般的用双臂围住我，逼我站在窗前。我惨默无声，我已拼着鼓勇去领略。正如立近万丈的悬崖，下临无际的酸水的海。与其徘徊着惊悸亡魂，不如索性纵身一跃，死心的去感觉那没顶切肤的辛酸的感觉。

我神摇目夺的凝望着：近如方院，远如天文台，以及周围的高高下下的树，都逼射得看出了红，蓝，黄的颜色。三个绿半球针竿高指的圆顶下，不断的白圆穿门，一圈一圈的在地的月影，如墨线画的一般的清晰。十字道四角的青草，青得四片绿绒似的，光天化日之下，也没有这样的分明呵，何况这一切都浸透在这万里迷濛的光影里……

我开始诅咒了！

乡愁麻痹到全身，我掠着头发，发上掠到了乡愁；我捏着指尖，指上捏着了乡愁。是实实在在的躯壳上感着的苦痛，不是灵魂上浮泛流动的悲哀！

我一翻身匆匆的辞了她，回到屋里来。匆匆的用手绢蒙起了桌上嵌着父亲和母亲相片的银框。匆匆的拿起一本很厚的书来，扶着头苦读——茫然的翻了几十页，我实在没有气力再敷衍了，推开书，退到床上，万念俱灰的起了呜咽。

我病了……

那夜的惊和感，如夏空的急电，奔腾闪掣到了最高尖。过后回思，使我怃然叹异，而且不自信！如今反复的感着乡愁的心，已不能再飙起。无数的月夜都过去了，有时竟是整夜的看着，情感方面，却至多也不过"惘然"。

痛定思痛，我觉悟了明月为何千万年来，伤了无数的客心！静夜的无限光明之中，将四围衬映得清晰浮动，使她彻底的知道，一身不是梦，是明明白白的去国客游。一切离愁别恨，都不是淡荡的，犹疑的；是分明的，真切的，急如束湿的。

对于这事，我守了半年的缄默；只在今春与友人通讯之间，引了古人月夜的名句之后，我写："呜呼！赏鉴好文学，领略人生，竟须付偌大代价耶？"

至于代价如何，"呜呼"两字之后，藏有若干的伤感，我竟没有提，我的朋友因而也不曾问起。

1923 年 9 月 26 日夜，闭壁楼

七

我当然喜爱花草！

在国内时，我的屋里虽然不断的供养着香花，而剪

叶添水的事，我却不常做。父亲或母亲走了进来，用手指按一按盆土，就啧啧的说："我看花草供到你的屋里来，就是她们的末日到了！"

假如他二位老人家，说完这话就算了时，我自然不能再懒惰，至少也须敷衍敷衍；然而他们说完之后，提水瓶的提水瓶，拿剪刀的拿剪刀；若供的是水仙花，更是不但花根，连盆连石子都洗了。我乐得笑着站在一旁看。

我决不是不爱花，也决不是懒惰。一来我知道我收拾的万不及他们的齐整，——我十分相信收拾花卉是一种艺术——二来我每每喜欢得个题目，引得父亲和母亲和我纠缠。但看去国后，我从未忘了替屋里的花添水！我案头的水仙花，在别人和我同时养起的，还未萌苗的时候，就已怒放。一剪一剪繁密的花朵，将花管带得沉沉下垂，我用细绳将他们轻轻的束起。

花未开尽，我已病到医院里去，自此便隔绝了！只在一个朋友的小启中，提了一句，"你的花，我已替你浇水了。"以后再无人提，我也不好意思再问。但我在病榻上时时想起人去楼空，她自己在室中当然寂静。闭壁楼夜间整齐灿烂的光明中，缺了一点，便是我黑暗的窗户，暗室中再无人看她在光影下的丰神！

入山之后一日，开了朋友们替我收拾了送来的箱子，水仙花的绿盆赫然在内。我知道她在我卧病二十日之中，残落已尽，更无从"托微波以通词"，我怅然——良久！

第三天，得了一个匣子，剪开束绳，白纸外一张片子，写着：

无尽的爱，安娜。

纸内包卷着一束猩红的玫瑰。珍重的插在瓶内，黄昏时浓香袭人。

只过了一夜，我早起进来，看见花朵都低垂了，瓣儿憔悴得黑绒剪成的一般！才惊悟到这屋里太冷，后面瑛的小楼上是有暖炉的，她需要花的慰安，她也配受香花供养，我连忙托人带去赠了她。——听说一夜的工夫，花魂又回转了过来。

此后陆续又得了许多花，玫瑰也有，水仙也有，我都不忍留住。送客走后，便自己捧到瑛的楼里。

想起圣卜生医院室中不断的繁花，我不胜神往。然而到了花我不能两全的时候，我宁可刻苦了自己。我寂寞清寒的过了六十天，不曾牺牲一个花朵！

二月十六日，又有友人赠我六朵石竹花，三朵红的，三朵白的，间以几枝凤尾草。那天稍暖，送花的友人又站在一旁看我安插，我不好意思就把花送走，插好便放在屋里的玻璃几上。

夜中见着瑛，我说："又有一瓶花送你了！"她笑着谢了我。

回来欹在枕上，等着出到了廊外之时，忽然看见了几上的几朵石竹花，那三朵白的，倒不觉得怎样，只那三朵红的，红得异样的可怜！

灿然的灯下，红绒般的瓣儿，重叠细碎的光艳照眼，加以花旁几枝凤尾草的细绿的叶围绕着，交辉中竟有殢人的意味。

这时不知是"花"可怜，还是"红"可怜，我心中所起的爱的感觉，很模糊而浓烈……

"我不想再做傻子！周围都是白的，周围都是冷的，看不见一点红艳与生意，这般的过了六十天，何自苦如此？"

我决定留下她！

第二天早起，瑛问我："花呢？"我笑而不答。

今日风雪。我拥毡坐在廊上，回头看见这几朵花，在门窗洞开的室中，玻璃几上，迎着朔风瑟瑟而动，我不语。

进去从书架上取下一本书来，又到廊上。翻开书页，觉得连纸张都是冰冻的。我抬起头来望着那几朵寒颤的花——我又不语。

晚上，这几朵已憔悴损伤，瓣边已焦黄了！悼惜已来不及，我已牺牲了她。

偶然拿起笔来，不知是吊慰她，还是为自己文过，写了几行：

……

……

几曾愿挥麾开去？

雪冷风寒——

　　不忍挽柔弱的花枝，

　　　来陪我禁受。

顾惜了她们

　　逼得我忘怀自己。

真是何苦来？

　　石竹花！

无情的朋友，又打发了

秾艳的你们

　　来依傍冷幽的我！

拼却瓶碎花凝，

　　也做一回残忍的事罢！

山中两月，

　　澈骨的清寒，

不能再……

　　到此意尽，笔儿自然的放下，只扶头看着残花出神。

　　以后也曾重写了三五次，只是整凑不起来。花已死去，过也不必文，至今那张稿纸，还随便的夹在一本书里。

1924 年 2 月 20 日，沙穰

八

　　是除夜的酒后，在父亲的书室里。父亲看书，我也坐近书几，已是久久的沉默——

　　我站起，双手支颐，半倚在几上，我唤："爹爹！"父亲抬起头来。"我想看守灯塔去。"

　　父亲笑了一笑，说："也好，整年整月的守着海——

只是太冷寂一些。"说完仍看他的书。

我又说："我不怕冷寂，真的，爹爹！"

父亲放下书说："真的便怎样？"

这时我反无从说起了！我耸一耸肩，我说："看灯塔是一种最伟大，最高尚，而又最有诗意的生活……"

父亲点头说："这个自然！"他往后靠着椅背，是预备长谈的姿势。这时我们都感着兴味了。

我仍旧站着，我说："只要是一样的为人群服务，不是独善其身；我们固然不必避世，而因着性之相近，我们也不必避'避世'！"

父亲笑着点头。

我接着："避世而出家，是我所不屑做的，奈何以青年有为之身，受十方供养？"

父亲只笑着。

我勇敢的说："灯台守的别名，便是'光明的使者'。他抛离田里，牺牲了家人骨肉的团聚，一切种种世上耳目纷华的娱乐，来整年整月的对着渺茫无际的海天。除却海上的飞鸥片帆，天上的云涌风起，不能有新的接触。除了骀荡的海风，和岛上崖旁转青的小草，他不知春至。我抛却'乐群'，只知'敬业'……"

父亲说："和人群大陆隔绝，是怎样的一种牺牲，这情绪，我们航海人真是透彻中边的了！"言次，他微叹。

我连忙说："否，这在我并不是牺牲！我晚上举着火炬，登上天梯，我觉得有无上的倨傲与光荣。几多好男子，轻侮别离，弄潮破浪，狎习了海上的腥风，驱使着如意的桅帆，自以为不可一世，而在狂飚浓雾，海水山立之顷，他们却蹙眉低首，捧盘屏息，凝注着这一点高悬闪烁的光明！这一点是警觉，是慰安，是导引，然而这一点是由我燃着！"

父亲沉静的眼光中，似乎忽忽的起了回忆。

"晴明之日，海不扬波，我抱膝沙上，悠然看潮落星生。风雨之日，我倚窗观涛，听浪花怒撼崖石。我闭门读书，以海洋为师，以星月为友，这一切都是不变与永久。

"三五日一来的小艇上，我不断的得着世外的消息，和家人朋友的书函；似暂离又似永别的景况，使我们永驻在'的的如水'的情谊之中。我可读一切的新书籍，我可写作，在文化上，我并不曾与世界隔绝。"

父亲笑说："灯塔生活，固然极其超脱，而你的幻象，也未免过于美丽。倘若病起来，海水拍天之间，你可怎么办？"

我也笑道："这个容易——一时虑不到这些！"

父亲道："病只关你一身，误了燃灯，却是关于众生的光明……"

我连忙说："所以我说这生活是伟大的！"

父亲看我一笑，笑我词支，说："我知道你会登梯燃灯；但倘若有大风浓雾，触石沉舟的事，你须鸣枪，你须放艇……"

我郑重的说："这一切，尤其是我所深爱的。为着自己，为着众生，我都愿学！"

父亲无言，久久，笑道："你若是男儿，是我的好儿子！"

我走近一步，说："假如我要得这种位置，东南沿海一带，爹爹总可为力？"

父亲看着我说："或者……但你为何说得这般的郑重？"

我肃然道："我处心积虑已经三年了！"

父亲敛容，沉思的抚着书角，半天，说："我无有不赞成，我无有不为力。为着去国离家，吸受海上腥风的航海者，我忍心舍遣我唯一的弱女，到岛山上点起光明。但是，唯一的条件，灯台守不要女孩子！"

我木然勉强一笑，退坐了下去。

又是久久的沉默——

父亲站起来，慰安我似的："清静伟大，照射光明的生活，原不止灯台守，人生宽广的很！"

我不言语。坐了一会，便掀开帘子出去。

弟弟们站在院子的四隅，燃着了小爆竹。彼此抛掷，欢呼声中，偶然有一两支掷到我身上来，我只笑避——实在没有同他们追逐的心绪。

回到卧室，黑沉沉的歪在床上。除夕的梦纵使不灵验，万一能梦见，也是慰情聊胜无。我一念至诚的要入梦，幻想中画出环境，暗灰色的波涛，岿然的白塔……

一夜寂然——奈何连个梦都不能做！

这是两年前的事了，我自此后，禁绝思虑，又十年不见灯塔，我心不乱。

这半个月来，海上瞥见了六七次，过眼时只悄然微叹。失望的心情，不愿他再兴起。而今夜浓雾中的独立，我竟极奋迅的起了悲哀！

丝雨濛濛里，我走上最高层，倚着船栏，忽然见天幕下，四塞的雾点之中，夹岸两嶂淡墨画成似的岛山上，各有一点星光闪烁——

船身微微的左右欹斜，这两点星光，也徐徐的在两旁隐约起伏。光线穿过雾层，莹然，灿然，直射到我的心上来，如招呼，如接引，我无言，久——久，悲哀的心弦，开始策策而动！

有多少无情有恨之泪，趁今夜都向这两点星光挥洒！凭吟啸的海风，带这两年前已死的密愿，直到塔前的光下——

从兹了结！拈得起，放得下，愿不再为灯塔动心，也永不作灯塔的梦，无希望的永古不失望，不希冀那不可希冀的，永古无悲哀！

愿上帝祝福这两个塔中的燃灯者！——愿上帝祝福有海水处，无数塔中的燃灯者！愿海水向他长绿，愿海山向他长青！愿他们知道自己是这一隅岛国上无冠的帝王，只对他们，我愿致无上的颂扬与羡慕！

1923 年 8 月 28 日，太平洋舟中

九

只这般昏昏的，匆匆的别去，既不缠绵，又不悲壮，白担了这许多日子的心了！

头一天午时，我就没有上桌吃饭，弟弟们唤我，我

躺在床上装睡。听见母亲在外间说："罢了，不要惹她。"

伤了一会子的心——下午弟弟们的几个小朋友来了，玩得闹烘烘的。大家环着院子里一个大莲花缸跑，彼此泼水为戏，连我也弄湿了衣襟。母亲半天不在家，到西院舅母那边去了，却吩咐厨房里替我煮了一碗面。

黄昏时又静了下来，我开了琴旁的灯弹琴，好几年不学琴了，指法都错乱，我只心不在焉的反覆的按着。最后不知何时已停了弹，只倚在琴台上，看起琴谱来。

父亲走到琴边，说："今晚请你的几个朋友来谈谈也好，就请她们来晚餐。"我答应着，想了一想，许多朋友假期中都走了，星虽远些，还在西城。我就走到电话匣旁，摘上耳机来，找到她，请她多带几个弟妹，今夜是越人多越好。她说晚了，如来不及，不必等着晚餐也罢。那时已入夜，平常是星从我家归去的时候了。

舅母走过来，潜也从家里来了。我们都很欢喜，今夜最怕是只有家人相对！潜说着海舟上的故事，和留学生的笑话，我们听得很热闹。

厨丁在两个院子之间，不住的走来走去，又自言自语的说："九点了！"我从帘子里听见，便笑对母亲说："简直叫他们开饭罢，厨师父在院子里急得转磨呢！——星一时未必来得了。"母亲说："你既请了她，何妨再等一会？"和我说着，眼却看着父亲。父亲说："开来也好，就请舅母和潜在这里吃罢。我们家里按时惯了，偶然一两次晚些，就这样的鸡犬不宁！"

我知道父亲和母亲只怕的是我今夜又不吃饭，如今有舅母和潜在这里，和星来一样，于是大家都说好——纷纭语笑之中，我好好吃了一顿晚饭。

饭后好一会，星才来到，还同着宪和宜，我同楫迎了出去，就进入客室。

话别最好在行前八九天，临时是"话"不出来的。不是轻重颠倒，就是无话可说。所以我们只是东拉西扯，比平时的更淡漠，更无头绪，我一句也记不得了。

只记得一句，还不是我们说的。

我和星，宜在内间，楫陪着宪在外间，只隔着一层窗纱，小孩子谈得更热闹。

星忽然摇手，听了一会，笑对我说："你听你小弟弟和宪说的是什么？"我问："是什么？"她笑道："他说，'我姊姊走了，我们家里，如同丢了一颗明珠一般！'"她说着又笑了，宜也笑了，我不觉脸红起来。

——我们姊弟平日互相封赠的徽号多极了！什么剑

客，诗人，哲学家，女神等等，彼此混谥着。哪里是好意？三分亲爱，七分嘲笑，有时竟等于怨谤，一点经纬都没有的！比如说父亲或母亲偶然吩咐传递一件东西，我们争着答应，自然有一个捷足先得，偶然得了夸奖，其余三个怎肯干休？便大家站在远处，点头赞叹的说："孝子！真孝顺！'二十四孝'加上你，二十五孝了！"结果又引起一番争论。

这些事只好在家里通行，而童子无知，每每在大庭广众之间，也弄假成真的说着，总使我不好意思——

我也只好一笑，遮掩开去。

舅母和潜都走了，我们便移到中堂来。时已夜午，我觉得心中烦热，竟剖开了一个大西瓜。

弟弟们零零落落的都进去了，再也不出来。宪没有人陪，也有了倦意。星说："走罢，远得很呢，明天车站上送你！"说着有些凄然。——岂知明天车站上并没有送着，反是半个月后送到海舟上来，这已是我大梦中的事了！

送走了她们，走入中间，弟弟们都睡了。进入内室，只父亲一人在灯下，我问妈妈呢，父亲说睡下了。然而我听见母亲在床上转侧，又轻轻的咳嗽，我知道她不愿意和我说话，也就不去揭帐。

默然片晌，——父亲先说些闲话，以后慢慢的说："我十七岁离家的时候，祖父嘱咐我说：'出外只守着三个字：勤，慎，……'"

没有说完，我低头按着胸口——父亲皱眉看着我，问："怎么了？"我说："没有什么，有一点心痛……"

父亲叹了一口气，站起身来，说："不早了，你睡去罢，已是一点钟了。"

回到屋里，抚着枕头也起了恋恋，然而一夜睡得很好。

早饭是独自吃的，告诉过母亲到佟府和女青年会几个朋友那里辞行，便出门去了。又似匆匆，又似挨延的，近午才回来。

入门已觉得凄切！在院子里，弟弟们拦住我，替我摄了几张快影。照完我径入己室，扶着书架，泪如雨下。

舅母抱着小因来了，说："小因来请姑姑了，到我们那边吃饺子去！"我连忙强笑着出来，接过小因，偎着她。就她的肩上，印我的泪眼——便跟着舅母过来。

也没有吃得好：我心中的酸辛，千万倍于蘸饺子的姜醋，父亲踱了过来，一面逗小因说笑，却注意我吃了多少，我更支持不住，泪落在碗里，便放下筷子。舅母和嫂嫂含着泪只管让着，我不顾的站了起来……

回家去，中堂里正撤着午餐。母亲坐在中间屋里，看见我，眼泪便滚了下来。我那时方寸已乱！一会儿恐怕有人来送我，与其左右是禁制不住，有在人前哭的，不如现在哭。我叫了一声"妈妈"，挨坐了下去。我们冰凉颤动的手，紧紧的互握着臂腕，呜咽不成声！——半年来的自欺自慰，相欺相慰，无数的忍泪吞声，都积攒了来，有今日恣情的一恸！

鸦雀无声，没有一个人来劝，恐怕是要劝的人也禁制不住了！

我释了手，卧在床上，泪已流尽，闭目躺了半晌，心中倒觉得廓然。外面人报潜来了，母亲便走了出去。小朋友们也陆续的来了，我起来洗了脸，也出去和他们从容的谈起话来。

外面门环响，说："马车来了。"小朋友们都手忙脚乱的先推出自行车去，潜拿着帽子，站在堂门边。

我竟微笑了！我说："走了！"向空发言似的，这语声又似是从空中来，入耳使我惊愕。我不看着任一个人，便掀开帘子出去。

极迅疾的！我只一转身，看见涵站在窗前，只在我这一转身之顷，他极酸恻的瞥了我一眼，便回过头去！可怜的孩子! 他从昨日起未曾和我说话, 他今天连出大门来送我的勇气都没有! 这一瞥眼中, 有送行, 有抱歉, 有慰藉, 有无限的别话, 我都领会了! 别离造成了今日异样懂事的一个他! 今天还是他的生日呢, 无情的姊姊连寿面都不吃, 就走了! ……

走到门外, 只觉得车前人山人海, 似乎家中大小上下都出来了。我却不曾看见母亲。不知是我不敢看她, 或是她隐在人后, 或是她没有出来。我看见舅母, 嫂嫂, 都含着泪。连站在后面的白和张, 说了一声 "一路平安!" 声音都哽咽着, 眼圈儿也红了。

坐车, 骑车的小孩子, 都启行了。我带着两个弟弟, 两个妹妹, 上了车, 车门砰的一声关上了。马一扬鬣, 车轮已经转动。只几个转动, 街角的墙影, 便将我亲爱的人们和我的, 相互的视线隔断了……

我又微笑着向后一倚。自此入梦! 此后的都是梦境了!

只这般昏昏的匆匆的一别, 既不缠绵, 又不悲壮, 白担了这许多日子的心了!

然而只这昏昏的匆匆的一别, 便把我别到如云的梦中来! 九个月来悬在云雾里, 眼前飞掠的只是梦幻泡影, 一切色，声，香，味，触，法，都很异样，很麻木，很飘浮。我挣扎把握，也撮不到一点真实！

这种感觉不是全然于我无益的，九个月来，不免有时遇到支持不住的事，到了悲哀宛转，无可奈何的时节，我就茫然四顾的说："不管他罢，这一切原都在梦中呢！"

就是此刻的突起的乡愁，也这样迷迷糊糊的让他过去了！

1923 年 8 月 3 日，北京

寄小读者（节选）

通讯一

似曾相识的小朋友们：

我以抱病又将远行之身，此三两月内，自分已和文字绝缘；因为昨天看见《晨报副镌》上已特辟了"儿童世界"一栏，欣喜之下，便借着软弱的手腕，生疏的笔墨，来和可爱的小朋友，作第一次的通讯。

在这开宗明义的第一信里，请你们容我在你们面前介绍我自己。我是你们天真队伍里的一个落伍者——然而有一件事，是我常常用以自傲的：就是我从前也曾是一个小孩子，现在还有时仍是一个小孩子。为着要保守这一点天真，直到我转入另一世界时为止，我恳切的希望你们帮助我，提携我。我自己也要永远勉励着，做你们的一个最热情最忠实的朋友!

小朋友,我要走到很远的地方去。我十分的喜欢有这次的远行,因为或者可以从旅行中多得些材料,以后的通讯里,能告诉你们些略为新奇的事情。——我去的地方,是在地球的那一边。我有三个弟弟,最小的十三岁了。他念过地理,知道地球是圆的。他开玩笑的和我说:"姊姊,你走了,我们想你的时候,可以拿一条很长的竹竿子,从我们的院子里,直穿到对面你们的院子去,穿成一个孔穴。我们从那孔穴里,可以彼此看见。我看看你别后是否胖了,或是瘦了。"小朋友想这是可能的事情么?——我又有一个小朋友,今年四岁了。他有一天问我说:"姑姑,你去的地方,是比前门还远么?"小朋友看是地球的那一边远呢?还是前门远呢?

我走了——要离开父母兄弟,一切亲爱的人。虽然是时期很短,我也已觉得很难过。倘若你们在风晨雨夕,在父亲母亲的膝下怀前,姊妹弟兄的行间队里,快乐甜柔的时光之中,能联想到海外万里有一个热情忠实的朋友,独在恼人凄清的天气中,不能享得这般浓福,则你们一瞥时的天真的怜念,从宇宙之灵中,已遥遥的付与我以极大无量的快乐与慰安!

寄小读者(节选)

小朋友，但凡我有功夫，一定不使这通讯有长期间的间断。若是间断的时候长了些，也请你们饶恕我。因为我若不是在童心来复的一刹那顷拿起笔来，我决不敢以成人烦杂之心，来写这通讯。这一层是要请你们体恤怜悯的。

这信该收束了，我心中莫可名状，我觉得非常的荣幸！

冰心　1923 年 7 月 25 日

通讯二

小朋友们：

我极不愿在第二次的通讯里，便劈头告诉你们一件伤心的事情。然而这件事，从去年起，使我的灵魂受了隐痛，直到现在，不容我不在纯洁的小朋友面前忏悔。

去年的一个春夜——很清闲的一夜，已过了九点钟了。弟弟们都已去睡觉，只我的父亲和母亲对坐在圆桌旁边，看书，吃果点，谈话。我自己也拿着一本书，倚在椅背上站着看。那时一切都很和柔，很安静的。

一只小鼠，悄悄的从桌子底下出来，慢慢的吃着地上的饼屑。这鼠小得很。他无猜的，坦然的，一边吃着，一边抬头看看我——我惊悦的唤起来，母亲和父亲都向下注视了。四面眼光之中，他仍是怡然的不走。灯影下照见他很小很小，浅灰色的嫩毛，灵便的小身体，一双闪烁的明亮的小眼睛。

小朋友们，请容我忏悔！一刹那顷我神经错乱的俯将下去，拿着手里的书，轻轻的将他盖上。——上帝！他竟然不走。隔着书页，我觉得他柔软的小身体，无抵抗的蜷伏在地上。

这完全出于我意料之外了！我按着它的手，方在微颤——母亲已连忙说："何苦来！这么驯良有趣的一个小活物——"话犹未了，小狗虎儿从帘外跳将进来，父亲也连忙说："快放手，虎儿要得着他了！"我又神经错乱的拿起书来。可恨呵！他仍是怡然的不动。——一声喜悦的微吼，虎儿已扑着它。不容我唤住，已衔着他从帘隙里又钻了出去。出到门外，只听得它在虎儿口里，微弱凄苦的啾啾的叫了几声，此后便没有了声息。——前后不到一分钟，这温柔的小活物，使我心上飕的着了一箭！

我从惊惶中吁了一口气。母亲慢慢也放下手里的书，抬头看着我说："我看它实在小得很，无机得很。否则一定跑了。初次出来觅食，不见回来，它母亲在窝里，不定怎样的想望呢。"

小朋友，我堕落了，我实在堕落了！我若是和你们一般年纪的时候，听得这话，一定要慢慢的挪过去，突然的扑在母亲怀中痛哭。然而我那时……小朋友们恕我！我只装作不介意的笑了一笑。

　　安息的时候到了，我回到卧室里去。勉强的笑，增加了我的罪孽。我徘徊了半天，心里不知怎样才好——我没有换衣服，只倚在床沿，伏在枕上。在这种状态之下，静默了有十五分钟——我至终流下泪来。

　　至今已是一年多了。有时读书至夜深，再看见有鼠子出来，我总觉得忧愧，几乎要避开。我总想是那只小鼠的母亲，含着伤心之泪，夜夜出来找它，要带它回去。

　　不但这个，看见虎儿时想起，夜坐时也想起，这印象在我心中时时作痛。有一次禁受不住，便对一个成人的朋友，说了出来；我拼着受她一场责备，好减除我些痛苦。不想她却失笑着说："你真是越来越孩子气了，针尖大的事，也值得说说！"她漠然的笑容，竟将我以下的话，拦了回去。从那时起，我灰心绝望，我没有向第二个成人，再提起这针尖大的事！

　　我小时曾为一头折足的蟋蟀流泪，为一只受伤的黄雀呜咽；我小时明白一切生命，在造物者眼中是一般大小

　　　　　　　　　　　　记事珠

的；我小时未曾做过不仁爱的事情，但如今堕落了……

今天都在你面前陈诉承认了，严正的小朋友，请你们裁判罢！

冰心　1923 年 7 月 28 日，北京

通讯三

亲爱的小朋友：

昨天下午离开了家，我如同入梦一般。车转过街角的时候，我回头凝望着——除非是再看见这缘满豆叶的棚下的一切亲爱的人，我这梦是不能醒的了！

送我的尽是小孩子——从家里出来，同车的也是小孩子，车前车后也是小孩子。我深深觉得凄恻中的光荣。冰心何福，得这些小孩子天真纯洁的爱，消受这甚深而不牵累的离情。

火车还没有开行，小弟弟冰季别到临头，才知道难过。不住的牵着冰叔的衣袖，说"哥哥，我们回去罢"。他酸泪盈眸，远远的站着。我叫过他来，捧住了他的脸，我又无力的放下手来，他们便走了——我们至终没有一句话。

慢慢的火车出了站，一边城墙，一边杨柳，从我眼前飞过。我心沉沉如死，倒觉得廓然；便拿起国语文学史来看，刚翻过"卿云烂兮"一段，忽然看见书页上的空白写着几个大字："别忘了小小。"我的心忽然一酸，连忙抛了书，走到对面的椅子上坐下——这是冰季的笔迹啊！小弟弟，如何还困弄我于别离之后？

夜中只是睡不稳。几次坐起，开起窗来，只有模糊的半圆的月，照着深黑无际的田野。——车只风驰电掣的，轮声轧轧里，奔向着无限的前途。明月和我，一步一步的离家远了！

今早过济南，我五时便起来，对窗整发。外望远山连绵不断，都没在朝霭里，淡到欲无。只浅蓝色的山峰一线，横亘天空。山坳里人家的炊烟，濛濛的屯在谷中，如同云起。朝阳极光明的照临在无边的整齐青绿的田畦上。我梳洗毕凭窗站了半点钟，在这庄严伟大的环境中，我只能默然低头，赞美万能智慧的造物者。

过泰安府以后，朝露还零。各站台都在浓阴之中，最有古趣，最清幽。到此我才下车稍稍散步，远望泰山，悠然神往。默诵"高山仰止，景行行止，虽不能至，心向往之"四句，反复了好几遍。

自此以后，站台上时闻皮靴拖踏声，刀枪相触声，又见黄衣灰衣的兵丁，成队的来往梭巡。我忽然忆起临城劫车的事，知道快到抱犊冈了，我切愿一见。我这时心中只憬憧着梁山泊好汉的生活，武松林冲鲁智深的生活。我不是羡慕什么分金阁，剥皮亭，我羡慕那种激越豪放，大刀阔斧的胸襟！

因此我走出去，问那站在两车挂接处荷枪带弹的兵丁。他说快到临城了，抱犊冈远在几十里外，车上是看不见的。他和我说话极温和，说的是纯正的山东话。我如同远客听到乡音一般，起了无名的喜悦。——山东是我灵魂上的故乡，我只喜欢忠恳的山东人，听那生怯的山东话。

一站一站的近江南了，我旅行的快乐，已经开始。这次我特意定的自己一间房子，为的要自由一些，安静一些，好写些通讯。我靠在长枕上，近窗坐着。向阳那边的窗帘，都严严的掩上。对面一边，为要看风景，便开了一半。凉风徐来，这房里寂静幽阴已极。除了单调的轮声以外，与我家中的书室无异。窗内虽然没有满架的书，而窗外却旋转着伟大的自然。笔在手里，句在心里，只要我不按铃，便没有人进来搅我。龚定庵有句云："都道西湖清怨极，谁分这般浓福？"今早这样恬静喜悦的心境，是我所梦想不到的，书此不但自慰，并以慰弟弟们和记念我的小朋友。

冰心　1923 年 8 月 4 日，津浦道中

通讯四

小朋友：

好容易到了临城站，我走出车外。只看见一大队兵，打着红旗，上面写着"……第二营……"又放炮仗，又吹喇叭；此外站外只是远山田陇，更没有什么。我很失望，我竟不曾看见一个穿夜行衣服，带镖背剑，来去如飞的人。

自此以南，浮云蔽日。轨道旁时有小湫。也有小孩子，在水里洗澡游戏。更有小女儿，戴着大红花，坐在水边树底作活计，那低头穿线的情景，煞是温柔可爱。

过南宿州至蚌埠，轨道两旁，雨水成湖。湖上时有小舟来往。无际的微波，映着落日，那景物美到不可描画。——自此人民的口音，渐渐的改了，我也渐渐的觉得心怯，也不知道为什么。

过金陵正是夜间，上下车之顷，只见隔江灯火灿然。我只想象着城内的秦淮莫愁，而我所能看见的，只是长桥下微击船舷的黄波浪。

五日绝早过苏州。雨夜失眠，烦困已极，而窗外风

景，浸入我倦乏的心中，使我悠然如醉。江水伸入田陇，远远几架水车，一簇一簇的茅亭农舍，树围水绕，自成一村。水漾轻波，树枝低亚。当村儿农妇挑着担儿，荷着锄儿，从那边走过之时，真不知是诗是画！

有时远见大江，江帆点点，在晓日之下，清极秀极。我素喜北方风物，至此也不得不倾倒于江南之雅澹温柔。

晨七时半到了上海，又有小孩子来接，一声"姑姑"，予我以无限的欢喜——到此已经四五天了，休息之后，俗事又忙个不了。今夜夜凉如水，灯下只有我自己。在此静夜极难得，许多姊妹兄弟，知道我来，多在夜间来找我乘凉闲话。我三次拿起笔来，都因门环响中止。凭栏下视，又是哥哥姊姊来看望我的。我慰悦而又惆怅，因为三次延搁了我所乐意写的通讯。

这只是沿途的经历，感想还多，不愿在忙中写过，以后再说。夜深了，容我说晚安罢！

冰心　1923 年 8 月 9 日，上海

通讯五

小朋友：

早晨五时起来，趁着人静，我清明在躬之时，来写

几个字。

　　这次过蚌埠，有母女二人上车，茶房直引她们到我屋里来。她们带着好几个提篮，内中一个满圈着小鸡。那时车中热极，小鸡都纷纷的伸出头来喘气，那个女儿不住的又将他们按下去。她手脚匆忙，好似弹琴一般。那女儿二十上下年纪，穿着一套麻纱的衣服，一脸的麻子，又满扑着粉，头上手上戴满了簪子，耳珥，戒指，镯子之类，说话时善能作态。我那时也不知是因为天热，心中烦躁，还是什么别的缘故，只觉得那女孩儿太不可爱。我没有同她招呼，只望着窗外，一回头正见她们谈着话。那女孩儿不住撒娇撒痴的要汤要水；她母亲穿一套青色香云纱的衣服，五十岁上下，面目蔼然；和她谈话的态度，又似爱怜，又似斥责。我旁观忽然心里难过，趁有她们在屋，便走了出去——小朋友！我想起我的母亲！不觉凭在甬道的窗边，临风偷洒了几点酸泪。

　　请容我倾吐，我信世界上只有你们不笑话我！我自从去年得有远行的消息以后，我背着母亲，天天数着日子。日子一天一天的过了，我也渐渐的瘦了。大人们常常安慰我说："不要紧的，这是好事！"我何尝不知道是好事？叫我说起来，恐怕比他们说的还动听。然而我终竟是个弱者，弱者中最弱的一个。我时常暗恨我自己！临行之前，到姨母家里去，姨母一面张罗我就坐吃茶，一面笑问："你走了，舍得母亲么？"我也从容的笑说："那没有什么，日子又短，那边还有人照应。"——等到姨母出去，小表妹忽然走到我面前，两手按在我的膝上，仰着脸说："姊姊，是么？你真舍得母亲么？"我那时忽然禁制不住，看着她那智慧诚挚的脸，眼泪直奔涌了出来。我好似要堕下深崖，求她牵援一般，我坚握着她的小手，低声说："不瞒你说，妹妹，我舍不得母亲，舍不得一切亲爱的人！"

小朋友！大人们真是可钦羡的，他们的眼泪是轻易不落下来的。他们又勇敢，又大方。在我极难过的时候，我的父亲母亲，还能从容不动的劝我。虽不知背地里如何，那时总算体恤，坚忍，我感激至于无地！

我虽是弱者，我还有我自己的傲岸！我还不肯在不相干的大人前，披露我的弱点。行前和一切师长朋友的谈话，总是喜笑着说的。我不愿以我的至情，来受他们的讥笑。然而我却愿以此在上帝和小朋友面前，乞得几点神圣的同情的眼泪！

窗外是斜风细雨，写到这时，我已经把持不住。同情的小朋友，再谈罢！

冰心　1923 年 8 月 12 日，上海

通讯七

亲爱的小朋友：

八月十七的下午，约克逊号邮船无数的窗眼里，飞出五色飘扬的纸带，远远的抛到岸上，任凭送别的人牵住的时候，我的心是如何的飞扬而凄恻！

痴绝的无数的送别者，在最远的江岸，仅仅牵着这终于断绝的纸条儿，放这庞然大物，载着最重的离愁，飘然西去！

船上生活，是如何的清新而活泼。除了三餐外，只是随意游戏散步。海上的头三日，我竟完全回到小孩子的境地中去了，套圈子，抛沙袋，乐此不疲，过后又绝然不玩了。后来自己回想很奇怪，无他，海唤起了我童年的回忆，海波声中，童心和游伴都跳跃到我脑中来。我十分的恨这次舟中没有几个小孩子，使我童心来复的三天中，有无猜畅好的游戏！

我自少住在海滨，却没有看见过海平如镜，这次出了

　　　　　　　　　　　　　　记事珠

吴淞口，一天的航程，一望无际尽是粼粼的微波。凉风习习，舟如在冰上行。过了高丽界，海水竟似湖光，蓝极绿极，凝成一片。斜阳的金光，长蛇般自天边直接到栏旁人立处。上自穹苍，下至船前的水，白浅红至于深翠，幻成几十色，一层层，一片片的漾开了来。——小朋友，恨我不能画，文字竟是世界上最无用的东西，写不出这空灵的妙景！

八月十八夜，正是双星渡河之夕。晚餐后独倚栏旁，凉风吹衣。银河一片星光，照到深黑的海上。远远听得楼栏下人声笑语，忽然感到家乡渐远。繁星闪烁着，海波吟啸着，凝立悄然，只有惆怅。

十九日黄昏，已近神户，两岸青山，不时的有渔舟往来。日本的小山多半是圆扁的，大家说笑，便道是"馒头山"。这馒头山沿途点缀，直到夜里。远望灯光灿然，已抵神户，船徐徐停住，便有许多人上岸去。我因太晚，只自己又到最高层上，初次看见这般璀璨的世界，天上微月的光，和星光，岸上的灯光，无声相映。不时的还有一串光明从山上横飞过，想是火车周行。……舟中寂然，今夜没有海潮音，静极心绪忽起："倘若此时母亲也在这里……"我极清晰的忆起北京来，小朋友，恕我，不能往下再写了。

冰心　1923 年 8 月 20 日，神户

寄小读者（节选）　　　　　　　　　　　　　*137*

朝阳下转过一碧无际的草坡，穿过深林，已觉得湖上风来，湖波不是昨夜欲睡如醉的样子了。——悄然的坐在湖岸上，伸开纸，拿起笔，抬起头来，四围红叶中，四面水声里，我要开始写信给我久违的小朋友。小朋友猜我的心情是怎样的呢？

　　水面闪烁着点点的银光，对岸意大利花园里亭亭层列的松树，都证明我已在万里外。小朋友，到此已逾一月了，便是在日本也未曾寄过一字，说是对不起呢，我又不愿！

　　我平时写作，喜在人静的时候。船上却处处是公共的地方，舱面栏边，人人可以来到。海景极好，心胸却难得清平。我只能在晨间绝早，船面无人时，随意写几个字。堆积至今，总不能整理，也不愿草草整理，便迟延到了今日。我是尊重小朋友的，想小朋友也能尊重原谅我！

　　许多话不知从哪里说起，而一声声打击湖岸的微波，一层层的没上杂立的湖石，直到我蔽膝的毡边来，似乎要求我将她介绍给我的小朋友。小朋友，我真不知如何的形容介绍她！她现在横在我的眼前。湖上的明月和落日，湖上的浓阴和微雨，我都见过了，真是仪态万千。小朋友，我的亲爱的人都不在这里，便只有她——海的女儿，能慰安我了。Lake Waban，谐音会意，我便唤她做"慰冰"。

每日黄昏的游泛，舟轻如羽，水柔如不胜桨。岸上四围的树叶，绿的，红的，黄的，白的，一丛一丛的倒影到水中来，覆盖了半湖秋水。夕阳下极其艳冶，极其柔媚。将落的金光，到了树梢，散在湖面。我在湖上光雾中，低低的嘱咐她，带我的爱和慰安，一同和她到远东去。

小朋友！海上半月，湖上也过半月了，若问我爱哪一个更甚，这却难说。——海好像我的母亲，湖是我的朋友。我和海亲近在童年，和湖亲近是现在。海是深阔无际，不着一字，她的爱是神秘而伟大的。我对她的爱是归心低首的。湖是红叶绿枝，有许多衬托。她的爱是温和妩媚的。我对她的爱是清淡相照的。这也许太抽象，然而我没有别的话来形容了！

小朋友，两月之别，你们自己写了多少，母亲怀中的乐趣，可以说来让我听听么？——这便算是沿途书信的小序，此后仍将那写好的信，按序寄上。日月和地方，都因其旧。"弱游"的我，如何自太平洋东岸的上海绕到大西洋东岸的波士顿来，这些信中说得很清楚，请在那里看罢！

不知这几百个字，何时方达到你们那里，世界真是太大了！

冰心　1923年10月14日，慰冰湖畔，威尔斯利

寄小读者（节选）　　　　　　　　　　　　　　　　*139*

通讯九

　　这是我姊姊由病院寄给父亲的一封信，描写她病中的生活和感想，真是比日记还详。我想她病了，一定不能常写信给《儿童世界》的小读者。也一定有许多的小读者，希望得着她的消息。所以我请于父亲，将她这封信发表。父亲允许了，我就略加声明当作小引。想姊姊不至责我多事？

1924 年 1 月 22 日，冰仲，北京交大

亲爱的父亲：

　　我不愿告诉我的恩慈的父亲，我现在是在病院里；然而尤不愿有我的任何一件事，隐瞒着不叫父亲知道！横竖信到日，我一定已经全愈，病中的经过，正不妨作记事看。

　　自然又是旧病了，这病是从母亲来的。我病中没有分毫不适，我只感谢上苍，使母亲和我的体质上，有这样不模糊的连结。血赤是我们的心，是我们的爱，我爱母亲，也并爱了我的病！

　　前两天的夜里——病院中没有日月，我也想不起来——S 女士请我去晚餐。在她小小的书室里，灭了灯，

燃着闪闪的烛，对着熊熊的壁炉的柴火，谈着东方人的故事。——一回头我看见一轮淡黄的月，从窗外正照着我们；上下两片轻绡似的白云，将她托住。S女士也回顾惊喜赞叹。匆匆的饮了咖啡，披上外衣，一同走了出去。

她指点给我看：那边是织女，那个是牵牛，还有仙女星，猎户星，孪生的兄弟星，王后星，末后她悄然的微笑说："这些星星方位和名字，我一一牢牢记住。到我衰老不能行走的时候，我卧在床上，看着疏星从我窗外度过，那时便也和同老友相见一般的喜悦。"她说着起了微喟。月光照着她飘扬的银白的发，我已经微微的起了感触，如何的凄清又带着诗意的句子呵！

我问她如何会认得这些星辰的名字，她说是因为她的弟弟是航海家的缘故，这时父亲已横上我的心头了！

记否去年的一个冬夜，我同母亲夜坐，父亲回来的很晚。我迎着走进中门，朔风中父亲带我立在院里，也指点给我看：这边是天狗，那边是北斗，那边是箕星。那时我觉得父亲的智慧是无限的，知道天空缥缈之中，一切微妙的事，——又是一年了！

月光中S女士送我回去，上下的典径上，缓缓的走着。我心中悄然不怡——半夜便病了。

早晨还起来，早餐后又卧下。午后还上了一课，课后走了出来，天气好似早春，慰冰湖波光荡漾。我慢慢的走到湖旁，临流坐下，觉得又弱又无聊。晚霞和湖波的细响，勉强振起我的精神来，黄昏时才回去。夜里九时，她们发觉了，立时送我入了病院。

　　医院是在小山上学校的范围之中，夜中到来看不真切。医生和护士在灯光下注视着我的微微的笑容，使我感到一种无名的感觉。——一夜很好，安睡到了天晓。

　　早晨绝早，护士抱着一大束黄色的雏菊，是闭璧楼同学送来的。我忽然下泪，忆起在国内病时床前的花了，——这是第一次。

　　这一天中睡的时候最多，但是花和信，不断的来，不多时便屋里满了清香。玫瑰也有，菊花也有，还有许多不知名的。每封信都很有趣味，但信末的名字我多半不认识。因为同学多了，只认得面庞，名字实在难记！

　　我情愿在这里病，饮食很精良，调理的又细心。我一切不必自己劳神，连头都是人家替我梳的。我的床一日推移几次，早晨便推近窗前。外望看见礼拜堂红色的屋顶和塔尖，看见图书馆，更隐隐的看见了慰冰湖对岸秋叶落尽，楼台也露了出来。近窗有一株很高的树，不知道是什么名字。昨日早上，我看见一只红头花翎的啄木鸟，在枝上站着，好一会才飞走。又看见一头很小的松鼠，在上面往来跳跃。

从护士递给我的信中，知道许多师长同学来看我，都被医生拒绝了。我自此便闭居在这小楼里，——这屋里清雅绝尘，有加无已的花，把我围将起来。我神志很清明，却又混沌，一切感想都不起，只停在"臣门如市，臣心如水"的状态之中。

何从说起呢? 不时听得电话的铃声响:

"……医院……她么? ……很重要……不许接见……眠食极好，最要的是静养，……书等明天送来罢，……花和短信是可以的……"

差不多都是一样的话，我倚枕模糊可以听见。猛忆起今夏病的时候，电话也一样的响，冰仲弟说:

"姊姊么——好多了，谢谢!"

觉得我真是多事，到处叫人家替我忙碌——这一天自半醒半睡中度过。

第二天头一句问护士的话，便是:"今天许我写字么?"她笑说:"可以的，但不要写的太长。"我喜出望外，第一封便写给家里，报告我平安。不是我想隐瞒，因不知从哪里说起。第二封便给了闭璧楼九十六个"西方之人兮"的女孩子，我说：

　　感谢你们的信和花带来的爱！——我卧在床上，用悠暇的目光，远远看着湖水，看着天空。偶然也看见草地上，图书馆，礼堂门口进出的你们。我如何的幸福呢？没有那几十页的诗，当功课的读。没有晨兴钟，促我起来。我闲闲的背着诗句，看日影渐淡，夜中星辰当着我的窗户；如不是因为想你们，我真不想回去了！

　　信和花仍是不断的来。黄昏时护士进来，四顾室中，她笑着说："这屋里成了花窖了。"我喜悦的也报以一笑。
　　我素来是不大喜欢菊花的香气的，竟不知她和着玫瑰花香拂到我的脸上时，会这样的甜美而浓烈！——这时趁了我的心愿了！日长昼永，万籁无声。一室之内，惟有花与我。在天然的禁令之中，杜门谢客，过我的清闲回忆的光阴。
　　把往事一一提起，无一不使我生美满的微笑。我感谢上苍：过去的二十年中，使我一无遗憾，只有这次的别离，忆起有些儿惊心！

B夫人早晨从波士顿赶来，只有她闯入这清严的禁地里。医生只许她说，不许我说。她双眼含泪，苍白无主的面颜对着我，说："本想我们有一个最快乐的感恩节……然而不要紧的，等你好了，我们另有一个……"

　　我握着她的手，沉静的不说一句话。等她放好了花，频频回顾的出去之后，望着那"母爱"的后影，我潸然泪下——这是第二次。

　　夜中绝好，是最难忘之一夜。在众香国中，花气氤氲。我请护士将两盏明灯都开了，灯光下，床边四围，浅绿浓红，争妍斗媚，如低眉，如含笑。窗外严净的天空里，疏星炯炯，枯枝在微风中，颤摇有声。我凝然肃然，此时此心可朝天帝！

　　猛忆起两句：

　　　　消受白莲花世界，

　　　　风来四面卧中央。

　　这福是不能多消受的！果然，护士微笑的进来，开了窗，放下帘子，挪好了床，便一瓶一瓶的都抱了出去，回头含笑对我说："太香了，于你不宜，而且夜中这屋里太冷。"——我只得笑着点首。然终留下了一瓶玫瑰，放在窗台上。在黑暗中，她似乎知道现在独有她慰藉我，便一夜的温香不断。

"花怕冷，我便不怕冷么？"我因失望起了疑问，转念我原是不应怕冷的，便又寂然心喜。

日间多眠，夜里便十分清醒。到了连书都不许看时，才知道能背诵诗句的好处，几次听见车声隆隆走过，我忆起：

水调歌从邻院度，

雷声车是梦中过。

朋友们送来一本书，是

Student's Book of Inspiration

内中有一段恍惚说：

"世界上最难忘的是自然之美，……有人能增加些美到世上去，这人便是天之骄子。"

真的，最难忘的是自然之美！今日黄昏时，窗外的慰冰湖，银海一般的闪烁，意态何等清寒！秋风中的枯枝，丛立在湖岸上，何等疏远！秋云又是如何的幻丽！这广场上忽阴忽晴，我病中的心情，又是何等的飘忽无着！

沉黑中仍是满了花香，又忆起：

> 到死未消兰气息，
> 他生宜护玉精神！

父亲！这两句我不应写了出来，或者会使你生无谓的难过。但我欲其真，当时实是这样忽然忆起来的。

没有这般的孤立过，连朋友都隔绝了，但读信又是怎样的有趣呢！

一个美国朋友写着：

> 从村里回来，到你屋去，竟是空空。我几乎哭了出来！看见你相片立在桌上，我也难过。告诉我，有什么我能替你做的事情，我十分乐意听你的命令！

又一个写着说：

> 感恩节近了，快康健起来罢！大家都想你，你长在我们的心里！

但一个日本的朋友写着：

　　生命是无定的，人们有时虽觉得很近，实际
上却是很远。你和我隔绝了，但我觉得你是常常
近着我！

中国朋友说：

　　今天怎么样，要看什么中国书么？

　　都只寥寥数字，竟可见出国民性——一夜从杂乱的
思想中度过。

　　清早的时候，扫除橡叶的马车声，辗破晓静。我又
忆起：

　　　　马蹄隐隐声隆隆，
　　　　入门下马气如虹。

底下自然又连带到：

我今垂翅负天鸿，

他日不羞蛇作龙！

这时天色便大明了。

今天是感恩节，窗外的树枝都结上严霜，晨光熹微，湖波也凝而不流，做出初冬天气。——今天草场上断绝人行，个个都回家过节去了。美国的感恩节如同我们的中秋节一般，是家族聚会的日子。

父亲！我不敢说是"每逢佳节倍思亲"，因为感恩节在我心中，并没有什么甚深的观念。然而病中心情，今日是很惆怅的。花影在壁，花香在衣，濛濛的朝霭中，我默望窗外，万物无语，我不禁泪下。——这是第三次。

幸而我素来是不喜热闹的，每逢佳节，就想到幽静的地方去。今年此日避到这小楼里，也是清福。昨天偶然忆起辛又安的《青玉案》：

众里寻他千百度——

蓦然回首，

那人却在

灯火阑珊处。

我随手便记在一本书上，并附了几个字：

明天是感恩节，人家都寻欢乐去了，我却闭
居在这小楼里。然而忆到这孤芳自赏，别有怀抱
的句子，又不禁喜悦的笑了。

花香缠绕笔端，终日寂然。我这封信时作时辍，也用
了一天工夫。医生替我回绝了许多朋友，我恍惚听见她电话
里说：

"她今天看着中国的诗，很平静，很喜悦！"

我便笑了，我昨天倒是看诗，今天却是拿书遮着我的
信纸。父亲！我又淘气了！

护士的严净的白衣，忽然现在我的床前。她又送一
束花来给我——同时她发觉了我写了许多，笑着便来禁
止，我无法奈她何。——她走了，她实是一个最可爱的女
子，当她在屋里蹀躞之顷，无端有"身长玉立"四字浮

记事珠

冰心与疗养院管理员毕夫人（中）

上脑海。

当父亲读到这封信时，我已生龙活虎般在雪中游戏了，不要以我置念罢！——寄我的爱与家中一切的人！我记念着他们每一个！

这回真不写了，父亲记否我少时的一夜，黑暗里跑到山上的旗台上去找父亲。一星灯火里，我们在山上下彼此唤着。我一忆起，心中就充满了爱感。如今是隔着我们挚爱的海洋呼唤着了！亲爱的父亲，再谈罢，也许明天我又写信给你！

女儿莹倚枕 1923年11月29日

通讯十

亲爱的小朋友：

我常喜欢挨坐在母亲的旁边，挽住她的衣袖，央求她述说我幼年的事。

母亲凝想的，含笑的，低低的说：

"不过有三个月罢了，偏已是这般多病。听见端药杯的人的脚步声，已知道惊怕啼哭。许多人围在床前，乞怜的眼光，不望着别人，只向着我，似乎已经从人群里认识了你的母亲！"

这时眼泪已湿了我们两个人的眼角！

"你的弥月到了，穿着舅母送的水红绸子的衣服，戴着青缎沿边的大红帽子，抱出到厅堂前。因看你丰满红润的面庞，使我在姊妹妯娌群中，起了骄傲。"

"只有七个月，我们都在海舟上，我抱你站在栏旁。海波声中，你已会呼唤'妈妈'和'姊姊'。"

对于这件事，父亲和母亲还不时的起争论。父亲说世上没有七个月会说话的孩子。母亲坚执说是的。在我们家庭历史中，这事至今是件疑案。

"浓睡之中猛然听得丐妇求乞的声音，以为母亲已被她们带去。冷汗被面的惊坐起来，脸和唇都青了，呜咽不能成声。我从后屋连忙进来，珍重的揽住。经过了无数的解释和安慰。自此后，便是睡着，我也不敢轻易的离开你的床前。"

这一节，我仿佛记得，我听时写时都重新起了呜咽！

"有一次你病得重极了。地上铺着席子，我抱着你在上面膝行。正是暑月，你父亲又不在家。你断断续续说的几句话，都不是三岁的孩子所能够说的。因着你奇异的智慧，增加了我无名的恐怖。我打电报给你父亲，说我身体和灵魂上都已不能再支持。忽然一阵大风雨，深忧的我，重病的你，和你疲乏的乳母，都沉沉的睡了一大觉。这一番风雨，把你又从死神的怀抱里，接了过来。”

我不信我智慧，我又信我智慧：母亲以智慧的眼光，看万物都是智慧的，何况她的唯一挚爱的女儿？

“头发又短，又没有一刻肯安静。早晨这左右两条小辫子，总是梳不起来。没有法子，父亲就来帮忙，‘站好了，站好了，要照相了！’父亲拿着照相匣子，假作照着。又短又粗的两条小辫子，好容易天天这样的将就的编好了。”

我奇怪我竟不懂得向父亲索要我每天照的相片！

“陈妈的女儿宝姐，是你的朋友。她来了，我就关你们两个人在屋里，我自己睡午觉。等我醒来，一切的玩具，小人小马，都当做船，飘浮在脸盆的水里，地上已是水汪汪的。”

宝姐是我一个神秘的朋友，我自始至终不记得，不认识她。然而从母亲口里，我深深的爱了她。

“已经三岁了，或者快四岁了。父亲带你到他的兵舰上去，大家匆匆的替你换上衣服。你自己不知什么时候，把一支小木鹿，放在小靴子里。到船上只要父亲抱着，自己一步也不肯走。放到地上走时，只是一跛一跛的。大家奇怪了，脱下靴子，发现了小木鹿。父亲和他的许多朋友都笑了。——傻孩子！你怎么不会说？"

母亲笑了，我也伏在她的膝上羞愧的笑了。——回想起来，她的质问，和我的羞愧，都是一点理由没有的。十几年前事，提起当面前来说，真是无谓。然而那时我们中间弥漫了痴和爱！

"你最怕我凝神，我至今不知是什么缘故。每逢我凝望窗外，或是稍微的呆了一呆，你就过来呼唤我，摇撼我，说：'妈妈，你的眼睛怎么不动了？'我有时喜欢你来抱住我，便故意的凝神不动。"

我自己也不知道是什么缘故。也许母亲凝神，多是忧愁的时候，我要扰乱她的思路，也未可知。无论如何，这是个隐谜！

"然而你自己却也喜凝神，天天吃着饭，呆呆的望着壁上的字画，桌上的钟和花瓶。一碗饭数米粒似的，吃了好几点钟。我急了，便把一切都挪移开。"

这件事我记得，而且很清楚，因为独坐沉思的脾气至今不改。

当她说这些事的时候，我总是脸上堆着笑，眼里满了泪。听完了用她的衣襟来印我的眼角，静静的伏在她的膝上。这时宇宙已经没有了，只母亲和我。最后我也没有了，只有母亲，因为我本是她的一部分！

这是如何可惊喜的事，从母亲口中，逐渐的发现了，完成了，我自己！她从最初已知道我，认识我，喜爱我。在我不知道不承认世界上有个我的时候，她已爱了我了。我从三岁上，才慢慢的在宇宙中寻到了自己，爱了自己，认识了自己；然而我所知道的自己，不过是母亲意念中的我的百分之一，千万分之一。

小朋友！当你寻见了世界上有一个人，认识你，知道你，爱你，都千百倍的胜过你自己的时候，你怎能不感激，不流泪，不死心塌地的爱她，而且死心塌地的容她爱你？

有一次幼小的我，忽然走到母亲面前，仰着脸问："妈妈，你到底为什么爱我？"母亲放下针线，用她的面颊，抵住我的前额，温柔的，不迟疑的说："不为什么，——只因你是我的女儿！"

小朋友！我不信世界上还有人能说这句话！"不为什么"这四个字，从她口里说出来，何等刚决，何等无回旋！她爱我，不是因为我是"冰心"，或是其他人世间的一切虚伪的称呼和名字！她的爱是不附带任何条件的。唯一的理由，就是我是她的女儿。总之，她的爱，是屏除一切，拂拭一切，层层的麾开我前后左右所蒙罩的，使我成为"今我"的原素，而直接的来爱我的自身！

假使我走至幕后，将我二十年的历史和一切都更变了，再走出到她面前，世界上纵没有一个人认识我，只要我仍是她的女儿，她就仍用她坚强无尽的爱来包围我。她爱我的肉体，她爱我的灵魂，她爱我前后左右，过去，将来，现在的一切！

天上的星辰，骤雨般落在大海上，嘶嘶繁响。海波如山一般的汹涌，一切楼屋都在地上旋转，天如同一张蓝纸卷了起来。树叶子满空飞舞，鸟儿归巢，走兽躲到他的洞穴。万象纷乱中，只要我能寻到她，投到她的怀里……天地一切都信她！她对于我的爱，不因着万物毁灭而变更！

她的爱不但包围我，而且普遍的包围着一切爱我的人。而且因着爱我，她也爱了天下的儿女，她更爱了天下的母亲。小朋友！告诉你一句小孩子以为是极浅显，而大人们以为是极高深的话："世界便是这样的建造起来的！"

世界上没有两件事物，是完全相同的。同在你头上的两根丝发，也不能一般长短。然而——请小朋友们和我同声赞美！——只有普天下的母亲的爱，或隐或显，或出或没；不论你用斗量，用尺量，或是用心灵的度量衡来推测；我的母亲对于我，你的母亲对于你，她的和他的母亲对于她和他；她们的爱是一般的长阔高深，分毫都不差减。小朋友！我敢说，也敢信古往今来，没有一个敢来驳我这句话。当我发觉了这神圣的秘密的时候，我竟欢喜感动得伏案痛哭！

我的心潮，沸涌到最高度，我知道于我的病体是不相宜的，而且我更知道我所写的都不出乎你们的智慧范围之外。——窗外正是下着紧一阵慢一阵的秋雨。玫瑰花的香气，也正无声的赞美她们的"自然母亲"的爱！

我现在不在母亲的身畔，——但我知道她的爱没有一刻离开我，她自己也如此说！——暂时无从再打听关于我的幼年的消息。然而我会写信给我的母亲，我说："亲爱的母亲，请你将我所不知道的关于我的事，随时记下寄来给我。我现在正是考古家一般的，要从深知我的你口中，研究我神秘的自己。"

被上帝祝福的小朋友！你们正在母亲的怀里。——小朋友！我教给你，你看完了这一封信，放下报纸，就快快跑去找你的母亲——若是她出去了，就去坐在门槛上，静静的等她回来——不论在屋里或是院中，把她寻见了，你便上去攀住她，左右亲她的脸，你说："母亲！若是你有工夫，请你将我小时候的事情，说给我听！"等她坐下了，你便坐在她的膝上，倚在她的胸前。你听得见她心脉和缓的跳动。你仰着脸，会有无数关于你的，你所不知道的美妙的故事，从她口里天乐一般的唱将出来！

然后，——小朋友！我愿你告诉我，她对你所说的都是什么事。

我现在正病着。没有母亲坐在旁边，小朋友一定怜念我，然而我有说不尽的感谢！造物者将我交付给我母亲的时候，竟赋予了我以记忆的心才；现在又从忙碌的课程中替我匀出七日夜来，回想母亲的爱。我病中光阴，因着这回想，寸寸都是甜蜜的。

小朋友，再谈罢，致我的爱与你们的母亲！

你的朋友冰心　1923 年 12 月 5 日晨，圣卜生疗养院，威尔斯利

通讯十一

小朋友：

从圣卜生医院寄你们一封长信之后，又是二十天了。

十二月十三之晨，我心酸肠断，以为从此要尝些人生失望与悲哀的滋味，谁知眼前有这种柳暗花明的美景。但凡有知，能不感谢！

小朋友们知道我不幸病了，我却没有想到这病是须休息的，所以当医生缓缓的告诉我的时候，我几乎神经错乱。十三,十四两夜，凄清的新月，射到我的床上。瘦长的戴霜的白杨树影，参差满窗。——我深深的觉出了宇宙间的凄楚与孤立。一年来的计划，全归泡影，连我自己一身也不知是何底止。秋风飒然，我的头垂在胸次。我竟恨了西半球的月，一次是中秋前后两夜，第二次便是现在了，我竟不知明月能伤人至此！

昏昏沉沉的过了两日，十五早起，看见遍地是雪，空中犹自飞舞，湖上凝阴，意态清绝。我萧然倚窗无语，对着慰冰纯洁的钱筵，竟麻木不知感谢。下午一乘轻车，几位师长带着心灰意懒的我，雪中驰过深林，上了青山（The Blue Hills）到了沙穰疗养院。

如今窗外不是湖了，是四围山色之中，丛密的松林，将这座楼圈将起来。清绝静绝，除了一天几次火车来往，一道很浓的白烟从两重山色中串过，隐隐的听见轮声之外，轻易没有什么声息。单弱的我，拼着颓然的在此住下了！

一天一天的过去，觉得生活很特别。十二岁以前半玩半读的时候不算外，这总是第一次抛弃一切，完全来与"自然"相对。以读书，凝想，赏明月，看朝霞为日课。有时夜半醒来，万籁俱绝，皓月中天，翛然四顾，觉得心中一片空灵。我纵欲修心养性，哪得此半年空闲，幕天席地的日子？百忙中为我求安息，造物者！我对你安能不感谢？

　　日夜在空旷之中，我的注意就有了更动。早晨朝霞是否相同？夜中星辰曾否转移了位置？都成了我关心的事。在月亮左侧不远，一颗很光明的星，是每夜最使我注意的。自此稍右，三星一串，闪闪照人，想来不是"牵牛"，就是"织女"。此外秋星窈窕，都罗列在我的枕前。就是我闭目宁睡之中，他们仍明明在上临照我。无声的环立，直到天明，将我交付与了朝霞，才又无声的历落隐入天光云影之中。

　　说到朝霞，我要搁笔，只能有无言的赞美。我所能说的就是朝霞颜色的变换，和晚霞恰恰相反。晚霞的颜色是自淡而浓，自金红而碧紫。朝霞的颜色是自浓而淡，自青紫而深红，然后一轮朝日，从松岭捧将上来，大地上一切都从梦中醒觉。

便是不晴明的天气，夜卧听檐上夜雨，也是心宁气静。头两夜听雨的时候，忆起什么"……第一是难听夜雨！天涯倦旅，此时心事良苦……""洒空阶更阑未休……似楚江瞑宿，风灯零乱，少年羁旅……""……可惜流年忧愁风雨，树犹如此……""细雨梦回鸡塞远，小楼吹彻玉笙寒……"等句。心中很惆怅的，现在已好些了。小朋友！我笔不停挥，无意中写下这些词句。你们未必看过，也未必懂得，然而你们尽可不必研究。这些话，都在人情之中，你们长大时，自己都会写的，特意去看，反倒无益。

山中虽不大记得日月，而圣诞的观念，却充满在同院二十二个女孩的心中。二十四夜在楼前雪地中间的一棵松树上，结些灯彩，树巅一颗大星星，树下更挂着许多小的。那夜我照常卧在廊下，只有十二点钟光景，忽然柔婉的圣诞歌声，沉沉的将我从浓睡中引将出来。开眼一看，天上是月，地下是雪，中间一颗大灯星，和一个猛醒的人。这一切完全了一个透澈晶莹的世界！想起一千九百二十三年前，一个纯洁的婴孩，今夜出世，似他的完全的爱，似他的完全的牺牲，这个澈底光明柔洁的夜，原只是为他而有的。我侧耳静听，忆起旧作"天婴"中的两节：

记事珠

马槽里可能睡眠？

　凝注天空——

这清亮的歌声，

　珍重的诏语，

　催他思索，

想只有泪珠盈眼，

　热血盈腔。

奔赴着十字架，

　奔赴着荆棘冠，

想一生何曾安顿？

　繁星在天，

　夜色深深，

开始的负上罪担千钧！

　　此时心定如冰，神清若水，默然肃然，直至歌声渐远，隐隐的只余山下孩童奔逐欢笑祝贺之声，我渐渐又入梦中。梦见冰仲肩着四弦琴，似愁似喜的站在我面前，拉着最熟的调子——"我如何能离开你？"声细如丝，如不胜清怨，我凄惋而醒。天幕沉沉，正是圣诞日！

朝阳出来的时候，四围山中松梢的雪，都映出粉霞的颜色。一身似乎拥在红云之中，几疑自己已经仙去。正在凝神，看护妇已出来将我的床从廊上慢慢推到屋里，微笑着道了"圣诞大喜"，便捧进几十个红丝缠绕，白纸包裹的礼物来，堆在我的床上。一包一包的打开，五光十色的玩具和书，足足的开了半点钟。我喜极了，一刹那顷童心来复，忽然想要跑到母亲床前去，摇醒她，请她过目。猛觉一身在万里外！……只无聊的随便拿起一本书来，颠倒的，心不在焉的看。

这座楼素来没有火，冷清清的如同北冰洋一般。难得今天开了一天的汽管，也许人坐在屋里，觉得适意一点。果点和玩具和书，都堆叠在桌上，而弟弟们以及小朋友们却不能和我同乐。一室寂然，窗外微阴，雪满山中。想到如这回不病，此时正在纽约或华盛顿，尘途热闹之中，未必能有这般的清福可享，又从失意转成喜悦。

晚上院中也有一个庆贺的会，在三层楼下。那边露天学校的小孩子们也都来了，约有二十个。——那些孩子都是居此治疗的，那学校也是为他们开的。我还未曾下楼，不得多认识他们。想再有几天，许我游山的时候，一定去看他们上课游散的光景，再告诉你们些西半球带病行乐的小朋友们的消息——厅中一棵装点的极其辉煌的圣诞树，上面系着许多的礼物。医生一包一包的带下去，上面注有各人的名字，附着滑稽诗一首，是互相取笑的句子。那礼物也是极小却极有趣的东西。我得了一支五彩漆管的铅笔，一端有个橡皮帽子，那首诗是：

> 亲爱的，你天天在床上写字，写字，
>> 必有一日犯了医院的规矩，
>> 墨水沾污了床单。
> 给你这一支铅笔，还有橡皮，
>> 好好的用罢，
> 可爱的孩子！

医生护士以及病人，把那厅坐满了。集合八国的人，老的少的，唱着同调的曲。也倒灯火辉煌，歌声嘹亮的过了一个完全的圣诞节。

二十六夜大家都觉乏倦了，鸦雀无声的都早去安息。雪地上那一颗灯星，却仍是明明远射。我关上了屋里的灯，倚窗而立，灯光入户，如同月光一般。忆起昨夜那些小孩子，接过礼物攒三集五，聚精凝神，一层层打开包裹的光景，正在出神，外间敲门，进来了一个希腊女孩子。她从沉黑中笑道："好一个诗人呵！我不见灯光，以为你不在屋里呢！"我悄然一笑，才觉得自己是在山间万静之中。

自那时又起了乡愁——恕我不写了，此信到日，正是故国的新年，祝你们快乐平安！

冰心　1923年12月26日，沙穰疗养院

通讯十八

小朋友：

久违了，我亲爱的小朋友！记得许多日子不曾和你们通讯，这并不是我的本心。只因寄回的邮件，偶有迟滞遗失的时候。我觉得病中的我，虽能必写，而万里外的你们，不能必看。医生又劝我尽量休息，我索性就歇了下去。

自和你们通信，我的生涯中非病即忙。如今不得不趁病已去，忙未来之先，写一封长信给你们，补说从前许多的事。

愿意我从去年说起么？我知道小朋友是不厌听旧事的。但我也不能说得十分详细，只能就模糊记忆所及，说个大概，无非要接上这条断练。否则我忽然从神户飞到威尔斯利来，小朋友一定觉得太突兀了！

一九二三年八月二十日　神户

　　二十早晨就同许多人上岸去。远远的看见锚山上那个青草栽成的大锚，压在半山，青得非常的好看。

　　神户街市和中国的差不多。两旁的店铺，却比较的矮小。窗户间陈列的玩具和儿童的书，五光十色，极其夺目。许多小朋友围着看。日本小孩子的衣服，比我们的华灿，比较的引人注意。他们的圆白的小脸，乌黑的眼珠，浓厚的黑发，衬映着十分可爱。

　　几个山下的人家，十分幽雅，木墙竹窗，繁花露出墙头，墙外有小桥流水。我们本想上山去看雌雄两谷，——是两处瀑布，往上走的时候，遇见奔走下山的船上的同伴，说时候已近了。我们恐怕船开，只得回到船上来。

　　上岸时大家纷纷到邮局买邮票寄信。神户邮局被中国学生塞满了。牵不断的离情！离国刚三日，便有这许多话要同家人朋友们说么？

　　回来有人戏笑着说："白话有什么好处！我们同日本人言语不通，说英文有的人又不懂。写字罢，问他们，'哪里最热闹？'他们瞪目莫知所答。问他们，'何处最繁华？'却都恍然大悟，便指点我们以热闹的去处，你看！"我不觉笑了。

二十一日　横滨

　　黄昏时已近横滨。落日被白云上下遮住，竟是朱红的颜色，如同一盏日本的红纸灯笼，——这原是联想的关系。

　　不断的山，倚栏看着也很美。此时我曾用几个盛快镜胶片的锡筒，装了几张小纸条，封了口，投下海去，任他飘浮。纸上我写着：

　　　　不论是哪个渔人捡着，都祝你幸运。我以
　　东方人的至诚，祈神祝福你东方水上的渔人！

以及"我欲乘风归去，又恐琼楼玉宇，高处不胜寒！"等等的话。

　　到了横滨，只算是一个过站，因为我们一直便坐电车到东京去。我们先到中国青年会，以后到一个日本饭店吃日本饭。那店名仿佛是"天香馆"，也记不清了。脱鞋进门，我最不惯，大家都笑个不住。侍女们都赤足，和她们说话又不懂，只能相视一笑。席地而坐，仰视墙壁窗户，都是木板的，光滑如拭。窗外荫沉，洁净幽雅得很。我们只吃白米饭，牛肉，干粉，小菜，很简单的。饭菜都很硬，我只吃一点就放下了。

饭后就下了很大的雨，但我们的游览，并不因此中止，却也不能从容，只汽车从雨中飞驰，如日比谷公园，靖国神社，博物馆等处，匆匆一过。只觉得游了六七个地方，都是上楼下楼，入门出门，一点印象也留不下。走马看花，雾里看花，都是看不清的，何况是雨中驰车，更不必说了。我又有点发热，冒雨更不可支，没有心力去流览，只有两处，我记得很真切。

一是二重桥皇宫。隆然的小桥，白石的栏杆，一带河流之后，立着宫墙。忙中的脑筋，忽觉清醒。我走出车来拍照，远远看见警察走来，知要干涉，便连忙按一按机，又走上车去。——可惜是雨中照的，洗不出风景来。但我还将这胶片留下。听说地震后皇宫也颓坏了，我竟得于灾前一瞥眼，可怜焦土！

还有是游就馆中的中日战胜纪念品和壁上的战争的图画，周视之下，我心中军人之血，如泉怒沸。小朋友，我是个弱者，从不会抑制我自己感情之波动。我是没有主义的人，更显然的不是国家主义者，我虽那时竟血沸头昏，不由自主的坐了下去。但在同伴纷纷叹恨之中，我仍没有说一句话。

寄小读者（节选）   *169*

我十分歉仄，因为我对你们述说这一件事。我心中虽丰富的带着军人之血，而我常是喜爱日本人，我从来不存着什么屈辱与仇视。只是为着正义，我对于以人类欺压人类的事，似乎不能忍受！

我自然爱我的弟弟，我们原是同气连枝的。假如我有吃不了的一块糖饼，他和我索要时，我一定含笑的递给他。但他若逞强，不由分说的向我争夺，为着正义，为着要引导他走公理的道路，我就要奋然的，怀着满腔的热爱来抵御，并碎此饼而不惜！

请你们饶恕我，对你们说这些神经兴奋的话！让这话在你们心中旋转一周罢。说与别人我担着惊怕，说与你们，我却千放心万放心，因为你们自有最天真最圣洁的断定。

五点钟的电车，我们又回到横滨舟上。

二十三日　舟中

发烧中又冒雨，今天觉得不舒服。同船的人大半都上岸去，我自己坐着守船。甲板上独坐，无头绪的想起昨天车站上的繁杂的木屐声，和前天船上礼拜，他们唱的"上帝保佑我母亲"之曲，心绪很杂乱不宁。日光又热，下看码头上各种小小的贸易，人声嘈杂，觉得头晕。

同伴们都回来了，下午船又启行。从此渐渐的不见东方的陆地了，再到海的尽头，再见陆地时，人情风土都不同了，为之怅然。

曾在此时，匆匆的写了一封信，要寄与你们，写完匆匆的拿着走出舱来，船已徐徐离岸，"此误又是十余日了！"我黯然的将此信投在海里。

那夜梦见母亲来，摸我的前额，说："热得很——吃几口药罢。"她手里端着药杯叫我喝。我见那药是黄色的水，一口气的喝完了，梦中觉得是橘汁的味儿。醒来只听得圆窗外海风如吼，翻身又睡着了。第二天热便退尽。

二十四日以后　舟中

四围是海的舟岛生活，很迷糊恍惚的，不能按日记事了，只略略说些罢。

同行二等三等舱中，有些人会弹琴，每天夜里，我在最高层上，静听着他们在底下弹着琴儿。在海波声中，那琴调更是凄清错杂，如泣如诉。同是离家去国的人呵，纵使我们不同文字，不同言语，不同思想，在这凄美的快感里，恋别的情绪，已深深的交流了！

那夜月明，又听着这琴声，我迟迟不忍下舱去。披着毡子在肩上，聊御那泱泱的海风。船儿只管乘风破浪的一直的走，走向那素不相识的他乡。琴声中的哀怨，已问着我们，这般辛苦的载着万斛离愁同去同逝，为名？为利？为着何来？"问君何事轻离别，一年能几团圆月？"我自问已无话可答了！若不是人声笑语从最高层上下来，搅碎了我的情绪，恐怕那夜我要独立到天明！

同伴中有人发起聚敛食物果品，赠给二等三等舱里那些穷苦旅客的孩子。我们从中国学生及别的乘客之中，收聚了好些，送下二等三等舱去。他们中间小孩子很多，女伴们有时抱几个小的上来玩，极其可爱。但有一次，因此我又感到哀戚与不平。

有一个孩子，还不到两岁光景，最为娇小乖觉。他原不肯叫我抱，好容易用糖和饼，和发响的玩具，慢慢的哄了过来。他和我熟识了，放下来在地下走。他从软椅中间，慢慢走去，又回来扑到我的膝上。我们正在嬉笑，一抬头他父亲站在广厅的门边。想他不能过五十岁，而他的白发和脸上的皱纹，历历的写出了他生命的颠顿与不幸，看去似乎不止六十岁了。他注视着他的儿子，那双慈怜的眼光中，竟若含着眼泪。小朋友，从至情中流出的眼泪，是世界上最神圣的东西；晶莹的含泪的眼，是最庄严尊贵的画图! 处女或儿童，悲哀或义愤的泪眼，妇女或老人，慈祥和怜悯的泪眼，两颗莹莹欲坠的泪珠，竟要射出凛然的神圣的光! 小朋友，我最敬畏这个，见此时往往使我不敢抬头!

这一次也不是例外，我只低头扶着这小孩子走。头等舱中的女护士——是看护晕船的人们的——忽然也在门边发见了。她冷酷的目光，看着那个老人，说："是谁让你到头等舱里来的? 走，走，快下去!"

这可怜的老人踟蹰了。无主仓皇的脸，勉强含笑，从我手中接过小孩子来。以屈辱抱歉的目光，看一看那护士，便抱着孩子疲缓的从扶梯下去。

是谁让他来的? 任一个慈爱的父亲，都不肯将爱子交付一个陌生人，他是上来看他的儿子的。我抱上这孩子来，却不能护庇他的父亲! 我心中忽然非常的抑塞不平。只注视着那个胖大的护士，我脸上定不是一种怡悦的表情，而她却服罪的看我一笑。我四顾这厅中还有许多人，都像不在意似的。我下舱去，晚餐桌上，我终席未曾说一句话!

中国学生开了两次的游艺会，都曾向船主商量要请这些穷苦的旅客上来和我们同乐，都被船主拒绝了。可敬

寄小读者（节选）   *173*

的中国青年，不愿以金钱为享受快乐的界限，动机是神圣的。结果虽毫不似预想，而大同的世界，原是从无数的尝试和奋斗中得来的！

约克逊船中的侍者，完全是中国广东人，这次船中头等乘客十分之九是中国青年，足予他们以很大的喜悦。最可敬的是他们很关心于船上别国人对于中国学生的舆论。船抵西雅图（Seattle）之前一两天，他们曾用全体名义，写一篇勉励中国学生为国家争气的话，揭帖在甲板上。文字不十分通顺，而词意真挚异常，我只记得一句，是什么"飘洋过海广东佬"，是诉说他们自己的飘流，和西人的轻视。中国青年自然也很恳挚的回了他们一封信。

海上看不见什么，看落日其实也够有趣的了，不过这很难描写。我看见飞鱼，背上两只蝗虫似的翅膀。我看见两只大鲸鱼，看不见鱼身，只远远看见他们喷水。

此外还有什么可说的呢，船上生活，只像聚什么冬令会，夏令会一般，许多同伴在一起，走来走去，总走不出船的范围。除了几个游艺会演说会之外，谈谈话，看看海，写写信，一天一天的渐渐过尽了。

横渡太平洋之间，平空多出一日，就是有两个八月二十八日。自此以后，我们所度的白日，和故国的不同了！

乡梦中的乡魂，飞回故国的时候，我们的家人骨肉，正在光天化日之下，忙忙碌碌。别离的人！连魂来魂往，都不能相遇么？

九月一日之后

早晨抵维多利亚（Victoria）又看见陆地了。感想纷起！那日早晨的海上日出，美到极处。沙鸥群飞，自小岛边，绿波之上，轻轻的荡出小舟来。一夜不曾睡好，海风一吹，觉得微微怅惘。船上已来了摄影的人，逼我们在烈日下坐了许久，又是国旗，又是国歌的闹了半日。到了大陆上，就又有这许多世事！

船徐徐泛入西雅图。码头上许多金发的人，来回奔走，和登舟之日，真是不同了！大家匆匆的下得船来，到扶桥边，回头一望，约克逊号邮船凝默的泊在岸旁。我无端黯然！从此一百六十几个青年男女，都成了飘泊的风萍。也是一番小小的酒阑人散！

西雅图是三山两湖围绕点缀的城市。连街衢的首尾，都起伏不平，而景物极清幽。这城五十年前还是荒野，如今竟修整得美好异常，可觇国民元气之充足。

匆匆的游览了湖山，赴了几个欢迎会，三号的夜车，便向芝加哥进发。

这串车是专为中国学生预备的，车上没有一个外人，只听得处处乡音。

九月三日以后

最有意思的是火车经过洛杉矶，走了一日。四面高耸的乱山，火车如同一条长蛇，在山半徐徐蜿蜒。这时车后挂着一辆敞车，供我们坐眺。看着巍然的四围青郁的崖石，使人感到自己的渺小。我总觉得看山比看水滞涩些，情绪很抑郁的。

途中无可记，一站一站风驰电掣的过去，更留不下印象。只是过密西西比（Mississippi）河桥时，微月下觉得很玲珑伟大。

七日早到芝加哥，从车站上就乘车出游。那天阴雨，只觉得满街汽油的气味。街市繁盛处多见黑人。经过几个公园和花屋，是较清雅之处，绿意迎人。我终觉得芝加哥不如西雅图。而芝加哥的空旷处，比北京还多些青草！

夜住女青年会干事舍。夜中微雨，落叶打窗，令我抚然，寄家一片，我说：

> 几片落叶，报告我以芝加哥城里的秋风! 今
> 夜曾到电影场去，灯光骤明时，大家纷纷立起。
> 我也想回家去，猛觉一身万里，家还在东流的太
> 平洋水之外呢!

八日晨又匆匆登车，往波士顿进发。这时才感到离群。这辆车上除了我们三个中国女学生外，都是美国人了。

仍是一站一站匆匆的过去，不过此时窗外多平原，有时看见山畔的流泉，穿过山石野树之间，其声潺潺。

九日近午，到了春野（Springfield）时，连那两个女伴也握手下车去。小朋友，从太平洋西岸，绕到大西洋西岸的路程之末。女伴中只剩我一人了!

九月九日以后

九日午到了所谓美国文化中心的波士顿。半个多月的旅行，才略告休息。

在威尔斯利大学（Wellesley College）开学以前，我还旅行了三天，到了绿野（Greenfield）、春野等

处，参观了几个男女大学。如侯立欧女子大学（Holyoke College）、斯密司女子大学（Smith College）、依默和司德大学（Amherst College）等，假期中看不见什么，只看了几座伟大的学校建筑。

途中我赞美了美国繁密的树林，和平坦的道路。

麻撒出色省（Massachusetts）多湖，我尤喜在湖畔驰车。树影中湖光掩映，极其明媚。又有一天到了大西洋岸，看见了沙滩上游戏的孩子和海鸥，回来做了一夜的童年的梦。的确的，上海登舟，不见沙岸；神户横滨停泊，不见沙岸；西雅图终止，也不见沙岸。这次的海上，对我终是陌生的。反不如大西洋岸旁之一瞬，层层卷荡的海波，予我以最深的回忆与伤神！

九月十七日以后　威尔斯利

从此过起了异乡的学校生活。虽只过了两个多月，而慰冰湖及新的环境和我静中常起的乡愁，将我两个多月的生涯，装点得十分浪漫。

说也凑巧，我住在闭璧楼，闭璧楼和海竟有因缘！这座楼是闭璧约翰船主（Captain John Beebe）捐款所筑。

冰心（摄于 1925 年 5 月 10 日，美国威尔斯利女子大学）

因此厅中及招待室，甬道等处，都悬挂的是海的图画。初到时久不得家书，上下楼之顷，往往呆立在平时堆积信件的桌旁，望了无风起浪的画中的海波，聊以慰安自己。

学校如同一座花园，一个个学生便是花朵。美国女生的打扮，确比中国的美丽。衣服颜色异常的鲜艳，在我这是很新颖的。她们的性情也活泼好交，不过交情更浮泛一些，这些天然是"西方的"！

功课的事，对你们说很无味。其余的以前都说过了。

小朋友，忽忽又已将周年，光阴过得何等的飞速！明知追写这些事时，要引起我的惆怅，但为着小朋友，我是十分情愿。而且不久要离此，在重受功课的束缚以前，我想到别处山陬海角，过一过漫游流转的生涯，以慰我半年闭居的闷损。趁此宁静的山中，只凭回忆，理清了欠你们的信债。叙事也许不真不详，望你们体谅我是初愈时的心思和精神，没有轻描淡写的力量。

此外曾寄《山中杂记》十则，与我的弟弟。想他们不久就转给你们。再见了，故国故乡的小朋友！再给你们写信的时候，我想已不在青山了。

愿你们平安！

冰心　1924 年 6 月 28 日，沙穰

通讯十九

小朋友：

　　离青山已将十日了，过了这些天湖海的生涯，但与青山别离之情，不容不告诉你。

　　美国的佳节，被我在病院中过尽了！七月四号的国庆日，我还想在山中来过。山中自然没有什么，只儿童院中的小朋友，于黄昏时节，曾插着红蓝白三色的花，戴着彩色的纸帽子，举着国旗，整队出到山上游行，口里唱着国歌。从我们楼前走过的时候，我们曾鼓掌欢迎他们。

　　那夜大家都在我楼上话别，只是黯然中的欢笑。——睡下的时候，我忽然觉得上下的衾单上，满了石子似的多刺的东西。拿出一看，却是无数新生的松子，幸而针刺还软，未曾伤我，我不觉失笑。我们平时，戏弄惯了，在我行前之末一夜，她们自然要尽量的使一下促狭。

　　大家笑着都奔散了。我已觉倦，也不追逐她们，只笑着将松子纷纷的都掠在地下。衾枕上有了松枝的香气！怪不得她们促我早歇，原来还有这一出喜剧！我卧下，只不曾睡。看着沙穰村中喷起一丛一丛的烟火，红光烛天。今天可听见鞭炮了，我为之怡然。

寄小读者（节选）　　　　　　　　　　　　　*181*

病愈后的冰心与美国朋友们在一起（摄于 1924 年 6 月 15 日）

第二天早起，天气微阴。我绝早起来，悄然的在山中周行。每一棵树，每一丛花，每一个地方，有我埋存手泽之处，都予以极诚恳爱怜之一瞥。山亭及小桥流水之侧，和万松参天的林中，我曾在此流过乡愁之泪，曾在此有清晨之默坐与诵读，有夫人履（Lady Slipper）和露之采撷，曾在此写过文章与书函。沙穰在我，只觉得涨漫了闲散天真的空气。

黄昏时之一走，又赚得许多眼泪。我自己虽然未曾十分悲惨，也不免黯然。女伴们雁行站在门边，一一握手。纷纷飞扬的白巾之中，听得她们摇铃送我。我看得见她们依稀的泪眼。人生奈何到处是离别？

车走到山顶，我攀窗回望，绿丛中白色的楼屋，我的雪宫，渐从斜阳中隐过。病因缘从今斩断，我倏忽的生了感谢与些些"来日大难"的悲哀！

我曾对朋友说，沙穰如有一片水，我对她的留恋，必不止此。而她是单纯真朴，她和我又结的是护持调理的因缘。仿佛说来，如同我的乳母。我对她之情，深不及母亲，柔不及朋友，但也有另一种自然的感念。

沙穰还彻底的予我以几种从前未有的经验如下：

第一是"弱"。绝对的静养之中，眠食稍一反常，心理上稍有刺激，就觉得精神全隳，温度和脉跃都起变化。我素来不十分信"健康之精神寓于健康之身体"，尤往往从心所欲，过度劳乏了我的身躯。如今理会得身心相关的密切，和病弱扰乱了心灵的安全，我便心悦诚服的听从了医士的指挥。结果我觉得心力之来复，如水徐升。小朋友中有偏重心灵方面之发展与快意的么？望你听我，不蹈此覆辙！

第二是"冷"。冷得真有趣！更有趣的是我自己毫不觉得，只看来访的朋友们的瑟缩寒战，和他们对于我们风雪中户外生活之惊奇，才知道自己的"冷"。冷到时只觉得一阵麻木，眼珠也似乎在冻着。双手互握，也似乎没有感觉。然而我愿小朋友听得见我们在风雪中的欢笑！冻凝的眼珠，还是看书，没有感觉的手，还在写字。此外雪中的拖雪橇，逆风的游行，松树都弯曲着俯在地下，我们的脸上也戴上一层雪面具，自膝以下埋在雪里。四望白茫茫之中，我要骄傲的说："好的呀！三个月绝冷的风雪中的驱驰，我比你们温炉暖屋，'雪深三尺不知寒'的人，多练出一些勇敢！"

夜中月明，寒光浸骨，双颊如抵冰块。月下的景物都如凝住，不能转移。天上的冷月冻云，真冷得璀璨！重衾如铁，除自己骨和肉有暖意外，天上人间四围一切都是冷的。我何等的愿在这种光景之中呵，我以为惟有鱼在水里可以比拟。睡到天明，衾单近呼吸呵气处都凝成薄冰。掀衾起坐，雪纷纷坠，薄冰也迸折有声。真有趣呵，我了解"红泪成冰"的词句了。

第三是"闲"。闲得却有时无趣，但最难得的是永远不预想明日如何。我们的生活如印板文字，全然相同的一日一日的悠然过去。病前的苦处，是"预定"。往往半个月后的日程，早已安排就。生命中，岂容有这许多预定，乱人心曲？西方人都永远在预定中过生活。终日匆匆忙忙的，从容宴笑之间，往往有"心焉不属"的光景。我不幸也曾陷入这种漩涡！沙穰的半年，把"预定"两字，轻轻的从我的字典中删去，觉得有说不出的愉快。

"闲"又予我以写作的自由，想提笔就提笔，想搁笔就搁笔。这种流水行云的写作态度，是我一生所未经，沙穰最可纪念处也在此！

第四是"爱"与"同情"。我要以最庄肃的态度来叙述此段。同情和爱，在疾病忧苦之中，原来是这般的重大而慰藉！我从来以为同情是应得的，爱是必得的，便有一种轻藐与忽视。然而此应得与必得，只限于家人骨肉之间。因为家人骨肉之爱，是无条件的，换一句话说，是以血统为条件的。至于朋友同学之间，同情是难得的，爱是不可必得的，幸而得到，那是施者自己人格之伟大！此次久病客居，我的友人的馈送慰问，风雪中殷勤的来访，显然的看出不是敷衍，不是勉强，至于泛泛一面的老夫人们，手抱着花束，和我谈到病情，谈到离家万里，我还无言，她已坠泪。这是人类之所以为人类，世界之所以成世界呵！我一病何足惜？病中看到人所施于我，病后我知何以施于人。一病换得了"施于人"之道，我一病真何足惜！

"同病相怜"这一句话，何等真切！院中女伴的互相怜惜，互相爱护的光景，都使人有无限之赞叹！一个女孩子体温之增高，或其他病情上之变化，都能使全院女伴起了吁嗟。病榻旁默默的握手，慰言已尽，而哀怜的眼里，盈盈的含着同情悲悯的泪光！来从四海，有何亲眷？只一缕病中爱人爱己，知人知己之哀情，将这些异国异族的女孩儿亲密的联在一起。谁道爱和同情，在生命中是可轻藐的呢？

爱在右，同情在左，走在生命路的两旁。随时撒种，随时开花，将这一径长途，点缀得香花濔漫。使穿枝拂叶的行人，踏着荆棘，不觉得痛苦，有泪可落，也不是悲凉。

总之，生命路愈走愈远，所得的也愈多。我以为领略人生，要如滚针毡，用血肉之躯去遍挨遍尝，要他针针见血！离合悲欢，不尽其致时，觉不出生命的神秘和伟大。我所经历真不足道！且喜此关一过，来日方长，我所能告诉小朋友的，将来或不止此。

屋中有书三千卷，琴五六具，弹的拨的都有，但我至今未曾动他一动。与水久别，此十日中我自然尽量的过湖畔海边的生活。水上归来，只低头学绣，将在沙穰时淘气的精神，全部收起。我原说过，只有无人的山中，容得童心的再现呵！

大西洋之游，还有许多可记。写的已多了，留着下次说罢。祝你们安乐！

冰心　1924 年 7 月 14 日，默特佛

通讯二十

小朋友：

水畔驰车，看斜阳在水上泼散出的闪烁的金光。晚风吹来，春衫嫌薄。这种生涯，是何等的宜于病后呵！

在这里，出游稍远便可看见水。曲折行来，道滑如拭。重重的树阴之外，不时倏忽的掩映着水光。我最爱的是玷池（Spot Pond），称她为池真委曲了，她比小的湖还大呢！——有三四个小岛在水中央，上面随意地长着小树。池四围是丛林，绿意浓极。每日晚餐后我便出来游散。缓驰的车上，湖光中看遍了美人芳草！——真是"水边多丽人"。看三三两两成群携手的人儿，男孩子都去领卷袖，女孩子穿着颜色极明艳的夏衣，短发飘拂。轻柔的笑声，从水面，从晚风中传来，非常的浪漫而潇洒。到此猛忆及曾皙对孔子言志，在"暮春者"之后，"浴乎沂风乎舞雩"之前，加上一句"春服既成"，遂有无限的飘扬态度，真是千古隽语！

此外的如玄妙湖（Mystic Lake），侦池（Spy Pond），角池（Horn Pond）等处，都是很秀丽的地方。大概湖的美处在"明媚"。水上的轻风，皱起万叠微波。湖畔再有芊芊的芳草，再有青青的树林，有平坦的道路，有曲折的白色栏杆，黄昏时便是天然的临眺乘凉的所在。湖上落日，更是绝妙的画图。夜中归去，长桥上两串徐徐互相往来移动的灯星，颗颗含着凉意。若是明月中天，不必说，光景尤其怡人了！

　　　　　　　　　　　　　　　　　　记事珠

前几天游大西洋滨岸（Revere Beach），沙滩上游人如蚁。或坐，或立，或弄潮为戏，大家都是穿着泅水衣服。沿岸两三里的游艺场，乐声沨沨，人声嘈杂。小孩子们都在铁马铁车上，也有空中旋转车，也有小飞艇，五光十色的。机关一动，都纷纷奔驰，高举凌空。我看那些小朋友们都很欢喜得意的！

这里成了"人海"。如蚁的游人，盖没了浪花。我觉得无味。我们掩转车来，直到娜罕（Nahant）去。

渐渐的静了下来。还在树林子里，我已迎到了冷意侵人的海风。再三四转，大海和岩石都横到了眼前！这是海的真面目呵。浩浩万里的蔚蓝无底的洪涛，壮厉的海风，蓬蓬的吹来，带着腥咸的气味。在闻到腥咸的海味之时，我往往忆及童年拾卵石贝壳的光景，而惊叹海之伟大。在我抱肩迎着吹人欲折的海风之时，才了解海之所以为海，全在乎这不可御的凛然的冷意！

在嶙峋的大海石之间，岩隙的树阴之下，我望着卵岩（Egg Rock），也看见上面白色的灯塔。此时静极，只几处很精致的避暑别墅，悄然的立在断岩之上。悲壮的海风，穿过丛林，似乎在奏"天风海涛"之曲。支颐凝坐，想海波尽处，是群龙见首的欧洲，我和平的故乡，比这可

寄小读者（节选）   *189*

望不可即的海天还遥远呢!

故乡没有明媚的湖光;故乡没有汪洋的大海;故乡没有葱绿的树林;故乡没有连阡的芳草。北京只是尘土飞扬的街道,泥泞的小胡同,灰色的城墙,流汗的人力车夫的奔走。我的故乡,我的北京,是一无所有!

小朋友,我不是一个乐而忘返的人,此间纵是地上的乐园,我却仍是"在客"。我寄母亲信中曾说:

——北京似乎是一无所有! ——北京纵是一无所有,然已有了我的爱。有了我的爱,便是有了一切! 灰色的城围里,住着我最宝爱的一切的人。飞扬的尘土呵,何容我再嗅着我故乡的香气……

易卜生曾说过:"海上的人,心潮往往和海波一般的起伏动荡。"而那一瞬间静坐在岩上的我的思想,比海波尤加一倍的起伏。海上的黄昏星已出,海风似在催我归去。归途中很怅惘。只是还买了一筐新从海里拾出的蛤蜊。当我和车边赤足捧筐的孩子问价时,他仰着通红的小脸笑向着我。他岂知我正默默的为他祝福,祝福他终身享乐此海上拾贝的生涯!

谈到水，又忆起慰冰来。那天送一位日本朋友回南那铁（South Natick）去，道经威尔斯利。车驰穿校址，我先看见圣卜生疗养院，门窗掩闭的凝立在山上。想起此中三星期的小住，虽仍能微笑，我心实凄然不乐。再走已见了慰冰湖上闪烁的银光，我只向她一瞥眼。闭璧楼塔院等等也都从眼前飞过。年前的旧梦重寻，中间隔以一段病缘，小朋友当可推知我黯然的心理！

又是在行色匆匆里，一两天要到新汉寿（New Hampshire）去。似乎又是在山风松涛之中，到时方可知梗概。晚风中先草此，暑天宜习静，愿你们多写作！

冰心　1924 年 7 月 22 日，默特佛

通讯二十一

冰仲弟：

到自由（Freedom）又五六日了，高处于白岭（The White Mountains）之上，华盛顿，戚叩落亚（Chocorua）诸岭都在几席之间。这回真是入山深了！此地高出海面一千尺，在北纬四十四度，与吉林同其方位。早晚都是凉飔袭人，只是树枝摇动，不见人影。

K教授邀我来此之时，她信上说："我愿你知道真正新英格兰的农家生活。"果然的，此屋中处处看出十八世纪的田家风味。古朴砌砖的壁炉；立在地上的油灯；粗糙的陶器；桌上供养着野花；黄昏时自提着罐儿去取牛乳；采甚果佐餐。这些情景与我们童年在芝罘所见无异。所不同的就是夜间灯下，大家拿着报纸，纵谈共和党和民主党的总统选举竞争。我觉得中国国民最大的幸福，就是居然能脱离政府而独立。不但农村，便是去年的北京，四十日没有总统，而万民乐业。言之欲笑，思之欲哭！

屋主人是两个姊妹，是K教授的好友，只夏日来居在山上。听说山后只有一处酿私酒的相与为邻，足见此地之深僻了。屋前后怪石嶙峋。黑压压的长着丛树的层岭，一望无际。林影中隐着深谷。我总不敢太远走开去，似乎此山有藏匿虎豹的可能。千山草动，猎猎风生的时候，真恐自暗黑的林中，跳出些猛兽。虽然屋主人告诉我说，山中只有一只箭猪，和一只小鹿，而我终是心怯。

于此可见白岭与青山之别了。白岭妩媚处雄伟处都较胜青山，而山中还处处有湖，如银湖（Silver Lake），戚叩落亚湖，洁湖（Purity Lake）等，湖山相衬，十分幽丽。那天到戚叩落亚湖畔野餐，小桥之外，是十里如镜的湖波，波外是突起矗立的戚叩落亚山。湖畔徘徊，山风吹面，情景竟是瞻依而不是赏玩！

除了屋主人和 K 教授外，轻易看不见别一个人。我真是寂寞。只有阿历（Alex）是我唯一的游伴了！他才五岁，是纽芬兰的孩子。他母亲在这里佣工。当我初到之夜，他睡时忽然对他母亲说："看那个姑娘多可怜呵，没有她母亲相伴，自己睡在大树下的小屋里！"第二天早起，屋主人笑着对我述说的时候，我默默相感，微笑中几乎落下泪来。我离开母亲将一年了，这般彻底的怜悯体恤的言词，是第一次从人家口里说出来的呵！

我常常笑对他说："阿历，我要我的母亲。"他凝然的听着，想着，过了一会说："我没有看见过你的母亲，也不知道她在哪里——也许她迷了路走在树林中。"我便说："如此我找她去。"自此后每逢我出到林中散步，他便遥遥的唤着问："你找你的母亲去么？"

这老屋中仍是有琴有书，原不至太闷。而我终感觉着寂寞，感着缺少一种生活。这生活是去国以后就丢失了的。你要知道么？就是我们每日一两小时傻顽痴笑的生活！

飘浮着铁片做的战舰在水缸里；和小狗捉迷藏；听小弟弟说着从学校听来的童稚的笑话；围炉说些"乱谈"；

敲着竹片和铜茶盘，唱"数了一个一，道了一个一"的山歌——居然大家沉酣的过一两点钟。这种生活，似乎是痴顽，其实是绝对的需要。这种完全释放身心自由的一两小时，我信对于正经的工作有极大的辅益。使我解愠忘忧，使我活泼，使我快乐。去国后在学校中，病院里，与同伴谈笑，也有极不拘之时，只是终不能痴傻到绝不用点思想的地步。——何况我如今多居于教授长者之间，往往是终日矜持呢！

真是说不尽怎样的想念你们！幻想山野是你们奔走的好所在，有了伴侣，我便也不怯野游。我何等的追羡往事！"当时语笑浑闲事，过后思量尽可怜"，这两语真说到入骨。但愿经过两三载的别离之后，大家重见，都不失了童心。傻顽痴笑，还有再现之时，我便万分满足了。

山中空气极好，朝阳晚霞都美到极处。身心均舒适，只昨夜有人问我："听说泰戈尔到中国北京，学生对他很无礼，他躲到西山去了。"她说着一笑。我淡淡的说："不见得罢。"往下我不再说什么——泰戈尔只是一个诗人，迎送两方，都太把他看重了。……

于此收住了。此信转小朋友一阅。

冰心　1924 年 7 月 20 日，自由，新汉寿

通讯二十四

我的双亲：

　　窗外涛声微撼，是我到伍岛（Five Islands）之第一夜，我已睡下，B女士进坐在我的床前，说了许多别后的话。她又说："可惜我不能将你母亲的微笑带来呵！"夜深她出去。我辗转不寐。一年中隔着海洋，我们两地的经过，在生命的波澜又归平靖之后，忽忽追思，竟有无限的感慨！

　　在新汉寿之末一夜，竟在白岭上过了瓜果节。说起也真有意思。那天白日偶然和众人谈起，黄昏时节，已自忘怀。午睡起后，C夫人忽请我换了新衣。K教授也穿上由中国绣衣改制的西服出来。其余众人，或挂中国的玉佩；或着中国的绸衣。在四山暮色之中，团团坐在屋前一棵大榆树下，端出茶果来，告诉我今夜要过中国的瓜果节。我不禁怡然一笑。我知道她们一来自己寻乐，二来与我送别。我是在家十年未过此节，却在离家数万里外，孤身作客，在绵亘雄伟的白岭之巅，与几位教授长者，过起软款温柔的女儿节来，真是突兀！

　　那夜是阴历初六，双星还未相迳，银汉间薄雾迷濛。我竟成了这小会的中心！大家替我斟上蒲公英酒，K教授

冰心（摄于 1924 年 7 月 28 日，美国白岭风景区）

举杯起立说:"我为全中国的女儿饮福!"我也起来笑答:"我代全中国的女儿致谢你们!"大家笑着起立饮尽。

第二巡递过茶果,C夫人忽又起立举杯说:"我饮此酒,祝你康健!"于是大家又纷然离座。K教授和E女士又祝福我的将来,杂以雅谑。一时杯声铿然相触。大家欢呼,我笑了,然而也只好引满。

谈至夜阑,谈锋渐趋于诗歌方面。席散后,我忽忆未效穿针乞巧故事,否则也在黑暗中撮弄她们一下子,增些欢笑!

如今到伍岛已逾九日,思想顿然的沉肃了下来。我大错了!十年不近海,追证于童年之乐,以为如今又晨夕与海相处,我的思想,至少是活泼飞扬的。不想她只时时与我以惊跃与凄动!……

九日之中,荡小舟不算外,泛大船出海,已有三次。十三日泛舟至海上聚餐,共载者十六人,乘风扯起三面大帆来,我起初只坐近栏旁,听着水手们扯帆时的歌声,真切的忆起海上风光来。正自凝神,一回头,B博士笑着招我到舟尾去,让我把舵,他说:"试试看,你身中曾否带着航海家之血!"舱面大家都笑着看我。我竟接过舵轮来,一面坐下。凝眸前望,俯视罗盘正在我脚前。这船较小些，管轮和驾驶，只须一人。我握着轮齿，觉得桅杆与水平纵横之距离，只凭左右手之转动而推移。此时我心神倾注，海风过耳而不闻。渐渐驶到叔本葛大河（Sheepcult River）入海之口。两岸较逼，波流汹涌。我扶轮屏息，偶然侧首看见栏旁士女，容色暇豫，言笑晏晏，始恍然知自己一身责任之重大，说起来不值父亲之一笑！比起父亲在万船如蚁之中，将载着数百军士的战舰，驶进广州湾，自然不可同日语。而在无情的波流上，我初次尝试的心，已有无限的惶恐。说来惭愧，我觉得我两腕之一移动，关系着男女老幼十六人性命的安全！

B博士不离我座旁，却不多指示，只凭我旋转自如。停舟后，大家过来笑着举手致敬。称我为船主，称我为航海家的女儿。

这只是玩笑的事，没有说的价值。而我因此忽忽忆起我所未想见的父亲二十年海上的生涯。我深深的承认直接觉着负责任的，无过于舟中把舵者。一舟是一世界，双手轮转着顷刻间人们的生死，操纵着众生的欢笑与悲号。几百个乘客在舟上，优游谈笑，说着乘风破浪，以为人人都过着最闲适的光阴。不知舱面小室之中，独有一个凝眸望远的船主，以他倾注如痴的辛苦的心目，保持佑护着这一段数百人闲适欢笑的旅途!

我自此深思了! 海岛上的生涯, 使我心思昏忽。伍岛后有断涧两处, 通以小桥。涧深数丈, 海波冲击, 声如巨雷。穿过松林, 立在磐石上东望, 西班牙与我之间, 已无寸土之隔。岛的四岸, 在清晨, 在月夜, 我都坐过, 凄清得很。——每每夜醒, 正是潮满时候, 海波直到窗下。淡雾中, 灯塔里的雾钟续续的敲着。有时竟还听得见驾驶的银钟, 在水面清澈四闻。雪鸥的鸣声, 比孤雁还哀切, 偶一惊醒, 即不复寐……

实在写不尽, 我已决意离此。我自己明白知道, 工作在前, 还不是我回肠荡气的时候!

明天八月十七, 邮船便佳城号(City of Bangor)自泊斯(Bath)开往波士顿。我不妨以去年渡太平洋之日, 再来横渡大西洋之一角。我真是弱者呵, 还是愿意从海道走!

你海上的女儿　1924 年 8 月 16 日夜, 伍岛

通讯二十六

小朋友:

病中, 静中, 雨中是我最易动笔的时候; 病中心绪惆

怅，静中心绪清新，雨中心绪沉潜，随便的拿起笔来，都能写出好些话。

一夏的"云游"，刚告休息。此时窗外微雨，坐守着一炉微火。看书看到心烦，索性将立在椅旁的电灯也捻灭了下去。炉里的木柴，爆裂得息息的响着，火花飞上裙缘。——小朋友！就是这百无聊赖，雨中静中的情绪，勉强了久不修书的我，又来在纸上和你们相见。

暑前六月十八晨，阴，匆匆的将屋里几盆花草，移栽在树下。殷勤拜托了自然的风雨，替我将护着这一年来案旁伴读的花儿。安顿了惜花心事之后，一天一夜的火车，便将我送到银湾（Silver Bay）去。

银湾之名甚韵！往往使我忆起纳兰成德"盈盈从此隔银湾，便无风雪也摧残"之句。入湾之顷，舟上看乔治湖（Lake George）两岸青山，层层转翠。小岛上立着丛树，绿意将倦人唤醒起来。银湾渐渐来到了眼前！黑岭（Black Mountains）高得很，乔治湖又极浩大，山脚下涛声如吼之中，银湾竟有芝罘的风味。

到后寄友人书，曾有"盛名之下，其实难副，人犹如此，地何以堪？你们将银湾比了乐园，周游之下，我只觉索然！"之语，致她来信说我"诗人结习未除，幻想太高"。实则我曾经沧海，银湾似芝罘而伟大不足，反不如慰冰及绮色佳，深幽妩媚，别具风格，能以动我之爱悦与恋慕。

且将"成见"撇在一边，来叙述银湾的美景。河亭（Brook Pavilion）建在湖岸远伸处，三面是水。早起在那里读诗，水声似乎和着诗韵。山雨欲来，湖上漫漫飞卷的白云，亭中尤其看得真切。大雨初过，湖净如镜，山青如洗。云隙中霞光灿然四射，穿入水里，天光水影，一片融化在彩虹里，看不分明。光景的奇丽，是诗人画工，都不能描写得到的！

在不系舟上作书，我最喜爱，可惜并没有工夫做。只有二十六日下午，在白浪推拥中，独自泛舟到对岸，写了几行。湖水泱泱，往返十里。回来风势大得很，舟儿起落之顷，竟将写好的一张纸，吹没在湖中。迎潮上下时，因着能力的反应，自己觉得很得意。而运桨的两臂，回来后隐隐作痛。

十天之后，又到了绮色佳。

绮色佳真美！美处在深幽。喻人如隐士，喻季候如秋，喻花如菊。与泉相近，是生平第一次，新颖得很！林中行来，处处傍深涧。睡梦里也听着泉声！六十日的寄

冰心（右）与王国秀一起参加美国中国学生年会

（摄于 1925 年 9 月）

居，无时不有"百感都随流水去，一身还被浮石束"这两句，萦回于我的脑海！

在曲折跃下层岩的泉水旁读子书。会心处，悦意处，不是人世言语所能传达。——此外替美国人上了一夏天的坟，绮色佳四五处坟园我都游遍了！这种地方，深沉幽邃，是哲学的，是使人勘破生死观的。我一星期中至少去三次，抚着碑碣，摘去残花。我觉得墓中人很安适的，不知墓中人以我为如何？

刻尤佳湖（Lake Cauaga）为绮色佳名胜之一，也常常在那里泛月。湖大得很，明媚处较慰冰不如，从略。

八月二十八日，游尼革拉大瀑布（Niagara Falls）。三姊妹岩旁，银涛卷地而来，奔下马蹄岩，直向涡池而去。汹涌的泉涛，藏在微波缓流之下。我乘着小船雾姝号（The Maid of Mith）直到瀑底。仰望美利坚坎拿大两片大泉，坠云搓絮般的奔注。夕阳下水影深蓝，岩石碎进，水珠打击着头面。泉雷声中，心神悸动！绮色佳之深邃温柔，幸受此万丈冰泉，洗涤冲荡。月下夜归，恍然若失！

九月二日，雨中到雪拉鸠斯（Syracuse），赴美东中国学生年会。本年会题，是"国家主义与中国"，大家很鼓吹了一下。

年会中忙过十天，又回到波士顿来。十四夜心随车驰。看见了波士顿南站灿然的灯光，九十日的幻梦，恍然惊觉……

夜已深，楼上主人促眠。窗外雨仍不止。异乡的虫声在凄凄的叫着。万里外我敬与小朋友道晚安！

冰心　1925 年 9 月 17 日夜，默特佛

通讯二十九

最亲爱的小读者：

我回家了！这"回家"二字中我迸出了感谢与欢欣之泪！三年在外的光阴，回想起来，曾不如流波之一瞥。我写这信的时候，小弟冰季守在旁边。窗外，红的是夹竹桃，绿的是杨柳枝，衬以北京的蔚蓝透澈的天。故乡的景物，一一回到眼前来了！

小朋友！你若是不曾离开中国北方，不曾离开到三年之久，你不会赞叹欣赏北方蔚蓝的天！清晨起来，揭帘外望，这一片海波似的青空，有一两堆洁白的云，疏疏的来往着，柳叶儿在晓风中摇曳，整个的送给你一丝丝凉意。你觉得这一种"冷处浓"的幽幽的乡情，是异国他乡所万

尝不到的！假如你是一个情感较重的人，你会兴起一种似欢喜非欢喜，似怅惘非怅惘的情绪。站着痴望了一会子，你也许会流下无主，皈依之泪！

在异国，我只遇见了两次这种的云影天光。一次是前年夏日在新汉寿白岭之巅。我午睡乍醒，得了英伦朋友的一封书，是一封充满了友情别意，并描写牛津景物写到引人入梦的书。我心中杂揉着怅惘与欢悦，带着这信走上山巅去。猛然见了那异国的蓝海似的天！四围山色之中，这油然一碧的天空，充满了一切。漫天匝地的斜阳，镶出西边天际一两抹的绛红深紫。这颜色须臾万变，而银灰，而鱼肚白，倏然间又转成灿然的黄金。万山沉寂，因着这奇丽的天末的变幻，似乎太空有声！如波涌，如鸟鸣，如风啸，我似乎听到了那夕阳下落的声音。这时我骤然间觉得弱小的心灵，被这伟大的印象，升举到高空，又倏然间被压落在海底！我觉出了造化的庄严，一身之幼稚，病后的我，在这四周艳射的景象中，竟伏于纤草之上，呜咽不止！

还有一次是今年春天，在华京之一晚。我从枯冷的纽约城南行，在华京把"春"寻到！在和风中我坐近窗户，那时已是傍晚，这国家妇女会舍，正对着国会的白楼。半日倦旅的眼睛，被这楼后的青天唤醒！海外的小朋友！请你们饶恕我。在我倏忽的惊叹了国会的白楼之前，两年半美国之寄居，我不曾觉出她是一个庄严的国度！

这白楼在半天矗立着，如同一座玲珑洞开的仙阁。被楼旁的强力灯逼射着，更显得出那楼后的青空。两旁也是伟大的白石楼舍。楼前是极宽阔的白石街道。雪白的球灯，整齐的映照着。路上行人，都在那伟大的景物中，寂然无声。这种天国似的静默，是我到美国以来第一次寻到的，我寻到了华京与北京相同之点了！

我突起的乡思，如同一个波澜怒翻的海！把椅子推开，走下这一座万静的高楼，直向国会图书馆走去。路上我觉得有说不出的愉快与自由。杨柳的新绿，摇曳着初春的晚风。熟客似的，我走入大阅书室，在那里写着日记。写着忽然忆起陆放翁的"唤作主人原是客，知非吾土强登楼"的两句诗来。细细咀嚼这"唤"字和"强"字的意思，我的意兴渐渐的萧索了起来！

我合上书，又洋洋的走了出去。出门来一天星斗，我长吁一口气。——看见路旁一辆手推的篷车，一个黑人在叫卖炒花生栗子。我从病后是不吃零食的，那时忽然走上前去，买了两包。那灯下黝黑的脸，向我很和气的一笑，又把我强寻的乡梦搅断！我何尝要吃花生栗子？无非要强以华京作北京而已！

　　写到此我腕弱了。小朋友，我觉得不好意思告诉你们，我回来后又一病逾旬，今晨是第一次写长信。我行程中本已憔悴困顿，到家后心里一松，病魔便乘机而起。我原不算是十分多病的人，不知为何，自和你们通讯，我生涯中便病忙相杂，这是怎么说的呢！

　　故国的新秋来了。新愈的我，觉得有喜悦的萧瑟！还有许多话，留着以后说罢，好在如今我离着你们近了！

　　你热情忠实的朋友，在此祝你们的喜乐！

　　　　　　　　　　　冰心　1926 年 8 月 31 日，圆恩寺

寄小读者（节选）　　　　　　　　　　　　　　　*207*

山中杂记

——遥寄小朋友

大夫说是养病，我自己说是休息。只觉得在拘管而又浪漫的禁令下，过了半年多。这半年中有许多在童心中可惊可笑的事，不足为大人道。只盼他们看到这几篇的时候，唇角下垂，鄙夷的一笑，随手的扔下。而有两三个孩子，拾起这一张纸，渐渐的感起兴味，看完又彼此嘻笑，讲说，传递；我就已经有说不出的喜欢！本来我这两天有无限的无聊。天下许多事都没有道理。比如今天早起那样的烈日，我出去散步的时候，热得头昏，此时近午，却又阴云密布，大风狂起。廊上独坐，除了胡写，还有什么事可作呢？

1924 年 6 月 23 日，沙穰

一　我怯弱的心灵

我小的时候，也和别的孩子一样，非常的胆小。大人们又爱逗我，我的小舅舅说什么《聊斋》，什么《夜谭随录》，都是些僵尸，白面的女鬼等等。在他还说着的时候，我就不自然的惴惴的四顾，塞坐在大人中间，故意的咳嗽。睡觉的时候，看着帐门外，似乎出其不意的也许伸进　只鬼手来。我只这样想着，便用被将自己的头蒙得严严的，结果是睡得周身是汗！

十三四岁以后，什么都不怕了。在山上独自中夜走过丛塚，风吹草动，我只回头凝视。满立着狰狞的神像的大殿，也敢在阴暗中小立。母亲屡屡说我胆大，因为她像我这般年纪的时候，还是怯弱得很。

我白日里的心，总是很宁静，很坚强，不怕那些看不见的鬼怪。只是近来常常在梦中，或是在将醒未醒之顷，一阵悚然，从前所怕的牛头马面，都积压了来，都聚围了来。我呼唤不出，只觉得怕得很，手足都麻木，灵魂似乎蜷曲着。挣扎到醒来，只见满山的青松，一天的明月。洒然自笑，——这样怯弱的梦，十年来已绝不做了。做这梦时，又有些悲哀! 童年的事都是有趣的，怯弱的心情，有时也极其可爱。

二　埋存与发掘

山中的生活，是没有人理的。只要不误了三餐和试验体温的时间，你爱做什么就做什么，医生和看护都不来拘管你。正是童心乘时再现的时候，从前的爱好，都拿来重温一遍。

美国不是我的国，沙穰不是我的家。偶以病因缘，在这里游戏半年，离此后也许此生不再来。不留些纪念，觉得有点过意不去。于是我几乎每日做埋存与发掘的事。

我小的时候，是爱做这些事：墨鱼脊骨雕成的小船，五色纸粘成的小人等等，无论什么东西，玩够了就埋起来。树叶上写上字，掩在土里。石头上刻上字，投在水里。想起来时就去发掘看看，想不起来，也就让他悄悄的永久埋在那里。

病中不必装大人，自然不妨重做小孩子！游山多半是独行，于是随时随地留下许多纪念。名片，西湖风景画，用过的纱巾等等，几乎满山中星罗棋布，经过芍药花下，流泉边，山亭里，都使我微笑，这其中都有我的手泽！兴之所至，又往往去掘开看看。

有时也遇见人，我便扎煞着泥污的手，不好意思的站了起来。本来这些事很难解说。人家问时，说又不好，不说又不好，迫不得已只有一笑。因此女伴们更喜欢追问，我只有躲着她们。

那一次一位旧朋友来，她笑说我近来更孩子气，更爱脸红了。童心的再现，有时使我不好意思是真的；半年的休养，自然血气旺盛，脸红那有什么爱不爱的可言呢？

三　古国的音乐

去冬多有风雪。风雪的时候，便都坐在广厅里。大家随便谈笑，开话匣子，弹琴，编绒织物等等，只是消磨时间。

荣是希腊的女孩子，年纪比我小一点。我们常在一处玩。她以古国国民自居，拉我作伴，常常和美国的女孩子戏笑口角。

我不会弹琴，她不会唱。但闷来无事，也就走到琴边胡闹，翻来覆去的只是那几个简单的熟调子。于是大家都笑道："趁早停了罢，这是什么音乐？"她傲然的叉手站在琴旁说："你们懂得什么：这是东西两古国，合奏的古乐，你们哪里配领略！"琴声仍旧不断，歌声愈高，别人的对话，都不相闻。于是大家急了，将她的口掩住，推到屋角去，从后面连椅子连我，一齐拉开。屋里已笑成一团！

最妙的是"印第阿那的月"等等美国调子，一经我们用过，以后无论何时，一听得琴歌声起，大家都互相点头笑说："听古国的音乐呵！"

四　雨雪时候的星辰

寒暑表降到冰点下十八度的时候，我们也是在廊下睡觉。每夜最熟识的就是天上的星辰了。也不过只是点点闪烁的光明，而相看惯了，偶然不见，也有些想望与无聊。

连夜雨雪，一点星光都看不见。荷和我拥衾对坐，在廊子的两角，遥遥谈话。

荷指着说："你看维纳司（Venus）升起了！"我抬头望时，却是山路转折处的路灯。我怡然一笑，也指着对山的一星灯火说："那边是周彼得（Jupiter）呢！"

愈指愈多。松林中射来零乱的风灯，都成了满天星宿。真的，雪花隙里，看不出天空和山林的界限，将繁灯当作繁星，简直是抵得过。

一念至诚的将假作真，灯光似乎都从地上飘起。这幻成的星光，都不移动，不必半夜梦醒时，再去追寻他们的位置。

于是雨雪寂寞之夜，也有了慰安了！

五　她得了刑罚了

休息的时间，是万事不许作的。每天午后的这两点钟，乏倦时觉得需要，睡不着的时候，觉得白天强卧在床上，真是无聊。

我常常偷着带书在床上看。等到护士来巡视的时候，就赶紧将书压在枕头底下，闭目装睡。——我无论如何淘气，也不敢大犯规矩，只到看书为止。而璧这个女孩子，却往往悄悄的起来，抱膝坐在床上，逗引着别人谈笑。

这一天她又坐起来，看看无人，便指手画脚的学起医生来。大家正卧着看着她笑，护士已远远的来了。她的床正对着甬道，卧下已来不及，只得仍旧皱眉的坐着。

护士走到廊上。我们都默然，不敢言语；她问璧说："你怎么不躺下？"璧笑说："我胃不好，不住的打呃，躺下就难受。"护士道："你今天饭吃得怎样？"璧惴惴的忍笑的说："还好！"护士沉吟了一会便走出去。璧回首看着我们，抱头笑说："你们等着，这一下子我完了！"

果然看见护士端着一杯药进来，杯中泡泡作声。璧只得接过皱眉四顾。我们都用毡子蒙着脸，暗暗的笑得喘不过气来。

护士看着她一口气喝完了，才又慢慢的出去。璧颓然的两手捧着胸口卧了下去，似哭似笑的说："天呵！好酸！"

她以后不再胡说了，无病吃药是怎样难堪的事。大家谈起，都快意，拍手笑说："她得了刑罚了！"

六　Eskimo

沙穰的小朋友替我上的 Eskimo 的徽号，是我所喜爱的，觉得比以前的别种称呼都有趣！

Eskimo 是北美森林中的蛮族，黑发披裘，以雪为屋，过的是冰天雪地的渔猎生涯。我哪能像他们那样的勇敢？

只因去冬风雪无阻的在林中游戏行走，林下冰湖，正是沙穰村中小朋友的溜冰处，我经过，虽然我们屡次相逢，却没有说话。我只觉得他们往往的停了游走，注视着我，互相耳语。

以后医生的甥女告诉我，沙穰的孩子传说林中来了一个 Eskimo。问他们是怎样说法，他们以黑发披裘为证。医生告诉他们说不是 Eskimo，是院中一个养病的人，他们才不再惊说了。

假如我是真的 Eskimo 呢，我的思想至少要简单了好些，这是第一件可羡的事。曾看过一本书上说："近代人五分钟的思想，够原始人或野蛮人想一年的。"人类在生理上，五十万年来没有进步。而劳心劳力的事，一年一年的增加。这是疾病的源泉，人生的不幸！

我愿终身在森林之中，我足踏枯枝，我静听树叶微语。清风从林外吹来，带着松枝的香气。白茫茫的雪中，除我外没有行人。我听见所闻，不出青松白雪之外，我就似可满意了！

出院之期不远，女伴戏对我说："出去到了车水马龙的波士顿街上，千万不要惊倒。这半年的闭居，足可使你成个痴子！"

不必说，我已有惊悚。一回到健康道上，世事已接踵而来——我倒愿做 Eskimo 呢。黑发披裘，只是外面的事！

七　说几句爱海的孩气的话

白发的老医生对我说："可喜你已大好了。城市与你不宜，今夏海滨之行，也是取销了为妙。"

这句话如同平地起了一个焦雷！

学问未必都在书本上。纽约，康桥，芝加哥这些人烟稠密的地方，终身不去也没有什么。只是说不许我到海边去，这却太使我伤心。

我抬头张目的说："不，你没有阻止我到海边去的意思！"

他笑说："是的，我不愿意你到海边去，太潮湿了，于你新愈的身体没有好处。"

我们争执了半点钟，至终他说："那么你去一个礼拜罢！"他又笑说："其实秋后的湖上，也够你玩的了！"

我爱慰冰，无非也是海的关系。若完全的叫湖光代替了海色，我似乎不大甘心。

可怜，沙穰的六个多月，除了小小的流泉外，连慰冰都看不见！山也是可爱的，但和海比，的确比不起，我有我的理由！

人常常说"海阔天空"。只有在海上的时候，才觉得天空阔远到了尽量处。在山上的时候，走到岩壁中间，有时只见一线天光。即或是到了山顶，而因着天末是山，天与地的界线便起伏不平，不如水平线的齐整。

海是蓝色灰色的。山是黄色绿色的。拿颜色来比，山也比海不过。蓝色灰色含着庄严淡远的意味，黄色绿色却未免浅显小方一些。固然我们常以黄色为至尊，皇帝的龙袍是黄色的，但皇帝称为"天子"，天比皇帝还尊贵，而天却是蓝色的。

海是动的，山是静的。海是活泼的，山是呆板的。昼长人静的时候，天气又热，凝神望着青山，一片黑郁郁的连绵不动，如同病牛一般。而海呢，你看她没有一刻静止！从天边微波粼粼的直卷到岸边，触着崖石，更欣然的溅跃了起来，开了灿然万朵的银花！

四围是大海，与四围是乱山，两者相较，是如何滋味，看古诗便可知道。比如说海上山上看月出，古诗说："南山塞天地，日月石上生。"细细咀嚼，这两句形容乱山，形容得极好，而光景何等臃肿，崎岖，僵冷？读了不使人生快感。而"海上生明月，天涯共此时"也是月出，光景却何等妩媚，遥远，璀璨！

原也是的，海上没有红、白、紫、黄的野花，没有蓝雀，红襟等等美丽的小鸟。然而野花到秋冬之间，便都萎谢，反予人以凋落的凄凉。海上的朝霞晚霞，天上水里反映到不止红白紫黄这几个颜色。这一片花，却是四时不断的。说到飞鸟，蓝雀，红襟自然也可爱。而海上的沙鸥，白胸翠羽，轻盈的飘浮在浪花之上，"凌波微步，罗袜生尘"。看见蓝雀，红襟，只使我联忆到"山禽自唤名"。而见海鸥，却使我联忆到千古颂赞美人，颂赞到绝顶的句子，是"婉若游龙，翩若惊鸿"！

在海上又使人有透视的能力，这句话天然是真的！你倚栏俯视，你不由自主的要想起这万顷碧琉璃之下，有什么明珠，什么珊瑚，什么龙女，什么鲛纱。在山上呢，很少使人想到山石黄泉以下，有什么金银铜铁。因为海水透明，天然的有引人们思想往深里去的趋向。

简直越说越没有完了，总而言之，统而言之，我以为海比山强得多，说句极端的话，假如我犯了天条，赐我自杀，我也愿投海，不愿坠崖！

争论真有意思！我对于山和海的品评，小朋友们愈和我辩驳愈好。"人心之不同，各如其面"，这样世界上才有个不同和变换。假如世界上的人都是一样的脸，我必不愿见人。假如天下人都是一样的嗜好，穿衣服的颜色式样都是一般的，则世界成了一个大学校，男女老幼都穿一样的制服，想至此不但好笑，而且无味！再一说，如大家都爱海呢，大家都搬到海上去，我又不得清静了！

八　他们说我幸运

山做了围墙，草场成了庭院，这一带山林是我游戏的地方。早晨朝露还颗颗闪烁的时候，我就出去奔走，鞋袜往往都被露水淋湿了。黄昏睡起，短裙卷袖，微风吹衣，晚霞中我又游云似的在山路上徘徊。

固然的，如词中所说："落日解鞍芳草岸，花无人戴，酒无人劝，醉也无人管！"不是什么好滋味。而"无人管"的情景，有时却真难得。你要以山中踯躅的态度，移在别处，可就不行。在学校中，在城市里，是不容你有行云流水的神意的。只因管你的人太多了！

我们楼后的儿童院，那天早晨我去参观了。正值院里的小朋友们在上课，有的在默写生字，有的在做算术。大家都有点事牵住精神，而忙中偷闲，还暗地传递小纸条，偷说偷玩。小手小脚，没有安静的时候。这些孩子我都认得，只因他们在上课，我只在后面悄悄的坐着，不敢和他们谈话。

不见黑板六个月了，这倒不觉得怎样。只是看见教员桌上那个又大又圆的地球仪，满屋里矮小的桌子椅子，字迹很大的卷角的书，倏时将我唤回到十五年前去。而黑板上写着的：

$$35 \qquad 21 \qquad 18 \qquad 64$$
$$-15 \qquad +10 \qquad -\ 9 \qquad \times 69$$

方程式，以及站在黑板前扶头思索，将粉笔在手掌上乱画的小朋友，我看着更觉得有一种说不出的怅惘。窗外日影徐移，虽不是我在上课，而我呆呆的看着壁上的大钟，竟有急盼放学的意思。

放学了，我正和教员谈话，小朋友们围拢来将我拉开了。保罗笑问我说："你们那楼里也有功课么？"我说："没有，我们天天只是玩！"彼得笑叹道："你真是幸运！"

他们也是休养着，却每天仍有四点钟的功课。我出游的工夫，只在一定的时间里，才能见着他们。

唤起我十五年前的事，惭愧！"三七二十一，四七二十八"的背乘数表等等，我已算熬过去，打过这一关来了！而回想半年前，厚而大的笔记本，满屋满架的参考书，教授们流水般的口讲，……如今病好了，这生活还必须去过，又是怃然。

记事珠

这生活还必须去过。不但人管，我也自管。"哀莫大于心死"，被人管的时候，传递小纸条偷说偷玩等事，还有工夫做。而自管的时候，这种动机竟绝然没有。十几年的训练，使人绝对的被书本征服了！

小朋友，"幸运"？这两字又岂易言？

九　机器与人类幸福

小朋友一定知道机器的用处和好处，就是省人力，能在很短的时间内做很重大的工作。

在山中闲居，没有看见别的机器的机会。而山右附近的农园中的机器，已足使我赞叹。

他们用机器耕地，用机器撒种。以至于刈割等等，都是机器一手经理。那天我特地走到山前去，望见农人坐在汽机上，开足机力，在田地上突突爬走。很坚实的地土，汽机过处，都水浪似的，分开两边，不到半点钟工夫，很宽阔的一片地，都已耕松了。

农人从衣袋里掏出表来一看，便缓缓的掀转汽机，回到园里去。我也自转身。不知为何，竟然微笑。农人运用大机器，而小机器的表，又指挥了农人。我觉得很滑稽！

我小的时候，家园墙外，一望都是麦地。耕种收割的事，是最熟见不过的了。农夫农妇，汗流浃背的蹲在田里，一锄一锄的掘，一镰刀一镰刀的割。我在旁边看着，往往替他们吃力，又觉得迟缓的可怜！

　　两下里比起来，我确信机器是增进人类幸福的工具。但昨天我对于此事又有点怀疑。

　　昨天一下午，楼上楼下几十个病人都没有睡好！休息的时间内，山前耕地的汽机，轧轧的声满天地。酷暑的檐下，蒸炉一般热的床上，听着这单调而枯燥，震耳欲聋的铁器声，连续不断，脑筋完全跟着他颠簸了。焦躁加上震动，真使人有疯狂的倾向！

　　楼上下一片喃喃怨望声，却无法使这机器止住，结果我自己头痛欲裂。楼下那几个日夜发烧到一百零三，一百零四度的女孩子，我真替她们可怜，更不知她们烦恼到什么地步！农人所节省的一天半天的工夫，和这几十个病人，这半日精神上所受的痛苦和损失，比较起来，相差远了！机器又似乎未必能增益人类的幸福。

　　想起幼年，我的书斋，只和麦地隔一道墙。假如那时的农人也用机器，简直我的书不用念了！

　　这声音直到黄昏才止息。我因头痛，要出去走走，顺

222

便也去看看那害我半日不得休息的汽机。——走到田边，看见三四个农人正站着踌躇，手臂都叉在腰上，摇头叹息，原来机器坏了! 这座东西笨重的很，十个人也休想搬得动。只得明天再开一座汽机来拉他。

我一笑就回来了。

一〇　鸟兽不可与同群

女伴都笑茀玲是个傻子。而她并没有傻子的头脑，她的话有的我很喜欢。她说："和人谈话真拘束，不如同小鸟小猫去谈。他们不扰乱你，而且温柔的静默的听你说。"

我常常看见她坐在樱花下，对着小鸟，自说自笑。有时坐在廊上，抚着小猫，半天不动。这种行径，我并不觉得讨厌。也许就是因此，女伴才赠她以傻子的徽号，也未可知。

和人谈话未必真拘束，但如同生人，大人先生等等，正襟危坐的谈起来，却真不能说是乐事。十年来正襟危坐谈话的时候，一天比一天的多。我虽也做惯了，但偶有机会，我仍想释放我自己; 这半年我就也常常做傻子了!

第一乐事，就是拔草喂马。看着这庞然大物，温驯的磨动他的松软的大口，和齐整的大牙，在你手中吃嚼青草的时候，你觉得他有说不尽的妩媚。

每日山后牛棚，拉着满车的牛乳罐的那匹斑白大马，我每日喂他。乳车停住了，驾车人往厨房里搬运牛乳，我便慢慢的过去。在我跪伏在樱花底下，拔那十样锦的叶子的时候，他便侧转那狭长而良善的脸来看我，表示他的欢迎与等待。我们渐渐熟识了。远远的看见我，他便抬起头来。我相信我离开之后，他虽不会说话，他必每日的怀念我。

还有就是小狗了。那只棕色的，在和我生分的时候，曾经吓过我。那一天雪中游山，出其不意在山顶遇见他。他追着我狂吠不止，我吓得走不动。他看我吓怔了，才住了吠，得了胜利似的，垂尾下山而去。我看他走了，一口气跑了回来。三夜没有睡好，心脉每分钟跳到一百十五下。

女伴告诉我，他是最可爱的狗，从来不咬人的。以后再遇见他，我先呼唤他的名字，他竟摇尾走了过来。自后每次我游山，他总是前前后后的跟着走。山林中雪深的时候，光景很冷静。他总算助了我不少的胆子。

此外还有一只小黑狗，尤其跳荡可爱。一只小白狗，也很驯良。

我从来不十分爱猫。因为小猫很带狡猾的样子，又喜欢抓人。医院中有一只小黑猫；在我进院的第二天早起刚开了门，她已从门隙钻进来，一跃到我床上，悄悄的便伏在我的怀前，眼睛慢慢的闭上，很安稳的便要睡着。我最怕小猫睡时呼吸的声音！我想推她，又怕她抓我。那几天我心里又难过，因此愈加焦躁。幸而护士不久便进来！我皱眉叫她抱出这小猫去。

以后我渐渐的也爱她了。她并不抓人。当她仰卧在草地上，用前面两只小爪，拨弄着玫瑰花叶，自惊自跳的时候，我觉得她充满了活泼和欢悦。

小鸟是怎样的玲珑娇小呵！在北京城里，我只看见老鸦和麻雀。有时也看见啄木鸟。在此却是雪未化尽，鸟儿已成群的来了。最先的便是青鸟。西方人以青鸟为快乐的象征，我看最恰当不过。因为青鸟的鸣声中，婉转的报着春的消息。

知更雀的红胸，在雪地上，草地上站着，都极其鲜明。小蜂雀更小到无可苗条。从花梢飞过的时候，竟要比花还小。我在山亭中有时抬头瞥见，只屏息静立，连眼珠都不敢动。我似乎恐怕将这弱不禁风的小仙子惊走了。

此外还有许多毛羽鲜丽的小鸟，我因找不出他们的中国名字，只得阙疑。早起朝日未出，已满山满谷的起了轻美的歌声。在朦胧的晓风之中，欹枕倾听，使人心魂俱静。春是鸟的世界，"以鸟鸣春"和"春眠不觉晓，处处闻啼鸟"这两句话，我如今彻底的领略过了！

我们幕天席地的生涯之中，和小鸟最相亲爱。玫瑰和丁香丛中更有青鸟和知更雀的巢。那巢都是筑得极低，一伸手便可触到。我常常去探望小鸟的家庭，而我却从不做偷卵捉雏等等，破坏他们家庭幸福的事。我想到我自己不过是暂时离家，我的母亲和父亲已这样的牵挂。假如我被人捉去，关在笼里，永远不得回来呢，我的父亲母亲岂不心碎？我爱自己，也爱雏鸟；我爱我的双亲，我也爱雏鸟的双亲！

而且是怎样有趣的事，你看小鸟破壳出来，很黄的小口，毛羽也很稀疏，觉得很丑。他们又极其贪吃，终日张口在巢里啾啾的叫，累得他母亲飞去飞回的忙碌。渐渐的长大了，他母亲领他们飞到地上。他们的毛羽很蓬松，两只小腿蹒跚的走，看去比他们的母亲还肥大。他们很傻的样子，茫然的只跟着母亲乱跳。母亲偶然啄得了一条小虫，他们便纷然的过去，啾啾的争着吃。早起母亲教给他们歌唱，母亲的声音极婉转，他们的声音，却很憨涩。这几天来，他们已完全的会飞了，会唱了，也知道自己觅食，不再累他们的母亲了。前天我去探望他们时，这些雏鸟已不在巢里，他们已筑起新的巢了，在离他们的父母的巢不远的枝上。他们常常来看他们的父母的。

还有虫儿也是可爱的。藕合色的小蝴蝶，背着圆壳的小蜗牛，嗡嗡的蜜蜂，甚至于水里每夜乱唱的青蛙，在花丛中闪烁的莹虫，都是极温柔，极其孩气的。你若爱他，他也爱你们。因为他们都喜爱小孩子。大人们太忙，没有工夫和他们玩。

《冰心全集》自序

　　我从来没有刊行全集的意思。因为我觉得：一，如果一个作家有了特殊的作风，使读者看了他一部分的作品之后，愿意能读他作品的全部。他可以因着读者的要求，而刊行全集。在这一点上，我向来不敢有这样的自信。二，或是一个作家，到了中年，或老年，他的作品，在量和质上，都很可观。他自己愿意整理了，作一段结束，这样也可以刊行全集。我呢，现在还未到中年；作品的质量，也未有可观；更没有出全集的必要。

　　前年的春天，有一个小朋友，笑嘻嘻的来和我说："你又有新创作了，怎么不送我一本？"我问是哪一本。他说是《冰心女士第一集》。我愕然，觉得很奇怪！以后听说二三集陆续的也出来了。从朋友处借几本来看，内容倒都是我自己的创作。而选集之芜杂，序言之颠倒，题目之

冰心

变换，封面之丑俗，使我看了很不痛快。上面印着上海新文学社，或是北平合成书社印行。我知道北平上海没有这些书局，这定是北平坊间的印本！

过不多时，几个印行我的作品的书局，如北新开明等，来和我商量，要我控诉禁止。虽然我觉得我们的法律，对于著作权出版权，向来就没有保障，控诉也不见得有效力。我却也写了委托的信，请他们去全权办理。已是两年多了，而每次到各书店书摊上去，仍能看见红红绿绿的冰心女士种种的集子，由种种书店印行的，我觉得很奇怪。

去年春天，我又到东安市场去。在一个书摊上，一个年轻的伙计，陪笑的递过一本《冰心女士全集续编》来，说，"您买这么一本看看，倒有意思。这是一个女人写的。"我笑了，我说，"我都已看见过了。"他说，"这一本是新出的，您翻翻！"我接过来一翻目录，却有几段如《我不知为你洒了多少眼泪》，《安慰》，《疯了的父亲》，《给哥哥的一封信》等，忽然引起我的注意。站在摊旁，匆匆的看了一过，我不由得生起气来！这几篇不知是谁写的。文字不是我的，思想更不是我的，让我掠美了！我生平不敢掠美，也更不愿意人家随便借用我的名字。

北新书局的主人说：禁止的呈文上去了，而禁者自禁，出者自出！唯一的纠正办法，就是由我自己把作品整理整理，出一部真的全集。我想这倒也是个办法。真的假的，倒是小事，回头再出一两本三续编，四续编来，也许就出更大的笑话！我就下了决心，来编一本我向来所不敢出的全集。

感谢熊秉三先生，承他老人家将香山双清别墅在桃花盛开，春光漫烂的时候，借给我们。使我能将去秋欠下的序文，从容清付。

雄伟突兀的松干，撑着一片苍绿，簇拥在栏前。柔媚的桃花，含笑的掩映在松隙里，如同天真的小孙女，在祖父怀里撒娇。左右山嶂，夹着远远的平原，在清晨的阳光下，拥托着一天春气。石桌上，我翻阅了十年来的创作；十年前，二十年前的往事，都奔凑到眼前来。我觉得不妨将我的从未道出的，许多创作的背景，呈诉给读我"全集"的人。

我从小是个孤寂的孩子，住在芝罘东山的海边上，三四岁刚懂事的时候。整年整月所看见的：只是青郁的山，无边的海，蓝衣的水兵，灰白的军舰。所听见的，只是：山风，海涛，嘹亮的口号，清晨深夜的喇叭。生活的单调，使我的思想的发展，不和常态的小女孩，同其径路。我终日在海隅山陬奔游，和水兵们做朋友。虽然从四岁起，便跟着母亲认字片，对于文字，我却不发生兴趣。还记得有一次，母亲关我在屋里，叫我认字，我却挣扎着要出去。父亲便在外面，用马鞭子重重的敲着堂屋的桌子，吓唬我。可是从未打到过我头上的马鞭子，也从未把我爱跑的癖气吓唬回去！

刮风下雨，我出不去的时候，便缠着母亲或奶娘，请她们说故事。把"老虎姨"，"蛇郎"，"牛郎织女"，"梁山伯祝英台"等，都听完之后，我又不肯安分了。那时我已认得二三百个字，我的大弟弟已经出世，我的老师，已不是母亲，而是我的舅舅——杨子敬先生——了。舅舅知道我爱听故事，便应许在我每天功课做完，晚餐之后，给我讲故事。头一部书讲的，便是《三国志》。三国的故事比"牛郎织女"痛快得多。我听得晚上舍不得睡觉。每夜总是奶娘哄着，脱鞋解衣，哭着上床。而白日的功课，却做得加倍勤奋。舅舅是有职务的人，公务一忙，讲书便常常中止。有时竟然间断了五六天。我便急得热锅上的蚂蚁一般。天天晚上，在舅舅的书桌边徘徊。然而舅舅并不接受我的暗示！至终我只得自己拿起《三国志》

来看，那时我才七岁。

我囫囵吞枣，一知半解的，直看下去。许多字形，因着重复呈现的关系，居然字义被我猜着。我越看越了解，越感着兴趣，一口气看完《三国志》，又拿起《水浒传》，和《聊斋志异》。

那时，父亲的朋友，都知道我会看《三国志》。觉得一个七岁的孩子，会讲"董太师大闹凤仪亭"，是件好玩有趣的事情。每次父亲带我到兵船上去，他们总是把我抱坐在圆桌子当中，叫我讲《三国》。讲书的报酬，便是他们在海天无际的航行中，唯一消遣品的小说。我所得的大半是商务印书馆出版的林译说部。如《孝女耐儿传》，《滑稽外史》，《块肉余生述》之类。从船上回来，我欢喜的前面跳跃着；后面白衣的水兵，抱着一大包小说，笑着，跟着我走。

这时我自己偷偷的也写小说。第一部是白话的《落草山英雄传》，是介乎《三国志》，《水浒传》中间的一种东西。写到第三回，便停止了。因为"金鼓齐鸣，刀枪并举"，重复到几十次，便写得没劲了。我又换了《聊斋志异》的体裁，用文言写了一部《梦草斋志异》。"某显者，多行不道"，重复的写了十几次，又觉得没劲，也不写了。

此后便又尽量的看书。从《孝女耐儿传》等书后面的"说部丛书"目录里，挑出价洋一角两角的小说，每早送信的马夫下山的时候，便托他到芝罘市唯一的新书店明善书局（？）去买。——那时我正学造句，做短文。做得好时，先生便批上"赏小洋一角"。我为要买小说，便努力作文——这时我看书看迷了，真是手不释卷。海边也不去了，头也不梳，脸也不洗；看完书，自己喜笑，自己流泪。母亲在旁边看着，觉得忧虑；竭力的劝我出去玩，我也不听。有一次母亲急了，将我手里的《聊斋志异》卷一，夺了过去，撕成两段。我趑趄的走过去，拾起地上半段的《聊斋》来又看，逗的母亲反笑了。

　　舅舅是老同盟会会员。常常有朋友从南边，或日本，在肉松或茶叶罐里，寄了禁书来，如《天讨》之类。我也学着他们，在夜里无人时偷看。渐渐的对于国事，也关心了，那时我们看的报，是上海《神州日报》，《民呼报》。于是旧小说，新小说，和报纸，同时并进。到了十一岁，我已看完了全部"说部丛书"，以及《西游记》，《水浒传》，《天雨花》，《再生缘》，《儿女英雄传》，《说岳》，《东周列国志》等等。其中我最不喜欢的是《封神演义》。最觉得无味的是《红楼梦》。

十岁的时候，我的表舅父王笨逢先生，从南方来。舅舅把老师的职分让给了他。第一次他拉着我的手，谈了几句话，便对父亲夸我"吐属风流"。——我自从爱看书，一切的字形，我都注意。人家堂屋的对联；天后宫，龙王庙的匾额，碑碣；包裹果饵的招牌纸；香烟画片后面，格言式的短句子；我都记得烂熟。这些都能助我的谈锋。——但是上了几天课，多谈几次以后，表舅发现了我的"三教九流"式的学问；便委婉的劝诫我，说读书当精而不滥。于是我的读本，除了《国文教科书》以外，又添了《论语》，《左传》，和《唐诗》。（还有种种新旧的散文，旧的如《班昭女诫》，新的如《饮冰室自由书》。）直至那时，我才开始和经诗接触。

笨逢表舅是我有生以来，第一个好先生！因着他的善诱，我发疯似的爱了诗。同时对于小说的热情，稍微的淡了下去。我学对对子，看诗韵。父亲和朋友们，开诗社的时候，也许我旁听。我要求表舅教给我做诗，他总是不肯，只许我做论文。直到我在课外，自己做了一二首七绝，呈给他看，他才略替我改削改削。这时我对于课内书的兴味，最为浓厚。又因小说差不多的已都看过，便把小说无形中丢开了。

辛亥革命起，我们正在全家回南的道上。到了福州，祖父书房里，满屋满架的书，引得我整天黏在他老人家身边，成了个最得宠的孙儿。但是小孩子终是小孩子，我有生以来，第一次和姊妹们接触。（我们大家庭里，连中表，有十来个姊妹。）这调脂弄粉，添香焚麝的生活，也曾使我惊异沉迷。新年，元夜，端午，中秋的烛光灯影，使我觉得走入古人的诗中！玩的时候多，看书的时候便少。此外因为我又进了几个月的学校，——福州女师——开始接触了种种的浅近的科学，我的注意范围，无形中又加广了。

一九一三年（民国二年），全家又跟着父亲到北京来。这一年中没有正式读书。我的生活，是：弟弟们上课的时候，我自己看杂志。如母亲定阅的《妇女杂志》，《小说月报》之类。从杂志后面的"文苑栏"，我才开始知道"词"，于是又开始看各种的词。等到弟弟们放了学，我就给他们说故事。不是根据着书，却也不是完全杜撰。只是将我看过的新旧译著几百种的小说，人物布局，差来错去的胡凑，也自成片段，也能使小孩子们，聚精凝神，笑啼间作。

一年中，讲过三百多段信口开河的故事，写过几篇从无结局的文言长篇小说——其中我记得有一篇《女侦探》，一篇《自由花》，是一个女革命家的故事——以后，一九一四年的秋天，我便进了北京贝满女中。教会学校的课程，向来是严紧的，我的科学根柢又浅；同时开始在团体中，发现了竞争心，便一天到晚的，尽做功课。

中学四年之中，没有显著的看什么课外的新小说（这时我爱看笔记小说，以及短篇的旧小说，如《虞初志》之类）。我所得的只是英文知识，同时因着基督教义的影响，潜隐的形成了我自己的"爱"的哲学。

我开始写作，是一九一九年，五四运动以后。——那时我在协和女大，后来并入燕京大学，称为燕大女校。——五四运动起时，我正陪着二弟，住在德国医院养病，被女校的学生会，叫回来当文书。同时又选上女学界联合会的宣传股。联合会还叫我们将宣传的文字，除了会刊外，再找报纸去发表。我找到《晨报副刊》，因为我的表兄刘放园先生，是《晨报》的编辑。那时我才正式用白话试作，用的是我的学名谢婉莹，发表的是职务内应作的宣传的文字。

放园表兄，觉得我还能写，便不断的寄《新潮》、《新青年》、《改造》等，十几种新出的杂志，给我看。这时我看课外书的兴味，又突然浓厚起来，我从书报上，知道了杜威和罗素；也知道了托尔斯泰和泰戈尔。这时我才懂得小说里有哲学的，我的爱小说的心情，又显著的浮现了。我酝酿了些时，写了一篇小说《两个家庭》，很羞怯的交给放园表兄。用冰心为笔名。一来是因为冰心两字，笔画简单好写，而且是莹字的含义。二来是我太胆小，怕人家笑话批评；冰心这两个字，是新的，人家看到的时候，不会想到这两字和谢婉莹有什么关系。

稿子寄去后，我连问他们要不要的勇气都没有！三天之后，居然登出了。在报纸上看到自己的创作，觉得有说不出的高兴。放园表兄，又竭力的鼓励我再作。我一口气又做了下去，那时几乎每星期有出品，而且多半是问题小说，如《斯人独憔悴》，《去国》，《庄鸿的姊姊》之类。

这时做功课，简直是敷衍！下了学，便把书本丢开，一心只想做小说。眼前的问题做完了，搜索枯肠的时候，一切回忆中的事物，都活跃了起来。快乐的童年，大海，荷枪的兵士，供给了我许多的单调的材料。回忆中又渗入了一知半解，肤浅零碎的哲理。第二期——一九二〇至一九二一——的作品，小说便是《国旗》，《鱼儿》，《一个不重要的兵丁》等等，散文便是《无限之生的界线》，

《问答词》等等。

谈到零碎的思想，要联带着说一说《繁星》和《春水》。这两本"零碎的思想"，使我受了无限的冤枉！我吞咽了十年的话，我要倾吐出来了。《繁星》，《春水》不是诗。至少是那时的我，不在立意做诗。我对于新诗，还不了解，很怀疑，也不敢尝试。我以为诗的重心，在内容而不在形式。同时无韵而冗长的诗，若是不分行来写，又容易与"诗的散文"相混。我写《繁星》，正如跋言中所说，因着看泰戈尔的《飞鸟集》，而仿用他的形式，来收集我零碎的思想（所以《繁星》第一天在《晨副》登出的时候，是在"新文艺"栏内。登出的前一夜，放园从电话内问我，"这是什么？"我很不好意思的，说："这是小杂感一类的东西……"）。

我立意做诗，还是受了《晨报副刊》记者的鼓励。一九二一年六月二十三日，我在西山写了一段《可爱的》，寄到《晨副》去，以后是这样的登出了，下边还有记者的一段按语：

　　可爱的，

　　除了宇宙，

最可爱的只有孩子。

和他说话不必思索，

态度不必矜持。

抬起头来说笑，

低下头去弄水。

任你深思也好，

微讴也好；

驴背上，

山门下，

偶一回头望时，

总是活泼泼地，

笑嘻嘻地。

　　这篇小文，很饶诗趣，把他一行行的分写了，放在诗栏里，也没有不可。（分写连写，本来无甚关系，是诗不是诗，须看文字的内容。）好在我们分栏，只是分个大概，并不限定某栏必当登载怎样怎样一类的文字。杂感栏也曾登过些极饶诗趣的东西，那么，本栏与诗栏，不是今天才打通的。

记者

于是畏怯的我，胆子渐渐的大了，我也想打开我心中的文栏与诗栏。几个月之后，我分行写了几首《病的诗人》。第二首是有韵的。因为我终觉得诗的形式，无论如何自由，而音韵在可能的范围内，总是应该有的。此后陆续的又做了些。但没有一首，自己觉得满意的。

那年，文学研究会同人，主持《小说月报》。我的稿子，也常在那上面发表。那时的作品，仍是小说居多，如《笑》，《超人》，《寂寞》等，思想和从前差不了多少。在字句上，我自己似乎觉得，比从前凝炼一些。

一九二三年秋天，我到美国去。这时我的注意力，不在小说，而在通讯。因为我觉得用通讯体裁来写文字，有个对象，情感比较容易着实。同时通讯也最自由，可以在一段文字中，说许多零碎的有趣的事。结果，在美三年中，写成了二十九封寄小读者的信。我原来是想用小孩子口气，说天真话的，不想越写越不像！这是个不能避免的失败。但是我三年中的国外的经历，和病中的感想，却因此能很自由的速记了下来，我觉得欢喜。

这时期中的作品，除通讯外，还有小说，如《悟》，

《剧后》等。诗则很少，只有《赴敌》,《赞美所见》等。还有《往事》的后十则，——前二十则，是在国内写的。——那就是放大的《繁星》,和《春水》,不知道读者觉得不觉得？——在美的末一年，大半的光阴，用在汉诗英译里。创作的机会就更少了。

一九二六年，回国以后直至一九二九年，简直没有写出一个字。若有之，恐怕只是一两首诗如《我爱，归来吧，我爱》,《往事集自序》等。缘故是因为那时我忙于课务，家又远在上海，假期和空下来的时间，差不多都用在南下北上之中，以及和海外的藻通信里。如今那些信件，还堆在藻的箱底。现在检点数量，觉得那三年之中，我并不是没有创作！

一九二九年六月，我们结婚以后，正是两家多事之秋。我的母亲和藻的父亲相继逝世。我们的光阴，完全用在病苦奔波之中。这时期内我只写了两篇小说，《三年》,和《第一次宴会》。

此后算是休息了一年。一九三一年二月，我的孩子宗生便出世了。这一年中只写了一篇《分》,译了一本《先知》(The Prophet),写了一篇《南归》,是纪念我的母亲的。

冰心与吴文藻（摄于 20 世纪 30 年代）

以往的创作，原不止这些，只将在思想和创作的时期上，有关系的种种作品，按着体裁，按着发表的次序，分为三部：一，小说之部，共有《两个家庭》等二十九篇。二，诗之部，有《迎神曲》等三十四首，附《繁星》和《春水》。三，散文之部，有《遥寄印度哲人泰戈尔》，《梦》，《到青龙桥去》，《南归》等十一篇，附《往事三十则》，寄小读者的信二十九封，《山中记事》十则。开始写作以后的作品，值得道及的，尽于此了！

　　从头看看十年来自己的创作和十年来国内的文坛，我微微的起了感慨，我觉得我如同一个卖花的老者，挑着早春的淡弱的花朵，歇担在中途。在我喘息挥汗之顷，我看见许多少年精壮的园丁，满挑着鲜艳的花，葱绿的草，和红熟的果儿，从我面前如飞的过去。我看着只有惊讶，只有艳羡，只有悲哀。然而我仍想努力！我知道我的弱点，也知我的长处。我不是一个有学问的人，也没有喷溢的情感，然而我有坚定的信仰和深厚的同情。在平凡的小小的事物上，我仍宝贵着自己的一方园地。我要栽下平凡的小小的花，给平凡的小小的人看！

　　我敬谨致谢于我亲爱的读者之前！十年来，我曾得到许多褒和贬的批评。我惭愧我不配受过分的赞扬。至于对我作品缺点的指摘，虽然我不曾申说过半句话，只要是批评中没有误会，在沉默里，我总是满怀着乐意在接受。

我也要感谢许多小读者！年来接到你们许多信函，天真沉挚的言词，往往使我看了，受极大的感动。我知道我的笔力，宜散文而不宜诗。又知道我认识孩子烂漫的天真，过于大人复杂的心理。将来的创作，仍要多在描写孩子上努力。

重温这些旧作，我又是如何的追想当年戴起眼镜，含笑看稿的母亲！我虽然十年来讳莫如深，怕在人前承认，怕人看见我的未发表的稿子。而我每次做完一篇文字，总是先捧到母亲面前。她是我的最忠实最热诚的批评者，常常指出了我文字中许多的牵强与错误。假若这次她也在这里，花香鸟语之中，廊前倚坐，听泉看山。同时守着她唯一爱女的我，低首疾书，整理着十年来的乱稿，不知她要如何的适意，喜欢！上海虹桥的坟园之中，数月来母亲温静的慈魂，也许被不断的炮声惊碎！今天又是清明节，二弟在北平城里，陪着父亲；大弟在汉口；三弟还不知在大海的哪一片水上；一家子飘萍似的分散着！不知上

海兵燹之余，可曾有人在你的坟头，供上花朵？……安眠
罢，我的慈母！上帝永远慰护你温静的灵魂！

最后我要谢谢纪和江，两个陪我上山，宛宛婴婴的
女孩子。我写序时，她们忙忙的抄稿。我写倦了的时候，
她们陪我游山。花里，泉里，她们娇脆的笑声，唤回我十
年前活泼的心情，予我以无边的快感。我一生只要孩子
们追随着我，我要生活在孩子的群中！

1932 年清明节，香山，双清别墅

丢不掉的珍宝

文藻从外面笑嘻嘻的回来，胁下夹着一大厚册的《中国名画集》。是他刚从旧书铺里买的，花了六百日圆！

看他在灯下反复翻阅赏玩的样子，我没有出声，只坐在书斋的一角，静默的凝视着他。没有记性的可爱的读书人，他忘掉了他的伤心故事了！

我们两个人都喜欢买书，尤其是文藻。在他做学生时代，在美国，常常在一月之末，他的用费便因着恣意买书而枯竭了。他总是欢欢喜喜地以面包和冷水充饥，他觉得精神食粮比物质的食粮还要紧。在我们做朋友的时代，他赠送给我的，不是香花糖果或其他的珍品，乃是各种的善本书籍，文学的，哲学的，艺术的不朽的杰作。

我们结婚以后，小小的新房子里，客厅和书斋，真是"满壁琳瑯"。墙上也都是相当名贵的字画。

冰心夫妇在日本东京寓所前的草坪上

十年以后，书籍越来越多了，自己买的，朋友送的，平均每月总有十本左右，杂志和各种学术刊物还不在内。我们客厅内，半圆雕花的红木桌上的新书，差不多每星期便换过一次。朋友和学生们来的时候，总是先跑到这半圆桌前面，站立翻阅。

同时，十年之中我们也旅行了不少地方，照了许多有艺术性的相片，买了许多古董名画，以及其他纪念品。我们在自己和朋友们赞叹赏玩之后，便珍重的将这些珍贵的东西，择起挂起或是收起。

民国二十六年六月二十九日，我们从欧洲，由西伯利亚铁路经过东三省，进了山海关，回到北平。到车站来迎接我们的家人朋友和学生，总有几十人，到家以后，他们争着替我们打开行李，抢着看我们远道带回的东西。

七月七日，芦沟桥上，燃起了战争之火……为着要争取正义与和平，我们决定要到抗战的大后方去。尽我们一分绵薄的力量，但因为我们的小女儿宗黎还未诞生，同时要维持燕京大学的开学，我们在北平又住了一学年。这一学年之中，我们无一日不作离开北平的准备：一切陈设家具，送人的送人，捐的捐了，卖的卖了，只剩下一些我们认为最宝贵的东西，不舍得让它与我们一同去流亡冒险的，我们就珍重的装起寄存在燕京大学课堂的楼上。那就是文藻从在清华做学起，几十年的日记；和我在美国三年的日记；我们两人整齐冗长六年的通信，我的母亲和朋友，以及许多不知名的"小读者"的来信，其中有许许多多，可以拿来当诗和散文读的，还有我的父亲年轻在海上时代，给母亲写的信和诗，母亲死后，由我保存的。此外还有作者签名送我的书籍；如泰戈尔《新月集》及其他；Virginia Woolf 的 To The Lighthouse 及其他；鲁迅，周作人，老舍，巴金，丁玲，雪林，淑华，茅盾……一起差不多在一百本以上，其次便是大大小小的相片，小孩子的相片，以及旅行的照片，再就是各种善本书，各种画集，笺谱，各种字画，以及许许多多有艺术价值的纪念品……收集起来，装了十五只大木箱。文藻十五年来所编的，几十布匣的笔记教材，还不在内！

　　收拾这些东西的时候，总是有许多男女学生帮忙，有人登记，有人包裹，有人装箱。……我们坐在地上忙碌地工作，累了就在地上休息吃茶谈话。我们都痛恨了战争！战争摧残了文化，毁灭了艺术作品，夺去了我们读书人研究写作的时间，这些损失是多少物质上的获得，都不能换取补偿的，何况侵略争夺，决不能有永久的获得！

在这些年青人叹恨纵谈的时候，我每每因着疲倦而沉默着。这时我总忆起宋朝金人内犯的时候，我们伟大的女诗人李易安，和她的丈夫赵明诚，仓皇避难，把他们历年收集的金石字画，都丢散失了。李易安在她的《金石录后序》中，描写他们初婚贫困的时候，怎样喜爱字画，又买不起字画！以后生活转好，怎样地慢慢收集字画，以及金石艺术品，为着这些宝物，他们盖起书楼，来保存，来布置；字里行间，横溢着他们同居的快乐与和平的幸福。最后是金人的侵略，丈夫的死亡，金石的散失，老境的穷困……充分的描写呈露了战争期中，文化人的末路！

我不敢自拟于李易安，但我的确有一个和李易安一样的，喜好收集的丈夫！我和李易安不同的，就是她对于她的遭遇，只有愁叹怨恨，我却从始至终就认为战争是暂时的，正义和真理是要最后得胜的。以文物惨痛的损失，来换取人类最高的理智的觉悟，还是一件值得的事！

话虽如此说，我总不能忘情于我留在北平的"珍宝"。今年七月，在我得到第一次飞回北平的机会，我就赶紧回到燕京大学去。在那里，我发现校景外观，一点没有改变，经过了半年的修缮，仍旧是富丽堂皇；树木比以前更葱郁了，湖水依旧涟漪！走到我的住宅院中，那一架香溢四邻的紫藤花，连架子都不在了，廊前的红月季与白玫瑰，也一株无存！走上阁楼，四壁是空的，文藻几十盒的笔记教材都不见了！

我心中忽然有说不出的空洞无着，默然的站了一会，就转身下来。

遇到了当年的工友，提起当年我们的房子，在日美宣战，燕大被封以后，就成了日本宪兵的驻在所，文藻的书室，就是拷问教授们的地方。那些笔记匣子，被日本兵运走了，不知去向。

两天以后，我才满怀着虚怯的心情，走上存放我们书箱的大楼顶阁上去——果然像我所想到的，那一间小屋是敞开的，捻开电灯一看，只是空洞的四壁！我的日记，我的书信，我的书籍，我的……一切都丧失了！

白发的工友，拿着钥匙站在门口，看见我无言的惨默，悄悄地走了过来，抱歉似的安慰我说："在珍珠港事变的第二天清早，日本兵就包围燕京大学，学生们都撵出去了，我们都被锁了起来。第二天我们也被撵了出去，一直到去年八月，我们回来的时候，发现各个楼里都空了，而且楼房拆改得不成样子。……您的东西……大概也和别人的一样，再也找不转来了。不过……我真高兴……这几年你倒还健康。"

我谢了他，眼泪忽然落了下来，转身便走下楼去。

迂缓的穿过翠绿的山坡，走到湖畔。远望岛亭畔的石船，我绕着湖走了两周，心里渐渐从荒凉寂寞，变成觉悟与欢喜。

从古至今，从东到西，不知道有多少人，占有过比我多上几百倍几千倍的珍宝。这些珍宝，毁灭的不必说了，未毁灭的，也不知已经换过几个主人！我的日记，我的书信，描写叙述当年当地的经过与心情的，当然可贵，但是，正如那老工友所说的，我还健在！我还能叙述，我还能描写，我还能传播我的哲学！

战争夺去了毁灭了我的一部分的珍宝，但它加增了我的最宝贵的，丢不掉的珍宝，那就是我对于人类的信心！

人类是进步的，高尚的，他会从无数的错误歪曲的小路上，慢慢的走回康庄平坦的大道上来，总会有一天，全世界的学校里又住满了健康活泼的学生，教授们的书室里，又垒着满满的书，他们攻读，他们研究，为全人类谋求福利。

人类也是善忘的，几年战争的惨痛，不能打消几十年的爱好。这次到了日本，我在各风景区旅行，对于照相和收集纪念品，都淡然不感兴趣，而我的书呆子的丈夫，却已经超过自己经济能力的，开始买他的书了！

1946 年 12 月 4 日于东京

上海

——南下北上的中心

　　我这一生中，没有在上海呆过多久，但是上海给我的印象却是深刻的，因为它的一切都和我心幕上的亲爱的人的面庞，联系在一起！

　　在我两三岁的时候（那是清朝光绪年间）曾跟着我的祖父和父母亲住过上海的昌寿里。这昌寿里我不知道是在上海的什么地区，但那两楼两底的上海式弄堂房子，很小的天井，很高的大门，我却记得十分清楚。

　　解放以前，上海是租界区，是冒险家的乐园，街市旅馆，喧闹不堪。我记得一九三六年我再次赴美，从上海上船，这时我住在新亚饭店，因为这间饭店，曾划出一层楼来，专给不打牌，不摆酒的客人居住，这在当时的上海，是难能可贵的！我给这饭店题签名本时，曾写着说，"因为有了新亚饭店，使我不怕再经过上海。"

也就是这时候，我的朋友郑振铎先生，在他家里做了极好的福建菜，给我饯行，就在这次的席上，我会见了我所尊重而未见过的茅盾先生，胡愈之先生等。

话说回来吧，一九二七年，我父亲在上海海道测量局工作，测量局在华界，我们的家就住在徐家汇，和父亲工作的地方，只一河之隔。那时我在北京燕京大学任教，只在年假暑假，才回到上海去。这时期，也因为我不喜欢上海的殖民地气氛，除了到南京路的百货公司买些东西之外，从不外出，只记得在一九二八年，在徐家汇家里，会见了我的小弟弟的朋友，丁玲，胡也频和沈从文，这是我和他们结交的开始。

一九三〇年的一月，我的母亲在上海逝世了。我们议定不把她的遗骨运回福州，而把她葬在上海的虹桥公墓（抗战期间，我的父亲在北平逝世，解放后他的遗骨也和母亲安葬在一起），因为："上海是中途，无论我们南下北上，或是到外国去，都是必经之路，可以随时参拜。"现在听说虹桥公墓已经迁徙，父母亲的遗骨也不知道迁到哪里，但是我的心却仍旧是依偎在那一片土地上的。

解放后，上海回到了中国人民的手里，正如一位印度作家朋友惊叹地对我说的："在上海，已看不到一点帝国主义的痕迹！"它是整齐，宁静，表现出中国人民的自信与庄严！我在一九五六——一九五七年之间，回到福州故乡的时候，和六十年代的初期，陪日本女作家松岗洋子和三宅艳子两次南下参观的时候，都住过上海的上海大厦（前百老汇大厦），和平饭店（前华懋饭店），和锦江饭店等，这些饭店现在都是很安静而又整洁。我陪日本朋友参观了上海的少年宫，参拜了鲁迅墓……其间，我的朋友靳以和巴金还陪我去逛了豫园，参观了园内的点春堂，那本是小刀会的驻扎地。我们在九曲桥上徐步，他们给我介绍了上海解放前后的许多奇险而壮丽的人民革命的场面和事迹。他们还请我到城隍庙吃酒酿圆子和面筋百叶，据说这些都是上海著名的小吃——这些都是我永远不能忘记的。

此外，我还短期地经过上海，看见了许多我所爱敬的亲朋，这蜻蜓点水般的波纹，常常在我的脑海中荡漾。上海，的确是一个值得我回忆的地方！

1979 年 11 月 5 日

从"五四"到"四五"

　　五四运动到今年整整的六十年了。今天，坐下来回忆这六十年的光阴，真像一闪的电光一样，迅疾地划过去了。但是这道电光后的一声惊雷，却把我"震"上了写作的道路！

　　我从小就爱读文学的书，但这种爱好是我的海天相接、寂寞无伴的环境造成的。我和一般的孩子一样，由喜欢听故事，而开始自己找故事书看。那时给儿童准备的读物很少，我在大人的书架所能够翻到的，也不过是《聊斋》，《三国》，《水浒》，《红楼梦》和一些传奇之类，以后也只是《林译说部》等外国小说的译本，以及《饮冰室文集》和《天讨》等，都是我们那个时代的青少年，在我们那种家庭里，所能看到的书。

　　六七岁以后，我就到家塾去附学。我说"附学"，因为家塾里的学生，都是比我大好几岁的堂哥哥和表哥哥们，作为一个附学生，我不过是去凑一凑热闹。老师附带着给我讲一点书，用的课本是商务印书馆国文教科书，做的是短小的句子。十一岁以前，曾读完一部《论语》，半部《孟子》和《左传》、《古文观止》中的几段短篇。但是我的注意力却放在老师对哥哥们的讲书方面，他们写长文章，学做诗，我在旁边滋滋有味地听着，觉得比自己的功课有意思得多。至于我自己读起唐诗、宋词来，那已是十二岁以后的事情了。

　　我的这些经历，和我那个时代有书可读的孩子差不多少，我做梦也想不到我会以写作为业。"职业"这两个字，这是很早就想到的，我的父亲和母亲都认为女孩子长大了也应该就业，尤其是我的母亲。她常常痛心地对我讲：在她十八岁的时候，在她哥哥结婚的前夕，家里的长辈们在布置新房，我母亲在旁边高兴地插上一句，说是小桌上是不是可以放一瓶花？她的一位堂伯母就看着她说，"这里用不着女孩子插嘴，女孩子的手指头，又当不了门闩！"这句话给她的刺激大。女孩子的手指头，为什么就当不了门闩呢？所以她常常提醒我，"现在你有机会和男孩子一样地上学，你就一定要争气，将来要出去工作，有了经济独立的能力，你的手指头就和男孩子一样，能当门闩使了！"那时知识女子就业的道路很窄，除了当教师，就是当医生，我是从入了正式的学校起，就选定了医生这个职业，主要的原因是我的母亲体弱多病，我和医生接触得较多，医生来了，我在庭前阶下迎接，进屋来我就递茶倒水，伺候他洗手，仔细地看他诊脉，看他开方。后来请到了西医，我就更感兴趣了，他用的体温表、听诊器、血压计，我虽然不敢去碰，但还是向熟悉的医生，请教这些器械的构造和用途。我觉得这些器械是很科学的，而我的母亲偏偏对于听胸听背等诊病方法，很不习惯，那时的女医生又极少，我就决定长大了要学医，好为我母亲看病。父亲很赞成我的意见，说："古人说，'不为良相，必为良医'，东亚病夫的中国，是需要良医的，你就学医吧！"

因此，我在学校里，对于理科的功课，特别用功，如代数、几何、三角、物理、化学、生物以至于天文、地质，我都争取学好考好，那几年我是埋头苦读，对于其他一切，几乎是不闻不问。

五四运动时期，我是北京协和女子大学理预科的一年生，在学生自治会里当个文书。运动起来后，我们的学生自治会也加入了北京女学界联合会，我也成了联合会宣传股之一员，跟着当代表的大姐姐们去大会旁听，写宣传文章等等。从写宣传文章，发表宣传文章开始，这奔腾澎湃的划时代的中国青年爱国运动，文化革新运动，这个强烈的时代思潮，把我卷出了狭小的家庭和教会学校的门槛，使我由模糊而慢慢地看出了在我周围的半封建半殖民地的中国社会里的种种问题。这里面有血，有泪，有凌辱和呻吟，有压迫和呼喊……静夜听来，连凄清悠远的"赛梨的萝卜咧"的叫卖声，以及敲震心弦的算命的锣声，都会引起我的许多感喟。

这时，我抱着满腔的热情，白天上街宣传，募捐，开会，夜里就笔不停挥地写"问题小说"。但是我所写的社会问题，还不是我所从未接触过的工人农民中的问题，而是我自己周围社会生活中的问题，比如《斯人独憔悴》就写的是被顽固的父亲所禁锢，而不能参加学生运动的青年的苦恼；《秋雨秋风愁煞人》写的是一个有志于服务社会的女青年，中学一毕业，就被迫和一个富家子弟结了婚，过了"少奶奶"的生活，从而断送了她的一生；《庄鸿的姐姐》，写的是一个女孩子，因为当公务员的家长，每月只能从"穷困"的政府那里拿到半薪，又因为这个家庭重男轻女，她就被迫停学，抑郁致死。在这些小说里，给予他们的就只是灰色的阴暗的结局，问题中的主人翁，个个是消沉了下去，憔悴了下去，抑郁了下去。我没有给他们以一线光明的希望！理由是：我不是身当其境的人，就还不会去焦思苦想出死中求生的办法，而在我自己还没有找到反帝反封建的主力军——工农大众，而坚决和他们结合之前，这一线光明我是指不出来的！

那时，我还没有体会到这一些，我只想把我所看到听到的种种问题，用小说的形式写了出来。这时新思潮空前高涨，新出来的刊物，北京和各省的，像雨后春笋一般，几乎看不过来，我们都贪婪地争着买、争着借，还彼此传阅。看了这些刊物上大、中学生写的东西，我觉得反正大家都在试笔，我为什么不把我的试作，拿出去发表呢。但我终究是大学里的小学生，思想和文字方面都不成熟，我不敢用自己的名字，就用了"冰心"这个笔名，而在《晨报副刊》上登出来的时候，在"冰心"之下，却多了"女士"二字！据说是编辑先生添上的，我打电话去问时，却木已成舟，无可挽回了。

我写得滑了手，就一直写下去，写作占用了我的大部时间，我的理科的功课就落后了一大截。因为白天出去作宣传，实验室的实验功课又欠了不少，那是无法补上的。

记事珠

在我左顾右盼之顷，在我周围的人们劝说之下，一九二一年，在理预科毕业之后，我就改入了文本科，还跳了一班。

就在这个时候，我开始写《繁星》和《春水》。关于这两本小集子，我在一九五九年写的一篇《我是怎样写〈繁星〉和〈春水〉的》文章里，已经提到了，大意是：我写《繁星》和《春水》的时候，并不是在写诗，只是受了泰戈尔《飞鸟集》的影响，把自己平时写在笔记本上的三言两语——这些"零碎的思想"，收集在一个集子里，送到《晨报》的《新文艺》栏内去发表。我之所以不称它们为诗，因为我总觉得诗是应该有格律的，音乐性是应该比较强的。三言两语就成一首诗，未免太单薄太草率了。在我重翻这两本集子时，觉得里面还是有几首有韵的，诗意也不算缺乏，主要的缺点——和我的其他作品一样——正如周扬同志所说的，"新诗也有很大的缺点，最根本的缺点就是没有和劳动群众很好的结合。"也就是说当时的我，在轰轰烈烈的反帝反封建的伟大斗争时代，却只注意到描写身边琐事，个人的经历与感受，既没有表现劳动群众的情感思想，也没有用劳动人民所喜爱熟悉的语言形式，等等。

我重新摘抄这篇文章的意思，就是说从"五四"时期，我走上了写作的道路以后，直到一九五一年从日本回国以前，我无论是写小说，写诗，写散文，都因为我那时没有也不可能和工农大众相结合，生活圈子狭小，创作的泉源很快就干涸了，这也是我在"五四"后的作品，日益稀少的原因。

但是一个人不是生活在真空里，生活的圈子无论多么狭小，也总会受到周围气流的冲击和激荡。三十年代，中国已经临到了最危急的关头，外有帝国主义尤其是日本军国主义的压迫侵略，内有腐败软弱的北洋军阀和蒋介石政府的欺凌剥削，任何一个中国人，对于国家民族的前途，都开始有自己的、哪怕是模糊的走出黑暗投向光明的倾向和选择。一九三六——一九三七年，我在欧美游历了一年，使我对资本主义世界，感到了不满和失望。回国来正赶上了"七七事变"！我又到了我国的大西南——云南的昆明，和四川的重庆，尤其是在重庆，我看到了蒋介石政府不但腐朽反动而且奸险凶残，中国的希望是寄托在中国共产党和党领导下的、真正抗战的中国工农大众身上的。

抗战胜利后的一九四五年初冬，我到日本去了，在那里，我通过在香港的朋友给我秘密地寄来几本毛主席著作，自己研读，我也偷偷地收听解放区的广播。一九四九年十月，祖国解放的消息传来，我感到了毕生未曾有过的欢乐。一九五一年，我们终于辗转曲折地回到了朝气蓬勃的祖国！

一踏上了我挚爱的国土，我所看到的就都是新人新事：广大的工农大众，以洋溢的主人翁的自豪感，在疮痍初复的大地上，欢欣辛勤地劳动，知识分子们的旧友重逢，也都说："好容易盼到了自由独立的今天，我们要好好地改造，在自己的岗位上，努力地为新社会服务！"

感谢党的关怀和教育，使我有了学习和工作的机会，有了和工农接触、向工农学习的机会，这中间我还访问了好几个友好的国家和人民……这时我感到了从"五四"以来从未有过的写作热情，和"五四"时代还没有感到的自由和幸福。我引吭高歌，歌颂伟大领袖毛主席和中国共产党，歌颂伟大祖国翻天覆地的变化，歌颂创造我们幸福生活的英雄人民，我描绘在社会主义制度下幸福地生活的新生一代……这些作品多半是用散文的文学形式写下来的。我在一九五九年写的一篇《关于散文》的文章里，曾这样地说过：我们中国是个散文成绩最辉煌，作者最众多的国家……不管他写的是"铭"，是"传"，是"记"，是"书"，是"文"，是"言"，都可以归入散文一类……散文又是短小自由，拈得起放得下的最方便最锋利的文学形式，最适宜于我们这个光彩辉煌的跃进时代。排山倒海而来的建设事业和生龙活虎般的人物形象，像一声巨雷、一闪明电在你耳边眼前炫耀地隆隆地过去了，若不在情感涌溢之下，迅速地把它抓回、按在纸上，它就永远消逝到无处追寻。……要捉住"灵感"，写散文比诗容易多了……散文可以写得铿锵得像诗，雄壮得像军歌，生动曲折得像小说，尖利活泼得像戏剧的对话，而且当作者"神来"之顷，不但他笔下所挥写的形象会光华四射，作者自己风格也跃然纸上了。

以上写出了我对于散文这个文学形式的偏爱，和怎样适宜反映我们的沸腾多彩的时代。同时，我有自知之明！我为生活和文学修养所限，使我写不出好诗、好小说、好剧本……我写散文也可以说是逼上了梁山。但是我还是爱上了这个小小的梁山水泊。

"四人帮"横行时期，我也搁笔了十年之久。一九七六年九月，从写悼念毛主席的文章起，我才重新拿起笔来。也就是这一年，震撼世界的"四五"运动，在掀起过五四运动的天安门广场上掀起了！这是一场声势更大威力更猛、光明同黑暗的决定中国前途的殊死搏斗。经历了"文化大革命"的考验和锻炼的广大中国人民，尤其是新生一代，以汹涌的人潮，巍峨的花山，浩瀚的诗海，来悼念我们社会主义祖国的中流砥柱——敬爱的周总理，来捍卫马列主义和毛泽东思想，来要求民主与科学，来反对"四人帮"，来杀出一条实现四个现代化的道路！

也就是在这一年的十月，在党中央领导下，浩浩荡荡的革命人民，把万恶的"四人帮"押上了历史的审判台。在惊喜交集之中，我感到了第二次解放！

六十年来，参加过"五四"的文艺界朋友，有的已随着时光一同流逝。最近的十几年，经过"四人帮"的雨打风吹，更是所余无几了。但是我想，第二次解放的胜利，来之不易。我们躬逢其盛，就应该有"志在千里"的精神，借"四五"运动的强劲东风，做些我们力所能及的工作。"四人帮"粉碎了，日月重光，在党所指引的四个现代化的长征路上，也还需要我们这些老兵。我一直是喜爱儿童的，年纪越大，越觉得有许多话要对孩子们说说。因为这次的新的长征，远之，受着我国几千年的封建文化的严重影响；近之，受着林彪和"四人帮"的干扰和破坏，我们的征途决不是平坦而容易的！作为他们忠诚的朋友，我想用书信的散文形式，把我自己的经验教训，和现在对于建设四个现代化的社会主义祖国的想法看法，对二十一世纪四个现代化的执行者谈谈，征求他们的意见，引起他们的注意和讨论，这就是我所能想到的最近将来的写作计划和方向。

从"五四"到今天，正好是一个"甲子"。五四运动的一声惊雷把我"震"上了写作的道路；"四五"运动的汹涌怒涛又把我"推"向了新的长征！生命不息，挥笔不已！

1979 年 4 月 10 日

等待

　　我拿起话筒，问，"×楼吗？请你找××来听电话——我是她母亲。"

　　听到最后的一句话，对方不再犹疑了。这位从未识面的同志，意味深长地带着笑声说："她走了。她留话说，她还是和往日那样，回家去吃晚饭，她还会给您带'好菜'来呢！"

　　我问："她是一个人去的吗？"

　　"不，她和她姐姐，还有她们的孩子，都去了，还带了照相机。"

　　我放下话筒，怔怔地站着，我不知道该怎么想。我不放心……我又放心，说到底，我放心！

　　昨天晚上，我们最好的朋友老赵来了，说：他的一

冰心与吴文藻（摄于 1981 年 5 月，北京寓所）

个在劳动人民文化宫工作的亲戚，得到上头的密令，叫他们准备几十根大木棍，随时听命出动……他问我的女儿："你们还是天天去吧？"我的女儿们点了点头。他紧紧地握了握她们的手说，"你们小心点！"就匆匆地走了。

我们都坐了下来，没有说话。我的小女儿走过来坐在我旁边，扶着我的肩膀说，"娘，您放心，他们不敢怎么样，就是敢怎么样，我们那么多的人，还怕吗？"她又笑着摇着我的手臂说："我知道，您也不怕，您还爱听我们的报告呢。"

我心里翻腾得厉害。没有等到我说什么，她们和她们的孩子已经纷纷地拿起挎包和书包，说，"爷爷，姥姥，再见了，明天晚上我们还给您带些'好菜'来！"

老伴走过来问："她们又走了？"我点点头。他坐了下去，说："我们就等着吧。"

我最怕等待的时光！这时光多么难熬啊！

我说："咱们也出去走走。"老伴看着我，一声不响地站了起来。

我们信步走出了院门，穿过村子的小路，一直向南，到了高粱河边站住了。老伴说："过河吧，到紫竹院公园坐坐去！"我挽起他的左臂，在狭仄的小桥上慢慢地走着。

我忽然地抬头看他，他也正看着我，我们都微笑了，似乎都感觉到多少年来我们没有这样地挽臂徐行了！四十七年前，在黄昏的未名湖畔我们曾这样地散步过，但那时我们想的只是我们自己最近的将来，而今天，我们想的却是我们的孩子和孩子的孩子的遥远的将来了！

进了公园，看不到几个游人！春冰已泮，而丛树枝头，除了几棵松柏之外，还看不到一丝绿意！一阵寒冷寂寞之感骤然袭来，我们在水边站了一会，就在长椅上坐下了。谁也没有开口，但是我知道他也和我一样，一颗心已经飞到天安门广场上去了！那里不但有我们的孩子，还有许许多多天下人的孩子，就是这些孩子，给我们画出了一幅幅壮丽庄严的场面，唱出了一首首高亢入云的战歌……

这时忽然听到了沉重的铁锤敲在木头上的声音，我吃惊地抬头看时，原来是几个工人，正在水边修理着一排放着的翻过来的游船的底板。春天在望了，游船又将下水了，我安慰地长长地吁了一口气。

老伴站了起来说："天晚了，我们从前门出去吧，也许可以看见她们回来。"我又挽起他的左臂，慢慢地走到公园门口。

浩浩荡荡的自行车队，正如飞地从广阔的马路上走过，眼花缭乱之中，一个清脆的童音回头向着我们叫："爷爷，姥姥，回家去吧，我们又给您带了'好菜'来了！"

"万家墨面"之时，"动地歌吟"之后，必然是一声震天撼地的惊雷。这"好菜"我们等到了！

1979 年 7 月 12 大雨之晨

等待

生命从八十岁开始 *

亲爱的小朋友：

我每天在病榻上躺着，面对一幅极好看的画。这是一个满面笑容，穿着红兜肚，背上扛着一对大红桃的孩子，旁边写着"敬祝冰心同志八十大寿"，底下落款是"一九八〇年十月《儿童文学》敬祝"。

每天早晨醒来，在灿烂的阳光下看着它，使我快乐，使我鼓舞，但是"八十"这两个字，总不能使我相信我竟然已经八十岁了！

我病后有许多老朋友来信，又是安慰又是责难，说："你以后千万不能再不服老了！"所以，我在覆一位朋友的信里说："孔子说他常觉得'不知老之将至'，我是'无

---

* 这篇文章是《三寄小读者》一书的序。

知'到了不知老之已至的地步！"

这无知要感谢我的千千万万的小读者！自从我二十三岁起写《寄小读者》以来，断断续续地写了将近六十年。正是许多小读者们读《寄小读者》后的来信，这热情的回响，使我永远觉得年轻！

我在病中不但得到《中国少年报》编辑部的赠花，并给我拍了照，也得到许多慰问的信，因为这些信的祝福都使我相信我会很快康复起来。我的病是在得了"脑血栓"之后，又把右胯骨摔折。因此行动、写字都很困难。写这几百字几乎用了半个小时，但我希望在一九八一年我完全康复之后，再努力给小朋友们写些东西。西谚云"生命从四十岁开始"。我想从一九八一年起，病好后再好好练习写字，练习走路。"生命从八十岁开始"，努力和小朋友们一同前进！

祝　你们健康快乐

你们的热情的朋友冰心

1980 年 10 月 29 日于北京医院

文艺丛谈（二）

　　法国微纳特（Venet）说："文学包含一切书写品，只凡是可以综合的，以作者生平涌现于他人之前的。"我看他这一段文学解说，比别人所定的，都精确，都周到。

　　一本黄历，一张招贴，别人看了不知是出于何人的手笔的，自然算不得文学了。一本算术或化学，不能一看就使人认得是那位数学家、化学家编的，也不能称为文学。一篇墓志或寿文，满纸虚伪的颂扬，矫揉的叹惋；私塾或是学校里规定的文课，富国强兵，东抄西袭，说得天花乱坠，然而丝毫不含有个性的，无论他笔法如何谨严，词藻如何清丽，我们也不敢承认它是文学。

　　抄袭的文字，是不表现自己的；勉强造作的文字，也是不表现自己的，因为他以别人的脑想为脑想，以别人的论调为论调。就如鹦鹉说话，留声机唱曲一般。纵然是

记事珠

声音极嘹亮，韵调极悠扬。我们听见了，对于鹦鹉和留声机的自身，起了丝毫的感想了没有？仿杜诗，抄韩文，就使抄了全段，仿得逼真，也不过只是表现杜甫韩愈，这其中哪里有自己！

无论是长篇，是短篇，数千言或几十字。从头至尾，读了一遍，可以使未曾相识的作者，全身涌现于读者之前。他的才情，性质，人生观，都可以历历的推知。而且同是使人脑中起幻象，这作者和那作者又绝对不同的。这种的作品，才可以称为文学，这样的作者，才可以称为文学家！能表现自己的文学，是创造的，个性的，自然的，是未经人道的，是充满了特别的感情和趣味的，是心灵里的笑话和泪珠。这其中有作者他自己的遗传和环境，自己的地位和经验，自己对于事物的感情和态度，丝毫不可挪移，不容假借的，总而言之，这其中只有一个字"真"。所以能表现自己的文学，是"真"的文学。

"真"的文学，是心里有什么，笔下写什么，此时此地只有"我"——或者连"我"都没有——前无古人，后无来者，宇宙啊，美物啊，除了在那一刹那顷融在我脑中的印象以外，无论是过去的，现在的，将来的，都屏绝弃置，付与云烟。只听凭着此时此地的思潮，自由奔放，从脑中流到指上，从指上落到笔尖。微笑也好，深愁也好。洒洒落落，自自然然的画在纸上。这时节，纵然所写的是童话，是疯言，是无理由，是不思索，然而其中已经充满了"真"。文学家！你要创造"真"的文学吗：请努力发挥个性，表现自己。

1921 年

记事珠

我做小说，何曾悲观呢？

昨天下午四点钟，放了学回家，一进门来，看见庭院里数十盆的菊花，都开得如云似锦，花台里的落叶却堆满了，便放下书籍，拿起灌壶来，将菊花挨次的都浇了，又拿了扫帚，一下一下的慢慢去扫那落叶。父亲和母亲都坐在廊子上，一边看着我扫地，一边闲谈。

忽然仆人从外院走进来，递给我一封信，是一位旧同学寄给我的，拆开一看，内中有一段话，提到我做小说的事情，他说，"从《晨报》上读尊著小说数篇，极好，但何苦多作悲观语，令人读之，觉满纸秋声也。"我笑了一笑，便递给母亲，父亲也走近前来，一同看这封信。母亲看完了，便对我说，"他说得极是，你所做的小说，总带些悲惨，叫人看着心里不好过，你这样小小的年纪，不应该学这个样子，你要知道一个人的文字，和他的前途，是很有关系的。"父亲点一点头也说道："我倒不是说什么忌讳，只怕多做这种文字，思想不免渐渐的趋到消极一方面去，你平日的壮志，终久要销磨的。"我笑着辩道："我并没有说我自己，都说的是别人，难道和我有什么影响。"母亲也笑着说道："难道这文字不是你做的？你何必强辩。"我便忍着笑低下头去，仍去扫那落叶。

五点钟以后，父亲出门去了，母亲也进到屋子里去。只有我一个人站在廊子上，对着菊花，因为细想父亲和母亲的话，不觉凝了一会子神，抬起头来，只见淡淡的云片，拥着半轮明月，从落叶萧疏的树隙里，射将过来，一阵一阵的暮鸦咿咿哑哑的掠月南飞，院子里的菊花，与初生的月影相掩映，越显得十分幽媚，好像是一幅绝妙的秋景图。

我的书斋窗前，常常不断的栽着花草，庭院里是最幽静不过的。屋子以外，四围都是空地和人家的园林，参天的树影，如同曲曲屏山。我每日放学归来，多半要坐在窗下书案旁边，领略那"天然之美"，去疏散我的脑筋。就是我写这篇文字的时候，也是帘卷西风，夜凉如水，满庭花影，消瘦不堪……我总觉得一个人所做的文字，和眼前的景物，是很有关系的，并且小说里头，碰着写景的时

记事珠

候，如果要摹写那清幽的境界，就免不了要用许多冷涩的字眼，才能形容得出，我每次做小说，因为写景的关系，和我眼前接触的影响，或不免带些悲凉的色彩，这倒不必讳言的。至于悲观两个字，我自问实在不敢承认呵。

再进一步来说，我做小说的目的，是要想感化社会，所以极力描写那旧社会旧家庭的不良现状，好叫人看了有所警觉，方能想去改良，若不说得沉痛悲惨，就难引起阅者的注意，若不能引起阅者的注意，就难激动他们去改良。何况旧社会旧家庭里，许多真情实事，还有比我所说的悲惨到十倍的呢。我记得前些日子，在《国民公报》的"寸铁"栏中，看见某君论我所做的小说，大意说：

"有个朋友在《晨报》上，看见某女士所做的《斯人独憔悴》小说，便使我痛恨旧家庭习惯的不良……我说只晓得痛恨，是没有益处的，总要大家努力去改良才好。"

这"痛恨"和"努力改良"，便是我做小说所要得的结果了。这样便是藉着"消极的文字"去做那"积极的事业"了。就使于我个人的前途上，真个有什么影响，我也是情愿去领受的，何况决不至于如此呢。

但是宇宙之内，却不能够只有"秋肃"，没有"春温"，我的文字上，既然都是"雨苦风凄"，也应当有个

"柳明花笑"。不日我想做一篇乐观的小说，省得我的父母和朋友，都虑到我的精神渐渐趋到消极方面去。方才所说的，就算是我一种的预约罢了。

1919 年 11 月 5 日

《繁星》自序

　　一九一九年的冬夜，和弟弟冰仲围炉读泰戈尔（R.Tagore）的《飞鸟集》（*Stray Birds*），冰仲和我说："你不是常说有时思想太零碎了，不容易写成篇段么？其实也可以这样的收集起来。"从那时起，我有时就记下在一个小本子里。

　　一九二〇年的夏日，二弟冰叔从书堆里，又翻出这小本子来。他重新看了，又写了"繁星"两个字，在第一页上。

　　一九二一年的秋日，小弟弟冰季说，"姊姊！你这些小故事，也可以印在纸上么？"我就写下末一段，将它发表了。

　　是两年前零碎的思想，经过三个小孩子的鉴定。《繁星》的序言，就是这个。

冰心　1921 年 9 月 1 日

我是怎样写《繁星》和《春水》的

"五四"以后，在新诗的许多形式中，有一种叫做"短诗"或"小诗"的。这种诗很短，最短的只有两行，因为我写过《繁星》和《春水》，这两本集子里，都是短诗，人家就以为是我起头写的。现在回忆起来，我不记得那时候我读过多少当代的别人的短诗没有，我自己写《繁星》和《春水》的时候，并不是在写诗，只是受了泰戈尔《飞鸟集》的影响，把自己许多"零碎的思想"，收集在一个集子里而已。

经过是这样的：五四运动的时候，我还在大学预科，新文化的高潮中，各种新型的报刊多如雨后春笋，里面不但有许多反帝反封建的文章论著，也有外国文学的介绍批评，以及用白话写的小说、新诗、散文等。在我们求知欲最旺盛的时候，我们在课外贪婪地阅读这些书报，就是在课内也往往将这些书报压在课本底下，公开的"偷看"，遇有什么自己特别喜欢的句子，就三言两语歪歪斜斜地抄在笔记本的眉批上，这样做惯了，有时把自己一切随时随地的感想和回忆，也都拉杂地三言两语歪歪斜斜地写上去。日子多了，写下来的东西也有相当的数量，虽然大致不过三五行，而这三五行的背后，总有些和你有关的事情，看到这些字，使你想起很亲切很真实的情景，而舍不得丢掉。

这时我偶然在一本什么杂志上，看到郑振铎译的泰戈尔《飞鸟集》连载，（泰戈尔的诗歌，多是采用民歌的形式，语言美丽朴素，音乐性也强，深得印度人民的喜爱。当他自己将他的孟加拉文的诗歌译成英文的时候，为要保存诗的内容就不采取诗的分行的有韵律的形式，而译成诗的散文。这是我以后才知道的。《飞鸟集》原文是不是民歌的形式，我也不清楚。）这集里都是很短的充满了诗情画意和哲理的三言两语。我心里一动，我觉得我在笔记本的眉批上的那些三言两语，也可以整理一下，抄了起来。在抄的时候，我挑选那些更有诗意的，更含蓄一些的，放在一起，因为是零碎的思想，就选了其中的一段，以繁星两个字起头的，放在第一部，名之为《繁星集》。

我是怎样写《繁星》和《春水》的

泰戈尔的《飞鸟集》是一本诗集，我的《繁星集》是不是诗集呢？在这一点上我没有自信力，同时我在写这些三言两语的时候，并不是有意识地在写诗，（我上新文学的课，也听先生讲过希腊的小诗，说是短小精悍，像蜜蜂一样，身体虽小却有很尖利的刺，为讽刺或是讲些道理是一针见血的等等。而我在写《繁星》的时候，并没有想到希腊小诗。）所以我在一九三二年写的《全集自序中》，曾有这么一段：

　　谈到零碎的思想，要联带说一说《繁星》和《春水》……《繁星》《春水》不是诗，至少是那时的我，不在立意做诗。我对于新诗，还不了解，很怀疑，也不敢尝试。我以为诗的重心，在内容而不在形式，同时无韵而冗长的诗，若是不分行来写，又容易与诗的散文相混。我写《繁星》，正如跋言中所说，因着看泰戈尔的《飞鸟集》，而仿用它的形式，来收集我的零碎的思想……这是小杂感一类的东西……。

现在，我觉得，当时我之所以不肯称《繁星》《春水》

为诗的原故，因为我心里实在是有诗的标准的，我认为诗是应该有格律的——不管它是新是旧——音乐性是应该比较强的。同时情感上也应该有抑扬顿挫，三言两语就成一首诗，未免太单薄太草率了。因此，我除了在二十岁前后，一口气写了三百多段"零碎的思想"之外，就再没有像《繁星》和《春水》这类的东西。

以后，在一九二一年二月，我在西山写了一段短小的散文，"可爱的"寄到《晨报副刊》去，登出的时候，却以分行的诗的形式排印了，下面还附有编者的按语，是：

> 这篇小文很饶诗趣，把它一行行地分写了，放在诗栏里，也没有不可（分写连写本来无甚关系，是诗不是诗，须看文字的内容），好在我们分栏，只是分个大概，并不限定某栏必当登载怎样怎样一类的文字；杂感栏也曾登过极饶诗趣的东西，本栏与诗栏，不是今天才打通的。

于是，我才开始大胆地写些新诗，有的是有韵的，也有的是无韵的，不在这篇题目之内，暂且不去提它了。

以上把《繁星》《春水》的写作历史交代过，现在我自己重翻这两本东西，觉得里面有不少是有韵的，诗意也不算缺乏，主要的缺点——和我的其他作品一样——正如周扬同志所说的，"新诗也有很大的缺点，最根本的缺点就是还没有和劳动群众很好的结合。"也就是说当时的我，在轰轰烈烈的反帝反封建的伟大斗争时代，却只注意到描写到身边琐事，个人的经验与感受，既没有表现劳动群众的情感思想，也没有用劳动群众所喜爱熟悉的语言形式。音乐性还是重要的，劳动人民在情感奔放的时候，唱出的总是有韵的，我还没有读过工农兵写的无韵的诗。至于形式的短小，却不是一个缺点，现在绝大多数的民歌，不就是在短小的四句之中，表现出伟大的革命气魄和崇高的共产主义精神么？劳动群众的诗，短小而不单薄，豪迈而不草率，此中消息，还得从诗人的思想意识里去挖！

1959 年 3 月 18 日

附：补充的几句话：

这些年来，我常常收到小朋友的来信，信中附有短诗，要我给他们"教正"，我既不能一一作答，而且我也没有什么作诗的秘诀，我想这件事，教师们倒可以指

　　　　　　　　　　　　　　　记事珠

导，帮忙，假如你看见孩子们在课外做些小诗，千万不要扫掉他们的雅兴，告诉并介绍他们多读古今中外的好诗，和诗的种种格律，在音乐性方面，要教会我国的"四声"（平、上、去、入）五音（齿唇舌鼻喉），学会用抑扬顿挫的音节写出他们心中真挚的感想，使人看过后，能背得下来，就是一首好诗，这是我在《繁星》《春水》中所没有做到的，希望小朋友的语文老师们，在这方面多教导他们，不要让一个可以成为诗人的孩子，从你手下滑过。

1980 年 10 月

《往事》以诗代序

我是一个盲者，
看不见生命的道途，
只听凭着竿头的孩子，
走着跳着的引领，
一步步的踏入通衢。

心头有说不出的虚空与寂静，
心头有说不出的迷惘与胡涂；
小孩子，你缓一缓脚步，
让我歇在这凉荫的墙隅。

听人声喧哗着四面，
对我在不住的传呼，

我起身整一整衣袂，
擦了擦脸上的汗污。

小孩子你别走远了，
你与我仍旧搀扶！
摸索着拾起琵琶
调着弦子，
我整顿起无限的欢愉。

第一部曲是神仙故事，
故事里有神女与仙姑；
围绕着她们天花绚烂，
我弦索上迸落着明珠。

我听得见人声哗赞，
哗赞这热闹的须臾；
我只是微微的笑着，
笑着受了无谓的称谀。

第二部曲我又在弹奏，

我唱着人世的欢娱：
鸳鸯对对的浮泳，
凤凰将引着九雏。

人世间只有同情和爱恋，
人世间只有互助与匡扶；
深山里兔儿相伴着狮子，
海底下长鲸回护着珊瑚。

我听得见大家嘘气，
又似乎在搔首捋须；
我听得见人家在笑，
笑我这般的幼稚，痴愚……

失望里猛一声的弦音低降，
弦梢上漏出了人生的虚无，
我越弹越觉得琴弦紧涩，
越唱越觉得声断喉枯！

这一来倒合了人家心事，

我听见欣赏的嗟呼。
只无人怜惜这干渴的歌者，
无人怜惜她衣汗的沾濡！

人世间是同情带着虚伪，
人世间是爱恋带着装诬……
我唱到伤感凄凉时节，
我听见人声悄悄的奔趋。

第三部曲还未开始，
我已是孤坐在中衢，
四围听不见一毫声息，
只有秋风，落叶与啼乌！

抱着琵琶我挣扎着站起，
疼酸刺透了肌肤，
竿头的孩子哪里去了，
我摸索着含泪哀呼。

小孩子你天真已被众生伤损，

大人的罪过摧毁了你无辜,

觉悟后的徬徨使你不敢引导,

你茫然的走了,把我撇在中途。

我拼着踽踽的曳着竿儿走去,

我仍要穿过大邑与通都!

第三部曲我仍要高唱,

要歌音填满了人生的虚无!

1929 年 6 月 3 日夜,北平

　　　　　　　　　　　　　　　　记事珠

假如我是个作家

假如我是个作家，

我只愿我的作品

入到他人脑中的时候，

平常的，不在意的，没有一句话说；

流水般过去了，

不值得赞扬，

更不屑得评驳；

然而在他的生活中

痛苦，或快乐临到时，

他便模糊的想起

好像这光景曾在谁的文字里描写过；

这时我便要流下快乐之泪了！

假如我是个作家，

我只愿我的作品

被一切友伴和同时有学问的人

轻藐——讥笑；

然而在孩子，农夫，和愚拙的妇人，

他们听过之后，

慢慢的低头，

深深的思索，

我听得见"同情"在他们心中鼓荡；

这时我便要流下快乐之泪了！

假如我是个作家，

我只愿我的作品

在世界中无有声息，

没有人批评，

更没有人注意；

只有我自己在寂寥的白日，或深夜，

对着明明的月

丝丝的雨

飒飒的风，

低声念诵时，

能以再现几幅不模糊的图画；

这时我便要流下快乐之泪了！

假如我是个作家，

我只愿我的作品

在人间不露光芒，

没个人听闻，

没个人念诵，

只我自己忧愁，快乐，

或是独对无限的自然，

能以自由抒写，

当我积压的思想发落到纸上，

这时我便要流下快乐之泪了！

1922 年 1 月 18 日

假如我是个作家

《寄小读者》四版自序

假如文学的创作，是由于不可遏抑的灵感，则我的作品之中，只有这一本是最自由，最不思索的了。

这书中的对象，是我挚爱恩慈的母亲。她是最初也是最后我所恋慕的一个人，我提笔的时候，总有她的颦眉或笑脸，涌现在我的眼前。她的爱，使我由生中求死——要担负别人的痛苦，使我由死中求生——要忘记自己的痛苦。生命中的经验，渐渐增加，我也渐渐的撷到了生命花丛中的尖刺。在一切躯壳和灵魂的美丽芬芳的诱惑之中，我受尽了情感的颠簸；而"到底为谁活着？"的观念，也日益明瞭……

感谢上帝，在我最初一灵不昧的入世之日，已予我以心灵永久的皈依和寄托——

我无有话说，人生就是人生！母亲付予了我以灵魂和肉体，我就以我的灵肉来探索人生。已往的试验探索的结果，使我写寄了小朋友这些书信。这书中有幼稚的欢乐，也有天真的眼泪!

年来笔下销沉多了，然而我觉得抒写的情绪，总是不绝如缕，乙乙欲抽——记得一九二四年的初春，在沙穰青山的病榻上，背倚着楼栏痴望：正是山雨欲来的时候，湿风四起，风片中挟带着新草的浓香，黑云飞聚，压盖得楼前的层山叠嶂，浮起了艳艳的绿光。天容如墨，而如墨的云隙中，万缕霞光，灿穿四射，影满大地! 我那时神悚目夺，矍然惊悦，我在预觉着这场风雨后芳馨浓郁的春光!

小朋友，朗润园池中春冰已解，而我怀仍结! 在这如结久蕴的情怀之后，我似乎也觉着笔下来归的隐隐的春光。我在墙头小山上徐步，土湿如膏，西望玉泉山上的塔，和万寿山上的佛香阁，排云殿，等等，都隐在浓雾之中，而浓雾却遮不住那丛树枝头嫩黄的生意，春天来了!

小朋友，冰心应许你在这一春中，再报告你们些幼稚的欢乐，天真的眼泪，虽然她也怕在生命花刺渐渐握满之后，欢笑不成，眼泪不落……

小朋友，记着，春天来了!

1927年3月20日，朗润园

《平绥沿线旅行纪》序

　　民国二十三年七月，应平绥铁路局长沈昌先生之约，组织了一个"平绥沿线旅行团"。团员有文国鼐女士（Miss Augusta Wagner），雷洁琼女士，顾颉刚先生，郑振铎先生，陈其田先生，赵澄先生，还有文藻和我，一共八人。我们旅行的目的，大约是注意平绥沿线的风景，古迹，美建，风俗，宗教以及经济，物产种种的状况，作几篇简单的报告。我们自七月七日出发，十八日到平地泉，因故折回。第二次出发，系八月八日，文女士赴北戴河未同行，因邀容庚先生加入。八月二十五日重复回来，两次共历时六星期，经地是平绥全线，自清华园站至包头站，旁及云冈，百灵庙等处。此行种种的舒畅和方便，我们是要对平绥路局和沿线地方长官，致最深的感谢的。

　　平绥沿线的旅行，自我个人看来，有极重要的几点：

冰心（左）与雷洁琼一起在平绥沿线旅行
（摄于 1934 年 7 月，内蒙古百灵庙蒙古包）

一、自从东北失守之后，国人矍然的觉出了边防之重要，于是开发西北之声，甚嚣尘上。而到底西北在哪里？中国西北边况到底如何？则大抵茫然莫知所答，且自东北沦亡，西北牧畜，垦植，又成全国富源之所在，而西北的土地，物产，商运等各种情形，我们亦都甚隔膜。平绥铁路是人民到西北去，及货物从西北来的一条孔道，是个个国人所应当经行，应当调查的。二、较早的中国铁路之中，只有平绥线是完全由中国人自己计划，自己勘测，自己经营的。青龙桥长城之侧，矗立着工程师詹天佑公之铜像，这充分的发扬焦虑，深思，坚持，忍耐的国民性的科学家，是全国人士所应当瞻仰纪念，并以自励自信的。三、平绥路线横经长城内外，所过城邑的人民风俗习惯，宗教信仰各不相同，是研究中国政治经济，文化的最好的园地，同时，在国难之中，我们不当再狃于旧习，闭居关内，目边人为异族，视塞外为畏途，我们是应当远出边境，与各族同胞剖心开怀，精诚联合，以共御强邻的侵逼的。四、平绥铁路的沿途风景如八达岭之雄伟，洋河之纡回，大青山之险峻；古迹如大同之古寺，云冈之石窟，绥远之召庙，各有其美，各有其奇，各有其历史之价值。瞻拜之下，使人起祖国庄严，一身幼稚之感，我们的先人惨淡经营于先，我们后人是应当如何珍重保守，并使之发扬光大！

我自己生平的癖爱，是山水，尤其是北方的黄沙茫茫的高山大水。虽不尽瑰奇神秀，而雄伟坦荡，洗涤了我的胸襟。我生平还有一爱，是人物，平时因为体弱居僻的关系，常常是在过着孤陋寡闻的生活。这次六星期的旅程之中，充分的享受了朋友的无拘束的纵谈，除了领教了种种的学识之外，沿途还会见了许多边境青年，畸人野老。听见了许多奇女子，好男儿的逸闻轶事，耳目为之一新，心胸为之一廓，我对于这次旅行的欣赏感谢，是罄笔难书的。

同行的诸君子，从他们的注意点，各有所得，都已发于文章。这篇所记载的只是沿途的经历，印象，和感想，以月日为系，写了下来，作为诸君子的文章的小引。非敢僭先，亦如戏曲中的楔子，开场白，配角先登，只为介绍舞台中心人物而已。

旅行归来，小病数月，迟至今日，方追记月前所得，并收集同行诸君子的作品，汇成一集，以献路局，并致感谢之忱！

1935 年 1 月 30 日序于平西燕京大学

《冰心小说散文选集》自序

　　这本小说散文选集里的十六篇小说和六段散文，是从一九二〇年（五四时期）到一九四三年（抗战时期）的作品里，编选出来的。

　　我开始写作，是在五四运动时期，那正是中国反帝反封建的资产阶级民主革命一个新的阶段，当时的中国社会，是无比的黑暗的。因此我所写的头几篇小说，描写了也暴露了当时社会的黑暗方面，但是我只暴露黑暗，并没有找到光明，原因是我没有去找光明的勇气！结果我就退缩逃避到狭仄的家庭圈子里，去描写歌颂那些在阶级社会里不可能实行的"人类之爱"。同时我的对象和我的兴趣，主要是放在少数小资产阶级知识分子上面，我没有"到工农兵群众中去，到火热的斗争中去，到唯一的最广大最丰富的源泉中去"。脱离群众，生活空虚，因此我写出来的东西，就越来越贫乏，越空洞，越勉强；终至于写不下去！

像这些贫乏空洞的东西，还要拿来选辑出版，照我想，是因为五四运动以来，新文学潮流的发展，有它一段一段的过程，这过程像一层一层的台阶，通向社会主义现实主义的大门。为要显示这发展过程的全面，即或是占着一层台阶的最低下最畸角的一块小石头，人们也不肯把它挖出丢掉。这就是这本选集出版的理由罢！

1954 年 7 月 13 日，北京

我的热切的希望 *

　　我没有能够自己参加这个"儿童文学创作座谈"的盛会，但是我翘望南天，能够想象有五十多位儿童文学作家济济一堂，热烈地讨论如何为新时代儿童写作的盛况。我从心底为祖国二十一世纪的主人翁们——我国两亿多的儿童们欢呼，高兴！

　　我十分同意上海师大附小倪谷音老师的建议。倪老师要求作家同志们多写一些描写有新时期特点的少年儿童形象的作品，为我们小读者提供学习的榜样。她说，我们现在找来找去只找到铁木儿、张嘎、海娃、刘文学……虽然这些是少年儿童可以学习的榜样，但毕竟是以前时代的，我们常常为找不到合适的"教育工具"而苦

---

*　　这是冰心同志在上海少年儿童出版社举办的儿童文学创作座谈会上的书面发言。

　　　　　　　　　　　　　　　　记事珠

冰心为参加儿童剧演出刚走下舞台的演员擦汗（摄于 1980 年 2 月）

恼，请多写这个时代的少年儿童吧。

作为小读者的家长，我愿在倪老师的建议书上签上我的名字！

现在写这个时代少年儿童的短篇小说，还是不少的，例如我最近看到的，在这次中国福利会儿童时代社庆祝建国三十周年短篇小说征文中，就有几篇时代气息很浓，孩子大人看了都会感动的作品，如杭州市张微同志写的《他保护了什么》，北京夏有志同志写的《买山里红的孩子》，和北京罗辰北同志写的《一张电影票》等等。我觉得以有新时代特点的儿童形象，作为题材，不但可以写短篇，也可以写中长篇，因为儿童文学的中长篇，总要比写给大人看的短小简练一些。

孩子们真的太需要中长篇小说了，我发现小学三年级以上的孩子，在认识了一两千个汉字以后，就开始在大人的书架上，寻找长篇小说看了。他们的求知欲是那样地旺盛，一旦掌握了文字这个工具，他们就感到短篇的东西，不能满足他们的需求了——我们自己十一二岁，甚至比这年纪还小的时候，不也是和他们一样的吗？

我们的确更加欣赏和我们的生活更吻合的作品，从我们熟悉亲切的生活中来的正反面人物，我们对他们的爱憎就更强烈一些，对人物周围的环境也更了解一些。但在我自己的儿童时代，的确没有这样的作品，我所寻找到的短篇的只有《聊斋志异》，长篇的只有《西游记》。

但是在一九五三年，一位初中一年级的小朋友，曾给我以启发，他对我说他最爱看《西游记》。我问他是否每一段故事，包括章回首尾的诗词，和中间的比较艰深繁缛的战斗描写，他都看得懂？他笑着说，"遇到这些地方，我就跳过去不看了。我看的只是他们师徒四人一路走去，每天都会遇见不同的惊险或有趣的事情，这就总引着我继续看下去……而且孙行者和猪八戒这两个'人'写得多活，简直就像我们有些同学那样！"

就在这一年的夏天，我写了《陶奇的暑期日记》，以陶奇为线索，写了她的周围在这一暑期所发生的事情。当然写实际生活，还有作者的世界观来引导，有了正确的歌颂和批判的标准，这作品才能收到像倪老师所说的"为小读者提供学习的榜样"的效果。

在这里，我不谈什么"生活是创作的唯一泉源"和"必须热爱孩子"等等儿童文学作家尽人皆知的起码的常识，但从现在的儿童中长篇小说中，以学校生活为题材的仍是少数这个事实看来，没有"深"入生活，和不探求

我的热切的希望

儿童的兴趣所在的作者，还是有的，抄袭模仿的东西，孩子们是不爱看的。七十年代的书中人物，讲着四十年代和"文化大革命"时代的话，干着四十年代和"文化大革命"时代的事，孩子们的批语是："假的，没劲！"

学校是新时代儿童聚集的地方，他们的生活特征像万花筒一样，千般万种，色彩鲜明，他们的家庭环境不同，个性特点不同，在目前这一段时期里，他们身上有的还带着林彪、"四人帮"时期的余毒，又有了大大提高科学文化水平的迫促，各人的家庭、学校、社会的环境，都给他们以种种不同的反应和感受。这里面，可写的东西就多了，生活在招手，作家们怎么样呢？

我对于我们的中青年作家抱着满腔热情的希望，他们是最多产的一代（中年的如刘宾雁同志这一代，青年的如刘心武同志这一代——虽然拿五四时代在二十岁左右就大胆提起笔来的人看来，他们就是老年和中年人了），过去二十年，十年的压抑、混乱的生活环境，把他们锻炼得更成熟更智慧了。他们痛切地回顾过去，就不能不热烈地瞻望未来，他们一定能为现代新儿童写出我们所看不到和想不到的、有深度和广度的有益于现代祖国儿童健康成长的中长篇作品来！

那么，我这个老人，是否就撒手不管了呢? 也不是，我们也有自己可以写给儿童看的东西。儿童的食物有多种多样，他们吃着富有营养的三餐，他们也爱吃些点心和零食，有时还需要吃点"药"！不论是点心、是零食，还是药，我愿贡献上我微薄的一切。

1979 年 11 月 28 日

西郊短简

克家同志：

你叫我谈诗，我真不知从哪里谈起。从前读过学过的一点点诗的理论，早忘得一干二净，同时我想诗的定义没有多大用处，有的诗是用诗的形式写的，而内容却没有"诗"的情味，这例子，古今中外都有，而且同一个诗人写的，也有好诗，坏诗，与非诗之分。

作为一个爱好诗的人，我只能说出我自己喜欢的是哪一种的诗。

我喜欢那充满着真挚浓厚的情感的诗。他心中鼓荡着万斛热泉，自己按捺不住，像"啼血"的杜鹃一般，一声紧似一声地高唱！他热爱人民，热爱生活。他对周围的一切，有着无穷无尽的感情，他热爱它们，留恋它们，歌颂它们；若是在他的人民头上忽然来了一股暴力，一阵阴影，使他们的生活窒息了，黑暗了，他就要呼号，就要诅咒……在真挚的爱和真挚的恨之间，他能写出"轻不着纸"的绕指柔的诗篇，也能写出"力透纸背"的百炼钢的豪句！

当然，一首好诗不但要有高尚强烈的感情，也要有美丽铿锵的音韵。我是喜欢背诗的人，深深地感到诗的音乐性的重要。一首音乐性很强的好诗，对于群众有极大的鼓舞和激发。印度人民热爱诗歌，我想就与他们诗歌的铿锵的音韵有很大的关系。你看广场上簇拥围坐的数千男女老幼，会肃静无声地随着朗诵的顿挫抑扬而眉飞色舞，而头动身摇。我觉得广大人民对于诗歌的第一个要求，恐怕就是"念来好听顺口"，我读到的儿童写的和战士写的诗，几乎全是有韵的——这"韵"当然是现代口语上的"韵"，诗韵上的字，若按现代的读法，有许多是押不上韵的。

提到印度人民热爱诗歌，不能不想起被印度人民所热爱的印度诗翁泰戈尔。无论我听到印度的国歌，或是听台上有人朗诵，我的印度朋友总在旁边轻轻地告诉我："这一首是泰戈尔写的！"他们提到泰戈尔名字的时候，脸上总是显着光辉，显着骄傲。我能够了解印度人民为什么喜欢泰戈尔，他的诗永远是那么美，那么清新，那么富有音乐性，但是直到我翻译泰戈尔的《集外集》，才接触到他的爱国的，富有民族主义色采的诗篇。在我翻译着他的对殖民主义者严词指斥的诗的时候，我总是十分兴奋，十分紧张！我常常感到快乐——为着他替我说出了我所不能说出的雷霆般严厉的话语而快乐，我也常常感到痛苦——因为我从我自己贫乏的词汇中，找不到合适的字眼来翻译他的尖刻有力的诗句。这种诗在《集外集》里多得很，我的原稿交到出版社去了，姑且摘出一首他在1937年发表的关于非洲的诗来，让你看看吧。

在混沌世纪的朦胧晨光中，

当上帝对他自己的作品发气

对他幼稚的创作猛烈地摇头，

一阵烦燥的波浪把你从东方的

怀抱中攫走，亚非列加，

把你关在大树围守的

昏暗的密栏里让你沉思。

在那里，在你的深密黑暗的

地洞里

你慢慢地积累起荒野的不可

　　理解的神秘，

精研那难读的地和水的符号；

自然的秘密的魔术在你心中

启发了知识界限以外的

　　巫术的仪式。

你装成残废的样子来嘲弄那

　　可怕的，

在仿效一个庄严凶猛的吼叫中

使你可怕来征服恐怖。

嗳，你是藏在一块黑纱下面，

使你的人类庄严变成

　　"耻辱"的黳黑的幻像。

那些猎人以捕人的陷机

　　掩袭了你，

他们的凶横比你的狼齿还要

　　锐利，

他们的骄傲比你的不见天日的森林

　　还要盲目。

文明人的野蛮的贪婪把无耻的

　　不人道剥得赤裸，

你哭泣了，但是你的号叫被

　　闷住，

你林中的小路被血泪浸得泥泞，

强盗们的钉靴在你受辱的

历史上留下了他们的

抹不掉的印迹。

但是隔着海洋却总有

礼拜堂的钟声在他们市镇村庄

中敲起，

孩子们在母亲怀中酣睡，

诗人们在吟唱"美"的颂歌。

今天在西方的地平线上

风沙壅塞了落日的天空，

野兽爬出他们黑暗的洞穴，

用狂吼来宣告死日的来临。

来吧，你这宿命时间的诗人，

站在这被劫夺的女人的门前，

求她饶恕吧，

在这死去的大陆的昏迷之中

让它成为最后的伟大的话语。

只录这一首吧，你看如何？

匆匆，祝你健康愉快地写作！

谢冰心　1957 年 5 月 25 日

关于散文

散文是我所最喜爱的文学形式。但是若追问我散文是什么，我却说不好。如同人家向我打听一个我很熟悉的朋友，他有什么特征？有什么好处？我倒一时无从说起了。

我想，我可以说它不是什么：比如说它不是诗词，不是小说，不是歌曲，不是戏剧，不是洋洋数万言的充满了数字的报告……

我也可以说，散文的范围包括得很宽，比如说通讯，特写，游记，杂文，小品文等等，我们中国是个散文成绩最辉煌、作者最众多的国家。我们所熟读，所喜爱的《秋声赋》、《前后赤壁赋》、《陋室铭》、《五柳先生传》、《岳阳楼记》、《陈情表》、《李陵答苏武书》、《吊古战场文》、《卖柑者言》……不管他是"赋"、是"铭"、是"传"、是"记"、是"表"、是"书"、是"文"、是"言"……其实都可以归入散文一类。我们的前辈作家，拿散文来抒情，来说理，来歌颂，来讽刺，在短小的篇幅之中，有时"大题小做"，纳须弥于芥子，有时"小题大做"，从一粒砂来看一个世界，真是从心所欲，丰富多采！

散文又是短小自由，拈得起放得下的最方便最锋利的文学形式，最适宜于我们这个光彩辉煌的跃进时代。排山倒海而来的建设事业和生龙活虎般的人物形象，像一声巨雷一闪明电在你耳边眼前炫耀地隆隆地迅速过去了，若不在情感涌溢之下，迅速把它抓回，按在纸上，它就永远消逝得无处追寻。

因此，要捉住"灵感"，写散文比做诗容易多了，诗究竟是"做"的，少不得要注意些格律声韵，流畅的诗情，一下子在声韵格律上涩住了！"水泉冷涩弦凝绝，凝绝不通声渐歇。"这一歇也许要歇上几天——几十天，也许歇得只剩下些断句。

但是，散文却可以写的铿锵得像诗，雄壮得像军歌，生动曲折得像小说，活泼尖利得像戏剧的对话。而且当作者"神来"之顷，不但他笔下所挥写的形象会光华四射，作者自己的风格也跃然纸上了。

文章写到有了风格，必须是作者自己对于他所描述的人、物、情、景，有着浓厚真挚的情感，他的抑制不住冲口而出的，不是人云亦云东抄西袭的语言，乃是代表他自己的情感的独特的语言。这语言乃是他从多读书、善融化得来的鲜明、生动、有力、甚至有音乐性的语言。

我认为我们近代的散文不是没有成绩的，特别是解放后，全国遍地的新人新事，影响鼓舞了许多作者。不但小说家、剧作家、诗人也在写散文，报刊上还有许多特写、通讯式的文章以崭新的面貌与气息出现在读者的面前。而且有风格的散文作者，也不算太少，我自己所最爱看的（以写作篇幅的长短为序），就有刘白羽、魏巍与郭风。

1959 年 7 月 14 日北京

我是怎样被推进
儿童文学作家队伍里去的

上海少年儿童出版社约我为《我和儿童文学》写一篇文章，为了要弄清"儿童文学"这个名词的概念，我查了一九四七年中华书局出版的《辞海》，上面说："以儿童为本位而组织之文学也……儿歌、民歌、神话、童话、动植物故事、寓言、谜语皆属之。"我又查了一九七九年九月上海辞书出版社出版的《辞海》，上面说："适合少年儿童阅读的各种体裁的文学作品，包括童话、诗歌、戏剧、小说、故事等……"

对照这两段的儿童文学定义，我必须承认，我没有写过可以严格地称为儿童文学的作品，即使勉强说是有的话，也是极少！

我也不知道我是怎样地挤入或是被推进儿童文学作家的队伍里的！

冰心与参加"六一"联欢会的小学生

（摄于 1979 年 6 月 1 日，北京市少儿宫）

半个世纪以前，我曾写过描写儿童的作品，如《离家的一年》《寂寞》，但那是写儿童的事情给大人看的，不是为儿童而写的。只有《寄小读者》，是写给儿童看的，那是在一九二三年我赴美留学之前，答应我的弟弟们和他们的小朋友们，我会和他们常常通讯。当时的《晨报副刊》正开辟《儿童世界》一栏，编辑先生要我把给孩子们写的信，在《儿童世界》内发表，我答应了。《寄小读者》虽然写了二十多篇，但是后来因为离孩子们渐渐远了，写信的对象模糊了，变成了自己抒情的东西，此后也没有继续下去。

《再寄小读者》是在一九五八年"大跃进"的时期开始写的，那时作家们彼此挑战，说自己要在一年中写多少个剧本，写多少篇小说，我说我写不出什么东西，有同志便向我建议，说我可以写《再寄小读者》。那些年我常常出国或在国内参观访问，我就把在国内外的见闻，记下一些给小读者们看，这里面多半也是些抒情写景之作。

《三寄小读者》是在"四人帮"打倒，《儿童时代》复刊之后开始写的，在拨乱反正时期，我又拿起笔来，把我自己所看到想到的、有益于小读者们身心健康的事情，讲给他们听听。

检查起来，我并没有写过童话、儿童剧、儿童诗……只不过凭着几十封写给儿童的信，就挤进了儿童文学作家的队伍，这真是使我惭愧！我必须把这事实"说清楚"，来减轻我的"内疚"！

但是，以一个热爱儿童、关心儿童、爱听儿童故事、爱读儿童文学作品的人的身份，来谈"我和儿童文学"，我的兴致就高起来了。在我识字以前，我听过许多儿童故事，如"老虎姨"、"蛇郎"、"狼外婆"等等，不论是南方人或是北方人对我讲的，故事情节都大同小异，也都很有趣。那个可怕的"姨"或者"外婆"，在北方人口中就是"狼"，在南方人口中就是"老虎"。这些可怕的动物，最后也总是被打死了，或是夹着尾巴逃跑了，故事就胜利地结束。

至于儿歌或民歌，我听过的就更多了。用福建话唱的，多半是写不出来的，因为福建省方言多半是有音无字的，译意写下来，就不能合辙应韵了。比如：

月光光　　照池塘

或：

真鸟仔　　啄波波

我至今还会唱，但是我写不出来。

用北方话唱的就不然，如：

　　　　拉大锯　　扯大锯

　　　　姥姥家　　唱大戏

　　　　…………

　　　　金轱辘棒　　银轱辘棒

　　　　爷爷打板奶奶唱

　　　　一唱唱到大天亮

　　　　…………

生活趣味很浓，音韵又好，我们都极其爱听，但也有听了使人难过的，如：

　　　　小白菜呀

　　　　地里黄呀

　　　　七八岁呀

　　　　没有娘呀

　　　　…………

唱的声音是凄凉的，到这时候，我就捂起耳朵，央求她不要再唱下去。

到了能够看书以后，我看了不少写给大人看的书，其中只有《西游记》和《聊斋志异》中的某些故事，我认为是加工以后，还是可以给儿童看的。我接触到当时为儿童写的文学作品，是在我十岁左右。我的舅舅从上海买到的几本小书，如《无猫国》《大拇指》等，其中我尤其喜欢《大拇指》，我觉得那个小人儿，十分灵巧可爱，我还讲给弟弟们和小朋友们听，他们都很喜爱这个故事。

至于儿童剧，是我在一九二○年左右才接触到的。那年华北水灾，我们大学的学生会为要筹款救灾，演了一出比利时作家梅德林克写的《青鸟》，剧本是从英文译出的，我参加了翻译和演出的工作，我们都很喜欢这个剧本，观众也很欣赏这出儿童剧。

此后的几十年中，我读了一些外国人写的儿童文学作品，如：丹麦作家安徒生写的童话，美国作家马克·吐温写给儿童看的小说……但是使我感到兴奋的还是我们自己的作家写的作品，如叶圣陶老写的《稻草人》，张天翼同志写的《宝葫芦的秘密》。在天翼同志的作品中，我特别喜欢它，因为它紧紧地扣住当时儿童的学校生活，又充满了幻想和幽默的色彩。这以后又读到了柯岩同志的儿童诗，那的确是从儿童嘴里唱出来的自己的感情和理想。还有高士其同志以残疾之身，孜孜不倦地为儿童写了几十年的精采的科学诗文，他的精神使我感佩！

写到这里，笔下有点收不住了！许许多多我们自己的儿童小说、儿童剧、儿童诗的作者的面庞和名字，一齐涌到了我的笔端！这些名字都是我们和小读者们所熟悉的，我不一一列举了。作为一个读者，在这里，我谨祝愿他们在跨入二十世纪八十年代之际，身体健康，精神愉快！祝愿他们通过自己的辛勤劳动，促使我们儿童文学蓬勃繁荣、争奇斗艳的新阶段，尽快地展现在我们眼前。

1980 年 1 月 3 日

笔谈儿童文学

　　谈到儿童文学，那实在没有什么理论。我也写过几篇给儿童看的作品，如当年的《寄小读者》，开始还有点对儿童谈话的口气。后来和儿童疏远了——那时我在国外，连自己的小弟弟们都没有接触到——就越写越"文"，越写越不像。同时我还写一些描写儿童的作品，如《寂寞》等，对象也还不是儿童。这已是几十年以前的事了。

　　解放以后，就有意识地想写点儿童文学作品，我就去找儿童文学的定义，就是说儿童文学到底是什么东西？我得到的答案，是和大家所了解的一样的：儿童文学是供少年儿童阅读的各种体裁的文学作品，其中包括童话、寓言、故事、诗歌、戏剧、小说等等，都是通过形象来反映生活，这生活一定要适合少年儿童的年龄、智力、兴趣和爱好等等。

　　毛主席《在延安文艺座谈会上的讲话》里，曾经给我们深刻地指出："我们是马克思主义者，马克思主义叫我们看问题不要从抽象的定义出发，而要从客观存在的事实出发，从分析这些事实中找出方针、政策、方法来。"

我们现在儿童的客观存在的事实是什么呢？摧残儿童身心的"四人帮"被粉碎了以后，儿童也得到了解放。少年儿童摆脱了所谓"反潮流"、"交白卷"的精神枷锁，而奔向好好学习，天天向上的大道。在这摆脱枷锁，走上大道的过程中，就有他们自己不少的问题，有他们自己的苦恼，也有他们自己的欢乐。这其间就有说不尽的事实，讲不完的故事。我们能不能从这些故事中，汲取为儿童所需要而又便于接受的东西，写成有益于他们的作品，使他们能够惊醒起来，感奋起来，向着我们新时期的总任务，三大革命运动、四个现代化的伟大目标前进。

底下就是如何能写好儿童作品的问题了。要写好儿童所需要而又便于接受的东西，我们就必需怀着热爱儿童的心情，深入儿童的生活，熟悉他们的生活环境，了解他们的矛盾心理，写起来才能活泼、生动而感人。生活本来是创作的唯一的源泉。"主题先行"的创作方法，是最要不得的！坐在书案前苦思冥想，虚构情节和人物，开头和结尾，最后只能写出一篇没有生气，没有真实，空洞而模糊的故事。这种故事，儿童是不爱看的。俗话说："会写的不如会看的，会说的不如会听的。"据我的经验，儿童往往是最好的儿童文学评论家，他们的眼睛是雪亮的! 这例子在此就不多举了。

有了生活以后，怎样才能写得生动、活泼而感人，这就要看儿童文学作者的技巧了。技巧是从勤学苦练来的。勤学就要多读，多读关于儿童文学，和其他文学或文学以外的古今中外的书，越多越好，开卷有益。苦练就是多写，遇到一件有意义的事实，就写下来，听见一句生动的语言，就记下来。长期积累，偶而得之，到了你的感情一触即发的时候，往往会有很好作品出来的。

我讲的这些，也依然是空洞而模糊的，没有具体的作品来作为谈论的依据，往往是不着边际的。总之，只要是眼里有儿童，心里有儿童，而又切望他能做一个新中国的建设者的文艺工作者，而不是因为想做一个儿童文学作家而来写儿童文学的人，才能写出真正的好的儿童文学作品。

我这个人也是眼高手低，但我愿意和热爱儿童的文艺工作者们共同努力。

1978 年 4 月 8 日

漫谈关于儿童散文创作

《少年文艺》编辑部一直让我写《关于儿童散文创作》的文章，我却一直觉得写不出什么。因为我已经写过《关于散文》这个题目（见去年出版的《小桔灯》），我所能说的也就是这些了。至于儿童散文，当然就是写给儿童看的散文，要注意到儿童的特点，这似乎也是大家知道的事情了。我总感到：讲解一件事物，不能光是空洞地、抽象地讲。没有实物做个"例子"（这里我避免用"样板"或"榜样"这样的名词，因为它们都有"典型"的嫌疑），讲的人就讲不出其所以然，听的人也摸不着边际，特别是关于创作，不能不具体地谈些创作经过，至于主题是否挑选得好，素材的剪裁、取舍是否简炼，只能有待于读者的评定了。

前些日子，我曾为《北京日报》的副刊《广场》写了一篇《孩子们的真心话》。趁着我记忆犹新，我不妨把这篇东西的素材和我的构思经过，对大家谈一谈。

首先，我认为给儿童写作，对象虽小，而意义却不小，因为，儿童是大树的幼芽，为儿童服务的作品，必须激发他们高尚美好的情操，而描写的又必须是他们的日常生活中所接触关心，而能够理解、接受的事情。所以我极其喜欢法国作家都德的那篇《最后一课》，他写得入情入理，看了使人感激奋发，永远不会忘记！

"四五"运动是声震天地、气壮山河的一次伟大运动，这伟大运动中的各个侧面，都有许许多多的作者们用各种不同的文学形式来抒写过了。不但现在有许多好作品（《于无声处》这个话剧，就是一例）产生，将来仍然不断地会有许多好作品，由此产生。

在周总理逝世后的几天里，我只参加了向总理遗体告别的仪式和人民大会堂的追悼总理的大会，我并没有到天安门广场上去。但是家里的年轻人和孩子们，几乎是每天都去。一个孩子回到家来，感动而兴奋地说："天安门广场上，停着千千万万辆没有锁上的自行车，居然没有人偷，这真是奇迹。总理把人心都变好了！"他这话是有感而言的。在"四人帮"横行的时候，法纪荡然，偷车还算是违法乱纪中的一件小事！但是孩子们对于这种"小"坏事，是常常遇到、听到，而痛心疾首的！因为看到千千万万没有锁上的自行车，居然没有被偷，他由惊讶，而安慰而喜悦，而有了希望，认为有了像总理这样一位顶天立地、正大光明的人物在上面指引，我们的"人心"会"变好"的，我们社会的前途是美好光明的。

事过两年了，而这孩子的几句话，总在我的脑子里回旋。新年前，《北京日报》副刊的一位编辑来看我，要我给《广场》写一篇纪念周总理逝世三周年的短文。但是纪念总理的好文章太多了，关于总理的感人事迹也太多了，在我答应她的时候，对于我要写什么，还一点没有把握。只在元旦那一天，和一位朋友谈到《天安门诗抄》，引起我"灵机一动"。我就把一些事实串连起来，写成了这一篇。

至于素材方面：元旦那天许多朋友来贺年，这是事实；我替朋友搞一本《天安门诗抄》，也是事实；那个孩子曾写过抄过许多"反击右倾翻案风"的儿歌，也是事实，但是他不是写了一本，而是写了三本！同时，丢了新自行车的不是他的爸爸，而是我的一位朋友（虽然他好好的新车上曾丢了一只铃儿）；那一次带他到天安门广场去的，不是他的妈妈，而是他的姨妈。我让他爸爸丢了车，妈妈带他去，只为的是使这气氛更"紧凑"，更"亲切"一些。

这种以当事人或一个第三者，来叙述一段完整故事的写法，我从前也做过。三十年代，我写过《冬儿姑娘》（见《冰心小说散文集》），七十年代，我写过《益西曲珍的话》（发表在《北京少年》），和《乌兰托娅的话》（发表在《天津文艺》）。

古人有诗云，"鸳鸯绣罢凭君看，不把金针度与人。"我绣的既不是光采夺目的鸳鸯，我手里的针，更不是一只"金"针！但我确是把我的针法讲了出来。因为别人的文章，无论多好，我也是只能欣赏，不能替他来讲创作经过的。

1979 年 1 月 8 日

儿童文学工作者的
任务与儿童文学的特点

我早年是想学医的，并没有想到要写作，更没有想到要搞儿童文学。我是一心一意地想学医，数理化成绩也不错。另外，我对汉文也并不十分喜欢。因为中学里的汉文课，并不能满足我的需要。

后来爆发了五四运动。那年我十九岁，在文学界联合会任宣传工作，参加了这个伟大运动，因而，理科的功课，特别是实验室的功课旷了许多。同时我开始对写作发生了兴趣，就把五四运动经历的所看到、听到的一些社会问题，写成了几个短篇小说，在北京的《晨报》上发表。

一九二三年我大学毕业后去美国求学，当时北京《晨报》开辟了《儿童世界》一栏，他们叫我在留美期间给孩子们写稿，这就是我写《寄小读者》的经过。

我在家时整天在孩子中间，家里我是大姐姐，我有三个弟弟，他们的朋友也很多，一群一群的到我家玩耍，多的时候达一二十个，我很喜欢他们，我为《儿童世界》写的《寄小读者》就是给他们看的。

我远渡重洋到美国后，又生病住了医院。在我孤寂清闲时，就很想家，想祖国，想亲人，也想少年朋友们，就更想给孩子们写东西。这个医院有一所儿童分院，我也有机会去接触他们，了解他们，并写了他们。出院后，几乎与孩子们隔绝，没有生活，只好写点自己抒怀的东西，写到后来，觉得不成功，也就没有继续下去。

《再寄小读者》写于一九五八年"大跃进"时期，当时在作协开了一个会。作家们互相挑战，有的说要在一年里写出几个剧本，有的说要写几本小说，一位朋友对我说："你就来一个《再寄小读者》吧！"我满口答应了。

一九五八年前后，我出国的任务比较多，就觉得我应该给广大的孩子们写些国外的见闻，来增加他们的知识和对于外国的了解。因此，《再寄小读者》的内容，大都是反映与各国人民友好交往的以及外国的山川人物，其中也有反映"大跃进"年代我们祖国社会新风貌，和我自己的新感受。

《三寄小读者》是写于粉碎"四人帮"之后，我为儿

记事珠

童写作的意义，也愈来愈明确了。"四人帮"横行时期，我不能写，也不敢写，更没有兴趣写。现在不同了，在拨乱反正、人心思治的形势下，我们九亿人民正在向四个现代化的目标挺进，而我国今日的两亿儿童，正是二〇〇〇年的生力军和主人翁。这些孩子是刚从"四人帮"一手造成的黑暗、邪恶、愚昧的监牢里释放出来，来接触清新的、耀眼生花的民主与科学的光明、善美、聪慧的空气和阳光！我们必须小心翼翼地来珍惜和培育这些蓓蕾，一面扫清余毒，一面加强滋养，这无比艰巨的任务，已经历史地落在我们这一代儿童文学作家的身上，这是前人所没有做过的、促进世界和平和人类进步的伟大事业。我们必须抓住这千钧一发的时机，勇敢而愉快地担负起这无比光荣的责任。我的能力和岁月都很有限，但是瞻望将来，我觉得我必须为创作儿童文学献上我的全部力量！

搞儿童文学要不怕别人讥笑、议论。有人把儿童文学当作"小儿科"、"下脚料"来对待，这是不对的。其实，"小儿科"在医院里是最难的一科，因为病人不会对你说他的感觉。因此儿童文学也是最难写的。有些作家把儿童文学当作敲门砖，写成功了一些，就跳到大人文学那儿去。我是替这些人惋惜！我一直觉得给孩子们写东西很快乐。有些中年、青年人对我说："我小时候就看过你写的东西。"有的人还对我背诵我写的文章中的一些词句。我听后总感到很高兴。因为我虽然没有写好，而他们并没有把我没有写好的东西忘掉！

为儿童创作，就要和孩子们交往，要热爱他们、尊重他们，同他们平起平坐。你要是不喜欢孩子，而勉强去写，你就不会写出能使孩子们感动的东西来。儿童文学工作者的担子真是不轻呵！

有人开玩笑地问我："您这么大年纪了，为什么还有一颗童心？"有人还称我是"母爱专家"。就此，我还联想到有人把"童心"、"母爱"、"人性"当作儿童文学的禁区。什么叫"童心"，什么叫"母爱"、"人性"，我也说不清。但我认为，搞儿童文学的人必须要有一颗热爱儿童的心，慈母的心，要有人的感情，要写出人的性格。这根本不应该是禁区。"母爱"，写你自己的母亲对你的爱，当然可以写，现在写这样文章的人不多了，很可惜。我们不要回避"母爱"，不过不要像我以前那样拿它当作人生哲学。我过去错误地认为天下的母亲都会爱天下的孩子，其实不然，爱是有阶级性的。有一次，我曾看见过爱自己孩子的母亲，毒打一个小丫环，我才明白了，爱是有阶级性的。

要描写孩子，必须要了解孩子，接近孩子，尊重孩子。小孩子的特点，既有共同的，也有个别的。即使同一个父母所生，也不一定有同样的个性。比如在家庭里，爷爷奶奶爱最大的孩子，而父母则爱最小的。中间的往往很乖，要是不乖，就不容易适应环境。所以说，要了解儿童心理，你一定要接触儿童，熟悉儿童，要尊重他们，了解他们的自尊心，把他们当作一个人来对待，而不是玩具，也不要随便和孩子们开无意义的玩笑。只有这样，他们才愿意接近你，做你的朋友，向你交心，向你提出各种各样的问题。

有的同志叫我谈谈如何提炼主题，组织情节，我随便地谈一谈。解放以来，我写作中碰到的最费劲的一篇文章就是《我站在毛主席纪念堂前》，我改了七八次稿，我和毛主席没有个人接触，连握手也没有过，只有在会议厅里见过他，听过他的讲话。《毛泽东选集》我都读了，他对于中国人民所作的丰功伟绩，太大太多了。我不知从何写起！于是我只好从远距离来看，想想毛主席哪句话最感人。我深深感到，在中国，只有毛主席第一次把人民当作人。我给外国朋友题词，常常引用毛主席这句话：

"人民，只有人民，才是创造世界历史的动力。"毛主席逝世后，"四人帮"被粉碎时，全国并没有乱，因为有广大人民作党中央的坚强后盾！这证明了毛主席对于人民的评价，是一条千古不灭的真理。

谈到想克服短篇小说一般化问题，我认为还是必须深入生活。只有深入了生活，从生活中寻找你所描写的人物和主题。一句话，一切从生活出发，就不会一般化。同样两个孩子，由于家庭环境、条件不同，由于作家性格不一样，所写的作品也不会一样。为什么出现一般化，一句话：还是没有生活。

创作儿童文学作品，还要坚持革命的现实主义和革命的浪漫主义。儿童最富于幻想，所以我们写东西要写出儿童心中美好的幻想来。只有这样，儿童们才喜欢看。做到这点也并不难，关键还是要接触儿童，理解儿童，热爱儿童。我不会做报告，以上都是回答大家提出的几个问题。讲的不对的地方，请同志们指正。

1979 年

《拾穗小札》序

在生活里面，尤其在"大跃进"的伟大时代里，往往会遇到一些情景：一次的参观访问；一次的看戏听歌；书报刊物上的几句数行；友朋谈话中的三言两语；都会忽然地在你心灵中留下极其生动深刻的印象。这些印象，记下来也只是小块文章，但是不记下又很可惜。我曾看见孩子们在秋收的田野上，随时俯拾，也还能拾到成筐的麦穗，送到成堆的麦山上去，使它成为丰收中的一部分，这给我以很大的启发，因作《拾穗小札》，札是札记的意思。我将看到就记，想起就记，我将把我心上眼前的饱满金黄的麦穗，一根一根地捡起，攒到满筐，送进丰收的麦堆里，作为我自己微薄的奉献，是为序。

1963 年

谈点读书与写作的甘苦

今天，校长同志要我来跟大家讲几句话，我真是诚惶诚恐，因为同志们是在职干部，水平高，生活经验丰富，我感到我是没有资格到这里来讲话的。但是我又想，这不过是这一学期的第一讲，有如戏的开场，好戏还在后头。记得我小时候看戏，头一出戏总是跳加官，唱戏的人穿着红袍子戴着面具出来，一句话也不说，只是手里拿着一块红缎子，或者是一张纸，上面写着"指日高升"四个大字，亮给大家看。我今天也只是来祝贺大家精神愉快，学业进步，指日高升。我能起的作用也就在此。

我曾经对校长同志诉过苦，说我这个人是个不学无术的人，没有什么"学"可"讲"。"不学"，就是没有学问，如果大家想从我这里得到什么，那是得不到的；"无术"，就是没有什么技术，如果大家希望听我讲完以后，就能知道怎样写作，而且写得很好，那也是会失望的。那么，我凭什么来的呢？就是凭我有差不多四十多年的写作经验，写得是好，是不好，读者的眼睛是雪亮的，既不容许你过分谦虚，也不容许你夸大。今天，我只能把我写作时的甘苦，以及失败的地方告诉大家，希望大家不要照我那样失败下去。假如我还有点成就的话，我也要告诉大家，这成就是怎样得来的。但是就是这样地讲，我也不知道从哪里讲起，所以我请校长同志搜集了一些同学们提出的问题，现在我就照着这些问题来回答，这就好像一个毕业生的答辩似的，答辩得不好，就请大家批评。

第一个问题：几年来，您参加过一些国际活动，在同国际友人接触中，您感受最深的、最突出的事例有哪一些，您怎样写下那些感受？

关于这个问题可讲的话，是几天也讲不完的，现在我只能挑选我最受感动的来讲了。至于问我是怎样把它写成文章的，这就很难说，因为有的东西不能写，也没法子写，原因是或者太感动了，找不出适当的词句来表达；或者是在目前的情况下还不能写；有的甚至于是长时期都不能写。这不是我回避，的确是有这种情形。

我所参加的国际活动，都是人民外交活动。人民外交是服从于我国对外政策总路线的。这个政策，使我们能够紧紧地和各国人民、各国代表们团结在一起。我们感到中国代表们到处都能够得到各国人民的欢迎。中国代表的发言，总是能够得到各国人民的支持。我们在和各国人民、各国代表的接触中，有好多事例可以谈，但是有的真不容易谈。现在我只能举几个我最受感动的事例来谈一下。

　　一九五三年，我参加中印友协的代表团，到印度去访问。我们所接触的多半是上层人士，和人民只是在群众大会上见面，没有多谈话，但是即使是短短的接触也使我们很受感动。有一次，印度主人请我们到一个集会上听音乐。印度的音乐和我们的不一样，分时令和时间，有些乐章是应该在早晨听的；有些是中午听的；有些是黄昏听的；有些是夜半听的。这一天，我们已经开过大小七次会了，当他们请听夜半音乐的时候，我们本想婉言辞谢，但是，他们说音乐会的演奏很好，一定要听，所以我们就去了。我们都不懂印度音乐，唯恐因太困而睡着了，结果因为音乐很好听，我们没有睡。但是听完以后，已经是大半夜了，我们在回来的车上就睡着了，睡梦中忽然感到汽车停了，睁眼一看，司机也不在了，深夜荒郊，我们觉得

冰心与印度少年（摄于 1953 年 11 月至 1954 年 1 月访问印度期间）

很害怕，但也只好等着。过了一会，看见司机从老远老远的地方，慢慢地走来，而且还扶着两个人，一个老头，一个老太太，都穿的白衣服，老头腋下还架着一根拐，司机就通过翻译跟我们讲：这两位是我的父母，我的父亲是个残废人，不能去参加群众大会，因此想在你们从这里经过的时候，跟你们见见面，我的父母和我约定老早就从村子里出来，在这树林里等着你们。这时我们完全醒了都下了车，老人们手里拿着自己用野花编织的花环套在我们的脖子上。那位老太太走上来一把就把我抱住，抱得很紧，我感到她心里头有多少话想说而说不出啊！这时我心里真是感动，为印度人民对我们的热爱所感动。这一段我把它写出来了，写在《印度之行》里头。

还有一次，也是晚上，我们坐火车到一个城市去，沿途每到一站，都有人来欢迎，因此我们不敢都睡觉，只能轮流地睡。这一段是该我睡的时候，过不一会，他们把我摇醒了，起来一看，车窗外真像摆着一幅壮丽的图画。这是一个乡村小站，谁都没想到会有人来欢迎，更没想到群众中还有妇女。我看见十几根火把高举着，在火把光中有一面大红旗，拿着红旗的是一位农村妇女——大家都晓得，热带的人喜欢穿深颜色的衣服，大红大绿的——

　　　　　　　　记事珠

这位妇女身上披的就是一块大红的纱巾，她手里又拿着一面大红旗，在十几根火把的衬托下，真是夺目之极。这天晚上，当我们代表团里其他的人看到这个动人的场面的时候，就非把我摇醒不可，我一下车去，这位妇女也是走上前来把我一把抱住，从她的身上，我可以闻到一股"土气息泥滋味"，我们还是没有讲出一句话。这个场面是我永远也忘不了的，我也把它写出过，但是没有写好。

一九五五年我们去日本参加第一次禁止原子弹、氢弹大会，大会是在东京开的，会后去了长崎和广岛。广岛是第一颗原子弹投下的地方，美国在那里投原子弹的原因是抢夺胜利的果实。一九四五年，日本侵略军快要被中国人民的军队打垮了，苏联又出兵东北，击败了日本关东军，眼看日本政府就要投降了。美国投了两颗原子弹。第一颗投在广岛，第二颗投在长崎。广岛是日本陆军的集中地，有八万人。长崎是日本的海军根据地。一九四五年的八月六日早晨八点十五分的时候，美国在广岛投下了第一颗原子弹。据说那天死了二十万人，还有许多许多受害未死的人。美国人宣传原子弹的威力非常大，说是原子弹投下的地方，七十年内不会生长草木。我是一九四六年冬天到的日本，一九四七年的春天，听说这地方就长草了，而

冰心（右三）出席第一届禁止原子弹氢弹世界大会

（摄于 1955 年 8 月，日本广岛）

且长得很茂盛，足见美国的宣传是吓唬人的。我们到广岛的时候，曾去医院慰问原子弹受害者。有一位妇女，在原子弹投下的那天早晨，她正背着孩子在做饭，当时她的孩子死了，她没有死，因此在她身上，除了背上孩子遮盖的地方以外，浑身都是伤疤。她对我们说：我就是这样一辈子把我孩子的阴影背在身上！我本来是可以自杀的，但是我除了这个最小的孩子以外，还有三个孩子，我必须为我的这几个孩子活下去，现在我坚持不但为了我的孩子活下去，还要为着日本所有的孩子，将来能够得到和平幸福的生活活下去！这件事也使我十分激动。那天下午，我们开了一个会，请一些原子弹受害者来谈话，来的人中，有很多是年轻的姑娘，有的是走不动坐着推车来的，她们已经残废了。诉苦时讲的话，都是我们在别的诉苦会上所听不到的极其悲愤的话。散会的时候，有一个母亲对我说：我这个女儿，原子弹投下的时候她才十岁，这孩子长得非常好看，爱清洁，喜欢收拾，她自受原子弹的害以后，就残废了，脸上和肩背上的肉都扭曲起来，手脚都不能动。十年以来，她不肯出屋子，连窗帘都不让人拉开，她不愿意让人看见她的丑陋形象，她觉得自己没有快乐，没有希望了，她不愿意活着，要不是为我的话，她早就自尽了。这次你们来，给她一个很大的希望和刺激，她说，她要把她的形象给大家看看，让全世界的人民为之惊心，为之痛恨，坚决地一致起来反对帝国主义，防止核战争。这些故事都是使我们很受感动的。

一九五八年，我参加一个文化代表团到欧洲访问的时候，曾到英国各大学去演讲，和一些高级知识分子来往，谈话的时候，感到他们对中国是在向往，或者是不知不觉地在向往。在英国艾丁堡大学校长举行的午餐招待会上，有一位文学教授坐在我旁边，他问我的专业是什么，又说客人名单上介绍你是一位儿童文学家，我说我写过儿童文学作品，不过写不好。他说，你们那儿的儿童文学是怎样写法的，我说也没有特别新的写法，不过我们明确地知道我们创作的目的，是希望把我们的儿童培养成一个更诚实、更勇敢、更高尚的孩子。用我们最熟悉的一句话来说，就是把他们培养成革命和建设的接班人。他说，在我们英国正相反，真叫人愤慨，现在我们报纸上好多连载的滑稽画，仿佛总是想尽办法使儿童变成一个压迫人、剥削人的人。比方说，有一段滑稽画上说，有一个孩子，他母亲给他一毛钱，叫他在院子里推草，孩子就想出了一个办法，他拿五分钱去买了一根冰棍，拿另外五

　　　　　　　　　　　　记事珠

冰心访问西欧（摄于 1958 年 3 月）

分钱去雇一个邻居的孩子来推草，当那个邻居的孩子在推草的时候，他就坐在阴凉的地方吃冰棍。这个滑稽画的题目叫"聪明的亨利"。看去好像是笑话，其实就是对孩子说，凡是会剥削人的、会欺骗人的孩子是有办法的。这不过是危害性比较小的一段，你看我们该怎么办？这里几乎每天都有一些家长、老师，给日报滑稽画栏，或是儿童书籍出版社提出书面意见，但是都没有用。你们是用什么办法来清除这些坏东西，而奖励作家写那些好的东西的？我说，我们的办法很简单，就是政府和社会上各方面的人一起来办这件事情的。他沉思地说，是呀，政府跟人民在一起还是一件很重要的事情呵！底下他就不再说什么了。我想儿童文学能不能健康地发展，有害的儿童书画能不能禁止，在资本主义社会里都是一个很大的问题，对于如何培养新的一代人，他们就感到没有办法。还有一次，几位英国议员请我们在议会里喝茶，有一位女议员陪我谈话。我问她现在她们议会里辩论什么问题，她说，辩论的是禁娼问题，我们多次要求男议员们跟我们合作，但是始终通不过这个议案。我们只能做到这个地步，就是禁止娼妓公开地在街上拉客。你们中国人大的女代表们是怎样得到男代表的合作来禁娼的？我说，据我所知，

记事珠

在有人民大会以前，我们已经没有娼妓了。自从解放以后，那些被侮辱与被损害的妇女，已经得到解放，翻了身，在我们国家里，男子和妇女在一起，政府和人民在一起，把凡是有害的东西都清除掉了。她听了以后很感叹。她说，我想政权在什么人手里还是很重要的。在我们与国际友人接触的谈话中，像这种故事还多得很。在此我不细说了。

由于参加国际活动所得到的感受，我写过一些文章，《尼罗河上的春天》就是其中的一篇，这篇文章是怎样写出来的呢？原来我们出国的代表团，回来以后都有一个正式的报告，这是公开的，给大家看的东西。但是我们代表团的每一个成员，也都有自己的感受，在这篇文章里，我想通过一段故事来描写一个知识分子和广大人民结合在一起搞革命工作，是一件不容易的事情。毛主席老早就教导我们说，知识分子不与工农在一起，必将一事无成。但是知识分子，特别是资本主义国家里的知识分子，很难一下子做到这一点。我这里提的两位日本女作家，都实有其人，只不过把她俩的名字换过罢了。那位名叫"秀子"的，我是从头一次亚非作家会议起就和她相识，这位女作家是写散文、写评论的。我想秀子去苏联乌兹别克首都塔什干（第一次亚非作家会议在这里开会）的目的，不是专为开会，多半是为旅行游览。对于会议讨论的内容并不怎样关心。第二次就是亚非作家东京紧急会议，她还是日本代表团之一员。这次她参加会议的次数就多了。那一次亚非作家会议开得很成功，非洲作家去日本开会，在日本历史上还是第一次。日本的知识分子自从明治维新以后，大都面向西方，对中国就不大注意（在唐朝时受过中国的影响，对中国还是很好的），至于对朝鲜、越南根本不注意，非洲就更不在话下，他们对非洲人简直就是看不起。但是在这一次大会上，非洲代表们讲的话，就像一声惊雷似的，使他们受了震动。第三次亚非作家会议是在阿联首都开罗召开的（这次会议，其实是正式的第二次会议）。秀子也去了，她表现很好，很积极。我俩被分在一组（文化交流组），这个组虽然跟政治组等不一样，但还是有斗争，而且斗争得很激烈。秀子平常是不大发言的，这天她却站起来讲话。她说：我们日本代表团支持中国代表团的意见，我们决不退后一步。这时候，我真激动极了。我想别人起来讲这话并不奇怪，而秀子来讲，表明她的进步的确很大。因此我就写了这篇《尼罗河上的春天》。文章的内容，有的是事实，有的不是事

冰心（右二）出席亚非作家会议常务委员会紧急会议

（摄于 1961 年 3 月，日本东京）

实，什么是事实，什么不是事实，我可以讲一讲。

在阿联开会的时候，我们同苏联、还有一些非洲的代表们住在一个旅馆里，日本和其他国家的代表住在另外一个旅馆里，我们住的旅馆是比较近代化的，洗澡水很热，日本代表住的旅馆，可能正在修理（原因不大清楚），洗澡水不热。有一次，在开会的休息时间内我和秀子还有一位日本女代表和子谈话之间，她们说，那天下午她们要到一位日本朋友家去洗澡。我说，我们旅馆里的水很热，到我们那里去洗吧。那天下午她们洗完澡，吃过茶点，匆匆地就走了，我发现秀子丢下一块手巾，白色的，四边有几朵红花，这是事实。在她俩洗澡的前后，我们还谈过不少的话，有的话我写在文章里面了。这篇文章是经过怎样的布局和剪裁的呢？这篇文章开头的一句说："通向凉台上的是两大扇玻璃的落地窗户，金色的朝阳，直射了进来。"这个描写就与事实不符。我住的房间朝西，不是朝东，而且她们来洗澡的时间是下午，不是早晨。那么，我为什么把我的窗户搬过来朝了东的呢？因为朝西就跟我写的那篇文章的气氛不合，我不要它朝西。如果朝西的话，那么射进屋里来的是夕阳，不是朝阳了。所以我就把我的窗户朝了东。我这样做，只要不影响下面写的事实，读者是不会提出抗议的，而且读者也无从提出抗议，因为他没有到我住的旅馆去过。还有，我们住的旅馆不在尼罗河边上，是在新城和旧城之中，但是我在一九五七年参加亚非国家团结会议的时候，住过尼罗河旁边的旅馆。所以我能够描写出从尼罗河旁边的旅馆窗户里看到的景物。在这篇文章的倒数第四段里这样写着：

> 远远的比金字塔还高的开罗塔，像细磁烧成似的，玲珑剔透地亭亭玉立在金色的光雾之中；尼罗河水闪着万点银光，欢畅地横流着过去；河的两岸，几座高楼尖顶的长杆上，面面旗帜都展开着，哗哗地飘向西方，遍地的东风吹起了！

我为什么以"尼罗河上的春天"作题目呢？因为会议是在开罗开的，在开罗开会，要是不写尼罗河的话，不拿尼罗河做个背景的话，那是个遗憾，所以我又把尼罗河搬来放在我的窗户前面了。在这一段的头一句里，我为什么说"远远的比金字塔还高的开罗塔"呢？"开罗塔"是我头一次去开罗以后才盖起来的，"金字塔"大家都知道，一提埃及，谁都知道有"金字塔"。"开罗塔"比"金字塔"还高约十几米。我为什么提这座塔呢? 第一, 这座塔很好看, 就像细磁雕的一样; 第二, "金字塔"是个老塔, "开罗塔"是新的, 放进新的开罗塔说明我写的尼罗河畔不是从前的尼罗河畔, 而是充满了新的气氛——亚非人民团结起来反对共同的敌人帝国主义的气氛。至于那块手巾, 我想了半天, 是放进去呢, 还是不放进去, 后来我还是放进去了。为什么? 就是注重在最后那一段:

回来我把床头的电灯关上, 在整理茶具的时候, 发现一块绣着几朵小红花的手绢, 掉在椅边地上, 那是秀子刚才拿来擦汗的。把红花一朵一朵地绣到一块雪白的手绢上, 不是一时半刻的活计呵! 我俯下去拾了起来, 不自觉地把这块微微润湿的手绢, 紧紧地压在胸前。

特别是注重在这一段的最后一句。其实手巾上的小红花不一定是她绣的, 很可能这块手绢是买来的。但是我想, 知识分子一步一步地跟人民走在一起, 这不是一天两天的事情, 要不是有这种感情的话, 我何必把这么一块小手巾, "紧紧地压在胸前"呢! 这种感情, 是在我听到秀子站起来说"我们日本代表团决不后退一步"的时候产生的，我真想把她紧紧地压在胸前。如前所说，写在这篇文章里的事情有的是真的，有的是假的，但是假的是可以容许的，因为我不愿意写带有"夕阳"气氛的文章。

第二个问题：写散文必须注意的主要问题是什么？

散文，为什么叫散文？不是因为它"散"。据我了解，散文不是韵文，不是每句和每几句都押上韵，也不是骈文，像什么"关山难越，谁悲失路之人；萍水相逢，尽是他乡之客"。这种文章是骈文，两个句子是对起来的。散文既不是韵文，又不是骈文，所以叫它做散文。我们中国有悠久的散文传统，而体裁非常多，写得非常好，别的国家就不然。记得印度作家泰戈尔给他朋友的信里说：我很喜欢诗，因为诗像一条小河，被两岸夹住，岸上有树林、乡村，……走过两岸的时候，风景各有不同，容易写，而且能够写得好。他认为格律就是诗的两岸，把诗意限定住了，使它流的时候流得曲折，流得美。散文像什么呢？散文就像涨大水时候的沼泽两岸被淹没了，一片散漫。散文又像一口袋沙子，拉不拢，又很难提起来。如果叫我写一首诗，我感到是一种快乐，如果叫我写一篇散文，那对我就是痛苦。但是他不知道，他的这封信就是一篇很好的散文。我在上面已经说过中国散文的体裁最多,而且写得最好。好在哪里呢?好就好在它简练、不散,能够把散文写紧。有什么办法写得简练,怎样才能写得简练呢?据我的体会:①你得有个中心思想。你明确地知道你要写什么,不像从前在学校作文,题目是老师出的,你根本不太懂,头一句先写上"人生在世",底下再谈吧!这样写,那真是所谓"散漫"的散文了。②要有剪裁。散文就怕罗里罗嗦地没话找话说,我们中国人有句话最好"有话即长,无话即短",写散文就应该这样。写文章不是为写文章,而是为了要表达你的思想感情。现在我再讲一讲我写的《一只木屐》。这一只木屐在我脑海里漂了十五年,我一直没有把它写出来,我不知道应该怎样写,因为我抓不着中心思想。这件事情发生在十几年以前,当时的情况也不是像我在这篇文章里所叙述的那样,就是说看到这一只木屐的不只我一个人,我从日本回国的时候,我和我的两个女儿都在船边上,是我小女儿先看见的,她说:"娘!你看,戞达。"(戞达就是木屐的声音)我的小女儿到日本的时候只有九岁,她非常喜欢这个东西,因为小孩子都喜欢光脚,在日本一进门就像中国人上炕一样,脱了鞋到"榻榻迷"上来,可以非常自由地翻来滚去地玩,一下地就穿上屐达。在她卧房的窗台上，就摆满了各式各样的玩具屐达。当她指出一只木屐在海水里漂来漂去的时候，这本来是件小事情，但是我总是忘不了，我常常问自己，为什么对这个东西常常怀念？我抓不住中心思想。有一次，我几乎要把它写出来了，写成诗，但又觉得不对，它不是诗的情绪，怪得很！这里顺便谈谈取材问题，我感到写文章的人应该做个多面手，应该什么都来，不管它写得好不好，应该试试。的确有时诗的素材跟散文的素材不同，散文的素材跟小说的不同，小说的素材又跟戏曲的不同。我想把"屐达"写成诗！但写不出来，我就老放着，不是放在纸上，而是放在脑子里。一直等到去年纪念延安文艺座谈会二十周年的时候，我在一个座谈会上谈到我在东京时候常常失眠的情景，就忽然想起，这只木屐为什么对我有那么深的印象，因为我在东京失眠的时候总听到木屐的声音，那就是无数日本劳动人民从我窗户前走过的声音，也正是有着这声音的日本劳动者的脚步，给我踏出了一条光明的思路来！因此在我离开日本的时候，我对海上的那只木屐忽然发生了感情，不然的话，码头上什么都有，果皮、桶盖……为什么这只木屐会在我脑中留下那么深的印象呢？最后，我把我的中心思想定下来，定下以后，我想从我的女儿怎样喜欢木屐开始，就像我刚才说的那样写，但是我后来感到这样写没意思，因为我的失眠跟我女儿没有关系，她喜欢光脚也跟我的喜欢木屐没有关系，所以我就写我一个人看到了这只木屐。

淡金色的夕阳，像这条轮船一样，懒洋洋地停在这一块长方形的海水上。两边码头上仓库的灰色大门，已经紧紧地关起了。一下午的嘈杂的人声，已经寂静了下来，只有乍起的晚风，在吹卷着码头上零乱的草绳和尘土。

这段里写的"夕阳"是事实，因为时间确是傍晚。这个时候周围的气氛，也确是像我底下所写的"空虚"和"沉重"。在这个时候，就不能有什么"朝阳"或"东风"。我只写了"码头上零乱的草绳和尘土"，这一切都是非常暗淡的。

我默默地倚伏在船栏上，周围是一片的空虚——沉重，时间一分一分地过去，苍茫的夜色，笼盖了下来。

因为"沉重"，所以夜色也就一定要"笼盖"下来，就像扣在我的身上一样。

　　猛抬头，我看见在离船不远的水面上，飘着一只木屐，它已被海水泡成黑褐色的了。它在摇动的波浪上，摇着、摇着，慢慢地往外移，仿佛要努力地摇到外面大海上去似的！

　　啊！我苦难中的朋友！你怎么知道我要悄悄地离开！你又怎么知道我心里丢不下那些把你穿在脚下的朋友！你从岸上跳进海中，万里迢迢地在船边护送着我！

上面这一段，是我那天看见这只木屐时没有想出来的，等到我把中心思想定住之后，才把我的感情定住在这只木屐上，把这只木屐当作有感情的东西。的确，我离开东京时没有告诉我的朋友，说我是要回国，所以我说，"你怎么知道我要悄悄地离开？""你从岸上跳进海里，万里迢迢地在船边护送着我？"这是我假定它（我的朋友）在船边护送着我回中国来。然后在倒数第二段，就谈到这木屐的声音怎样从我窗前过去。

谈点读书与写作的甘苦

就这样，这清空而又坚实的木屐声音，一夜又一夜地、从我的乱石嶙峋的思路上踏过；一声一声，一步一步地替我踏出了一条坚实平坦的大道，把我从黑夜送到黎明！

这段里的"从黑夜送到黎明"是个比喻，就是说把我的漆黑一团的思想，送到光明。这就是这只木屐在我思路上起的作用。在末一段写我们每次去日本开会，有好多同去的朋友回来时总是带些日本的富士山的樱花纪念品。我在日本住过好多年，富士山和樱花我已不知看过多少遍了，日本朋友送我这种的纪念品，我总是又转送给别人，我还是买那些小玩具木屐回来，原因一半是我女儿喜欢它，一半是这个东西跟我有了感情。这篇文章写好时有二千多字，后来删掉一千五百字，最后只剩下现在的八百字，不能再短了！我竭力把思想集中在一点上，竭力把文章写简练一些，不过最大的原因，还是我这人不会写长文章。

第三个问题：我们都感到写篇文章开头结尾很重要，但是也很不容易，请您谈一谈这方面的体验，最好请您举例说明您的某一篇文章，原来是怎样开头结尾，后来是怎样修改的，为什么？

这个问题，其实在引用上两篇文章时都讲过了，但是最好的例子还是我写的《国庆节前北京郊外之夜》，这篇文章写成这样子我是没想到的。下面是它的开头：

> 这是一个宁静柔和的夜晚。我们在西郊动物园出租汽车站棚下的一条长凳上，坐着等车。

这篇跟前面写的两篇背景都不一样，不是"朝阳"也不是"夕阳"，而是"一个宁静柔和的夜晚"。"我们"是谁呢？就是和我好几年没有见面细谈的一个小朋友，这个孩子从小在我家里，后来她到解放区了。多年不见我们有好多话要讲。那天是她休假的头一天，正巧是我的生日，她到我家里来，我们又进城去吃了饭又喝了酒。到了分手的时候，我说你回去吧！她说不，我送你到动物园，到了动物园，我们还舍不得就走，于是就坐在出租汽车站窗外的长凳上说话。这篇文章本来可以写到这个孩子身上去，可以写到抗战时期那一段生活中的许多许多事情，……但是我没有那样写，因为焰火放起来了，放焰火的时候，正巧有几个坐在那里的外国学生，引起了我的注意。这也是跟我参加国际活动有关的。西郊有个外国语学院，里面有好多非洲学生，我听他们讲话好像是喀麦隆和阿尔及利亚的学生，因为非洲有三个白种人的国家，就是阿尔及利亚，突尼斯和摩洛哥。而喀麦隆人的皮肤是黑色的。在这里发生的事情，使我感到亚、非、拉等国家的人民，在我国首都北京，就会受到无微不至的关怀，连这位汽车站的调度员也对他们特别关怀。记得有一次，我在广东深圳送一位亚洲国家的朋友出境，离别时她哭了，她说：一离开这个车站，人们就不会把我们当人看待。我就想，我国对外政策是多么正确，我们认为国家不论大小，都是平等的。而且我们还特别同情他们，关怀他们，支持他们。因此，文章就从这里写起，把前面所想说的话都砍掉了。写这样的故事的时候，你要给放花预备一个适宜的衬托，焰火是非常光明灿烂的，它需要一个非常宁静的背景，因此我就着力描写周围的那些景物。

这夜是这样的宁静、这样的柔和。右边，动物园墙外的一行葱郁的柳树，笼罩在夜色之中，显得一片墨绿。隐约的灯光里，站着一长排的人，在等公共汽车，他们显然是游过园，或是看过电影，微风送过他们零星的笑语……

"墨绿"是说天色还不那么漆黑，绿色还看得出来。"站着一长排人，在等公共汽车"，说明我们为什么坐在长凳上等小汽车，是因为等公共汽车的人很多，我们挤不上了。"微风送过他们零星的笑语"，这是衬托，写北京人民快乐的文娱生活，这天有点微风，他们说话都能听到。这些人或许去过动物园，在那里欣赏什么鸟兽，或许看过电影，在那里说笑。这是我们的右边。去过动物园的都晓得，汽车站长凳上坐着等车的人，脸是朝西的。

　　　　左边，高大的天文馆，也笼罩在夜色里，那
　　　乳白色的门墙倒更加鲜明了。从那幽静的小径
　　　上，我们听到清脆的唧唧的虫声。

"虫声"在热闹的时候是听不见的，只有在安静的时候才能听见。这里虫声是衬托安静的。

　　　　月亮从我们背后上来了。前面的广场上，登
　　　时洒上层光影。天末的一线的西山，又从深灰色
　　　慢慢地转成淡紫……

"月亮从我们背后上来了。"因为我们面朝西，所以月亮是

从背后上来。

这时出租汽车站的窗外，又来了几个人，听到他们的说话的口音，我们回头一看，原来是三个外国学生。两个女的，皮肤白些，那一个男的，皮肤是黑的。他们没有坐下，只倚在窗外，用法语交谈，我猜想他们是喀麦隆和阿尔及利亚的青年。

喀麦隆和阿尔及利亚从前都是法国的殖民地，所以他们交谈时只能用法语。

忽然远处西边的树梢上，哗哗地喷出一阵华光，一朵朵红的、绿的、中间还不断爆发着灿白的火星。"放花了！"我们高兴地叫了起来。接着是一阵又一阵、映得天际通明……

试放焰火多半是在石景山那边，我们在西郊看得很清楚。

那一个包着花头巾的女学生走了过来，用很熟练的中国话问："今天是一个节日吗？"我说：

　　　　　　　　　　　　　　记事珠

"今天不是节日，我想他们是在试放国庆日晚上的焰火。"她点了点头笑着就走回他们群里去。

我看见那一个穿深色衣裳的女学生，独自走到月光中，抬头看着焰火，又低下头，凝立在那里，半天不动。月影里看到她独立的身形，我自己年轻时候在异国寄居的许多往事，忽然涌上心头。"她在想什么？在想她的受着帝国主义者践踏的国土？在想她的正在为自己的自由幸福而奋斗着的亲人？她看到我们这一阵阵欢乐的火花，她心里是什么滋味？"我的同情和激感，像一股奔涌的泉水，一直流向这几个在我们"家"里作客的青年……

两道很亮的车灯，从西边大道上向我们直驶而来，在广场上停住了。调度员从屋里出来，走到车边，向着我们微微地笑了一笑，却招呼那三个外国青年说："车来了，你们走吧。"他们连忙指着我们说："他们是先来的。"我们连忙说："我们不忙，你们先请吧！"他们笑着道了谢，上了车，我们目送着这辆飞驰的小车，把他们载到天际发光的方向。

"两道很亮的车灯，……把他们载到天际发光的方向"这一段我又把方向改了一点。石景山是在车站的西南方，外国语学院应该是在车站的西北方，但是无论如何这辆车是往西走的，我这样写，是因为我要把他们送到"天际发光"的方向。反正往西走，虽然他们没有上石景山去。下面是这篇文章的结尾：

> 火花仍在一阵一阵地升起，调度员和我们都站着凝望，大家都没有说一句话。渐渐地焰火下去了，月亮已经升得很高，广场周围，深草里，又听到唧唧的虫声。国庆节前北京郊外之夜，就是这样地柔和，这样地宁静，而我的心中，却有着起伏的波涛一般的感动⋯⋯

根据以上所说，可以了解文章应该如何开头结尾，也可以了解我之所谓剪裁。总之，文章的开头结尾，一定要有关连，过去老师教给我的"起承转合"，我想这种结构方法还是对的。起的时候，如果跑野马似地拉不回去，那就真正成了散文了。你说了半天的话，最后还得把这话头拉到正题上来，还得找一句比较有力的句子把它收煞住。开头和结尾怎样才能扣题？据我的经验，构思的时候要围绕着题目去想，不要跳着想，要是发现思路离开了题目，那就赶紧收回来，我觉得就只有这个办法。比方《国庆节前北京郊外之夜》这篇文章，我注重的是写亚非国家的青年学生，在我国怎样受到无微不至的关怀，因此与此无关的事情我全去掉，只抱定这个题目不放。至于剪裁，最要紧的一点是去掉与文章的中心思想无关的东西。例如在这篇文章里我前面所说的那一大段我都不要了。至于那几个非洲留学生走了以后，我们是什么时候走的，我们还谈了些什么，我跟我那位小朋友谈到我当时的感想没有，这些也都没有写进去。这篇文章写完了以后还没有题目，后来才从文中找出一句话："国庆节前北京郊外之夜"作为题目。我是不大喜欢用长题目的，我觉得长题目太罗嗦，文章那么短，题目这么长，不大相称，但是也没有别的适宜的短题目，就这样用了。

第四个问题：请您谈一谈运用语言（包括选择恰当词汇和句式等等）的经验。

这个问题提得非常好，但是我所能回答的，我愿意回答的，也跟古往今来有写作经验的人差不多，就是"勤学苦练"四个字！至于怎样运用词汇和句式，我感到也没有别的路子，不但是写作，就是绘画、雕塑、表演……一切一切属于文艺的行业，也都只有靠"勤学苦练"。这是各行各业的前辈都讲过的话，我虽然不大愿意重复，但也不能不重复，因为它实在是经验之谈。从我自己的写作经验来说，再也没有什么捷径可找了。我们"作协"的一些同志，常常收到一些年轻人和中学生、或者大学生的来信，说我们愿意做一个作家，请您介绍有什么速成的办法，可以使我们很快地掌握写作的技巧。关于这个问题，赵树理同志曾写过好几次的公开信。我看了他写的，也跟我要写的差不多，也就是说关于写作技巧除了勤学苦练以外没有别的办法。你能不能成为一个作家，先立下一个雄心大志吧！这也是对的，但是不是说你立了雄心大志再想法找个捷径，就能够成为一个作家，我觉得这还有待考虑。古今中外的作家，有好多开始并没有想当一个作家的。拿我自己来说吧，我当初就没有想当一个作家，我那时还认为写写文章有什么了不起的，我愿意学理科，并且已在开始学了。在中学的时候，我的功课理科比文科好，因为我不喜欢作文，这也跟我的老师有关系，他不能引起我作文的兴趣，我的作文老师是前清的秀才，出的题目都是四书五经上的，非常的抽象，叫人不知从何说起。我从小没进过小学，一到北京就考中学（就是现在的女十二中)。考的时候别的科目都没有，只做一篇作文，题目是"学然后知不足论"，那时我才十二三岁，怎么懂得"学然后知不足论"的道理呢？但是我也会勉强做，因为我在家塾里学的就是那一套。我家里请了一位私塾先生，不是为我请的，而是为我的堂哥哥们请的，我没有姊妹，因此从小就跟男孩子们一块学习，由于我小时爱看书，据老师说我的文章比堂哥哥们都写得好。像什么"学然后知不足论"、"富国强兵论"等等文章我都做过，所以一考就考上了。考进以后，文科都没问题，但是数学什么的就把我难住了。当时我只会二位数的加减乘除，因此就很感苦恼。我觉得理科比文科难多了，什么历史、地理只要是用中国文字写的我都不怕（因为我从小就有背诵的习惯，只要是好的东西我就背下来，直到现在我还是喜欢背诵）。我把精力都放在理科方面，什么代数、几何、三角，……尤其喜欢几何，因为我父亲是学航海的，他常常告诉我，对于学航海的人三角、几何都非常重要，所以我也就很喜欢这些学科。谈到作文，我当时还有一些额外负担，我不但自己要作作文，还要帮别人作文，因为那些胡诌的作文，可以夸夸其谈，不着边际，写起来非常快，只要什么"之"、"乎"、"者"、"也"搞对了就行。同学们知道我作的快，就"利诱势迫"，有的给我买点炒栗子，有的给我买根糖葫芦，这些食物对我的诱惑力很大，我有时候同时写它两三篇，老师对我很头痛，可是他还是说我文章作得好。有一次他给我的作文评了一百二十分，卷子送上去，教务处不知如何平均，就对他说分数最高是一百分，他说这篇文章写的实在好，我一定要加她二十分，但是对这种作文，我就倒了胃口。当时老师在班上讲的古文，差不多都是我念过或看过的，我根本不好好听，就在班上看小说，作数学。当时我只注重理科，想学医。因此我在大学里，是理预科的毕业生。五四运动起来了，我正巧是学生会的文书，要做宣传工作，写宣传文章。理科的功课是不能缺的，一缺就补不上。我缺课很多，由于经常写文章，在报纸上登载，对于创作慢慢地喜欢起来，就改学了文科。这是我自己的情况。至于别的作家，还可以举许多例子，我相信鲁迅先生当初也不是想做作家的，后来由于经常写文章，也就成了作家了。现在的中学生，要当一个作家，还想找捷径，从我的经验里看，是没有什么捷径可找的，因为无论是一种脑力或是体力劳动都不是变戏法，就是变戏法，那也得有材料。比方小孩玩积木，木头越多，摆的花样就多。一块积木摆不出东西来，两块就有了对立面，三块可以搭个过门，四、五、六块就更好，可以摆个比较复杂的东西了。拿词汇来说，你没有积累到相当多的话，就没法挑选，因时因地制宜地把它放在适当的地方。比方"风"，你只知道"狂风暴雨"，当然不能到处都用它，所以要解决词汇和句式问题，首先要多读书，多看点东西。书里面好的句子最好抄下来。例如《三国演义》里面的句子，到现在我有时还把它抄下来，如我刚才举的《尼罗河上的春天》一文里，我就偷了《三国演义》里一句话，大家看出来了没有？《三国演义》在四十九回里七星坛诸葛祭风一段，写的有声有色：

众兵将得令，一个个磨拳擦掌，准备厮杀。是日看看近夜，天色清明，微风不动。瑜谓鲁肃曰："孔明之言谬矣，隆冬之时，怎得东南风乎？"肃曰："吾料孔明必不谬说"，将近三更时分，急听风声响，旗幡转动，瑜出帐看时，旗带竟飘西北，一霎时间东南风大起。

我十分欣赏这段的有力的描写，就把它偷到这篇文章里了，我说："河的两岸，几座高楼尖顶的长杆上，面面旗帜都展开着，哗哗地飘向西方，遍地的东风吹起了。"我常常抄袭，就是说模仿别人的好句子。西方有一句话：模仿是最深的爱慕。

刚才休息的时候，大家反映说：我讲时有一种"亲切"之感。老实说，我就是靠这个"亲切"来的，因为我说的都是自己的经验。我小时候看书，是逼上梁山的，哪个小孩子愿意整天坐在家里看书呢？实在是因我小时候太寂寞了，我是两头够不着，我的弟弟们都比我小很多，堂哥哥们都比我大，起码的都是大我五、六岁，我就在半空中悬着，他们和我都玩不起来，那时我们住在海边，邻居也不多。去年十月号《人民文学》上不是有我的一篇《海恋》的文章吗？就是描写我小时候的情况的，我为什么爱海，就是因为我一看到海，就想起我小时寂寞中的"朋友"。在海边生活的我，天气好的时候还可以出去走走，天气不好的时候就只得坐在家里看书，那时又没有专门给小孩看的书，于是我抓到什么书就看什么书，连黄历之类的东西我也看，而且非常喜欢看。从前黄历后头有什么"万事不求人"，在每一个日子下面还有什么"不宜动土"、"不宜出行"之类，从这里头我可以看出很多故

记事珠

事来。直到现在，我写文章时用的句子还有从那些杂书里头来的，所以过去我的老师说我的学问是三教九流式的学问。但是我认为爱看书是有好处的。举个词的例子说吧，比方刮风下雨，我在报上看到有关于十二级风的解说，这十二级风的形容词都是不同的，我没有全记下来，但今天也可以说一些，比方：细风、和风、微风、轻风、凉风、朔风、春风、秋风、狂风、天风、雄风、黄风，……你把这些词汇掌握之后，在种种不同的风上面，你就可以写上一个形容词了。有时风很大，但是好的风，就不能用不好的形容词。比方说很大的东风，你能说是狂风、暴风吗？大风一定要有一个很雄壮的形容词，你登上万里长城时，你所受的风，就可以称为"天风"，古文上也有什么"大王之雄风也"等等，所以"风"往好里说有好的字眼，往坏里说有坏的字眼。同时也要看季候的不同，你的心情的不同跟周围环境的不同，而使用种种的词汇。讲雨吧，也有好雨、细雨、大雨、狂雨、骤雨、苦雨、山雨等等，在什么时候用什么词来形容雨，你都应该想到。要说捷径的话，这里可以说有个捷径，就是有些工具书是可以拿来当闲书看的。记得我从父亲书架上翻到一部《诗韵合璧》，在风字和雨字底下，有形容各种风和雨的词汇。我到现在还爱看像《辞源》一类的书，没事就拿来消遣。还有就是深入生活，多跟各种人谈话，熟悉人民的语言。我们跟人谈话的时候，可以发现有的人说话非常俏，有的人说话非常幽默，有的人说话非常简短有力，有的人说话非常清楚有条理，有的人说话非常美，这些都是我们作文时很好的材料，说话的艺术虽然是不大容易学得来的，但是学不来总可以抄得来的。我们要多注意周围发生的事情，经常注意人的谈话，最好身边带一个小本子，看书看报或听人谈话，有一些好的你就赶紧把它记下来，这当然不是现买现卖，而是你所积累的财富，这本子就好像是你的存款折子，存折上的财富愈多，你手头就愈宽裕，用起来就方便了。还有一个很好的看书方法，对我们在职干部来说是有用的，就是在你手边和枕边，常常放几本古典的散文或诗词。为什么说古典的呢？因为今人的一些好的词汇有不少还是从古典书里来的。我前面说过，我国是个有很好的散文传统的国家，在我国最好的文章里头，除了诗、词、歌、赋、戏曲和小说之外，差不多都是用散文体裁写的。我们自己每人天天在那里写散文，比方说书信日记等也都是散文，就是小学生也在那里写散文，如什么游记等等。总之，我们中

记事珠

国的散文是很多的。我们做工作难免有累的时候，或者因为其他什么原因睡不着觉，那你看点古典散文或诗词，就非常的合适，这种文章又短，随时可以放下。在这里，我还想说，要想把文章写好，首先要热爱我们祖国的语言文字。我们祖国的语言文字的确可爱，我常常想假如我不是中国人，看不懂中国的文学作品的话，那真是太遗憾了。我有时陪一些外国朋友出去游览，看见好景忽然想起一句好诗，我就想说我们中国有句好诗，但是因为翻不出来也就把它咽了回去。我想他们要是中国人那该多好。在这一点上，我特别喜欢朝鲜、越南和日本的朋友，因为你写出的汉字他们都懂，有的老先生他们对中国文学比我们还熟悉。日本朋友在道别的时候常常说："劝君更进一杯酒，西出阳关无故人"，他念的虽不是汉语之音，但是他们写出来给我们看的时候，我们非常高兴，相视而笑，莫逆于心。我常常在手头和枕边放些中外的文学短篇，现在看的是《一千零一夜》，这是小时看过的，我们常常和阿拉伯国家朋友来往，他们常常提到《一千零一夜》里面的故事，你要是对于书里的故事一点不了解的话，那就没有共同的语言了。我们这样忙里偷闲，随随便便地零零碎碎地看也可以积累很多材料。我们看到有很多好句子和好字眼，可以随手摘写下来，因为经过书写一遍，更可以帮助我们记忆，也可以帮助背诵，我们从背诵文学作品里，可以得到很大的快乐。因为在你生病的时候，或者其他原因不能看书的时候，如果你能背诵点什么，那你会感到很有意义。苏联第二个宇宙飞行员季托夫，在他写的报告里，说上天以后，我看见许多星星，就像嵌在黑绒上的点点光明，我就想起莱蒙托夫的一首诗：星星对着星星在说话。我看报看到这里就想，假如我飞上天空的话，我看到宇宙中的奇景，我会想到中国文学作品中那一个好的句子，因为当时整个天空就只你一个人，你不能跟谁对面说话，你就可以把这些文学财富都带上天去。我常常想，现在我们中国的少年儿童，要是不多读点文学作品的话，将来他去做个宇宙飞行人员，也许会感到寂寞的。以上说的是要看一些短的文章。下面再谈读长的古典文学作品，如《三国演义》、《水浒传》、《红楼梦》、《西游记》等等，说来说去仿佛就是这一些，其实古典小说里面最好的也还是这些。我的朋友郑振铎先生，他有好几百部这样的章回小说，有一年，我生了好几个月的病，病榻无聊就把这几百部书都借来看。浏览一遍以后，感到还是这几部书最好。像这类书，常常放在手边，不怕重看。这一点我们应该跟儿童学，儿童就喜欢你跟他重复地讲一样的故事。我记得我的孩子小时候就爱听"三只小熊"的故事，今天讲，明天还要讲，我说你听过了，她说听过还要听，她不但听，你要说错了她还替你纠正。我说那些书我们应该重看，一来是重看时不用太费脑力，二来因为这些书里面的语言非常生动，重看了记住了以后，对我们写文章就有很大的帮助。就拿《老残游记》上白妞说书那一段来讲，作者把白妞出来的那种台风写得多好，白妞衣着朴素，风度非常稳静、大方，写了这些，然后描写她开口唱，一阵高过一阵等等，《老残游记》里有许多糟粕，但是我却挑出这一段看了好几遍。西方作家谈到文章的风格的时候，第一种谈法是"文如其人"，这个人是什么样的一个人，他写出的东西就是什么样的东西。这句话我们都承认，要不然怎么会百花齐放呢！李白、杜甫、元稹、白居易、韩、柳、欧、苏，每个人的文章风格都不一样，因为他们每一个人的一切都不一样。关于风格的第二种说法是：最好的词句放在最好的地方，就变成一种风格了。不必说远，就拿近代的人写的散文来说吧，刘白羽的散文就和巴金的不一样，杨朔的又跟秦牧的不一样，郭风的又跟柯蓝的不一样，各人有各人的风格，用字造句都各有不同。因为每个作家都有他自己的风格，我们就要多看、多读，来扩大我们词汇的领域。有人说你给我介绍一些作品吧，我说这很难，因为我喜欢的，你不一定喜欢，只有多看，才能有个比较，才能看出一篇文章好处在那里。中国谚语说"不怕不识货，就怕货比货"，你看多了，就会分辨出好坏来。我还觉得要想写好文章的人，最好能把词句变成你的精兵，用兵的时候，做到指挥若定，使每个字都能听你的指挥，心到笔到，想写什么就能够写得出来，这是不容易的。你的工具若是不熟练的话，它就不听你的调动！谚语又说"熟能生巧"，不熟就不能生巧。但是"巧"是不是做不到呢？我说不，能做到，我自己没做到，至少我希望在座的同志能做到，我相信能做到，因为文学历史上已经有许多人做到了。

第五个问题：我们阅读作品时，不能深入地真切地体会作者所表达的意思，请您举例说明应该如何阅读作品，如何去体会作者的意思。

我们对某一篇作品看不懂，不能体会，有两方面的原因：①作者写不好文章的话，我们就不会看懂，或者这篇文章里没有说清道理，莫名其妙不知他说些什么东西，你也不会看懂。有的作者的文笔很晦涩，或是文不对题，这种文章我们也看不懂。所以说自己看不懂的时候也不要把自己的理解力估计得过低。②反过来说，那就是我们没有细读。我自己看文章总是先看题目，因为写文章的人总是要发挥与题目有关的内容，按着题目去体会内容是一种办法。再就是要去了解作品的背景，包括作者的创作环境、思想和社会背景等等，看古今人的作品都是这样。为什么同一个题目，这个人写起来是那么欢娱，那个人写起来是那么忧郁，我们想知道原因，就必须了解他的背景。所以我们教课的时候，就常常给学生讲作者的生平和作品的背景。比方李后主的词："帘外雨潺潺……独自莫凭栏，无限江山，别时容易见时难，流水落花春去也，天上人间。"他为什么说"无限江山"呢？那时皇帝是坐江山的，他是亡国之君，所以他说"独自莫凭栏，无限江山，别时容易见时难"，江山一丢就再也回不来了。别人写"梦里不知身是客"的时候就不会像他这样写法。我们拿过一篇文章来，先看这文章是谁写的，什么时代人写的，他在什么时候写的，有什么背景，能这样的话，就比较容易看懂它。这是我自己的经验，我就只能说到这里。

1963 年

写作经验琐谈

我非常感谢函授学校，因为它给了我这样一个好的机会，来和大家见见面。我不是来讲课，我是来答辩。在学校里答辩的时候，顶多有十几个老师。今天在我面前的却有一千多个老师，所以心里很紧张。可是，是个学生总得要见老师的。现在我就尽自己的所能，来回答老师们提出的问题。请老师们批评指教。

我先念一念大家所提的关于"写作问题"的十个问题。

1. 怎样确定文章的题目? 确定题目时应该注意哪些问题?

2. 怎样确定一篇文章的中心意思（主题）? 怎样围绕中心意思来写?

3. 怎样根据文章的中心意思取舍材料?

4. 怎样使文章的结构谨严而不松散?

5. 怎样把一件复杂的事情有条有理地写清楚而又简

　　　　　　　　　　　　　　　　　记事珠

冰心在进行创作（摄于 1956 年）

明扼要？

6.怎样把文章写得生动活泼而不平板？

7.在一篇文章中要列举许多事实时怎样避免记流水账的毛病？

8.怎样把文章写得简短？

9.怎样修改自己的文章？

10.怎样练写作基本功？

这十个问题，如果离开具体的文章，说实话，我一个都答不上来。我想，最好的回答办法是拿出自己的作品来作分析。如果拿别人的作品，他是怎么构思的，怎么取材的，取的是什么，舍的是什么，我都不清楚，不好讲，所以我就拿了我自己的作品。这并不是说我的作品好，而是说作品为什么写成那个样子我自己清楚。

这十个问题，我把它分成两个部分。第一部分讲第一个到第九个问题，第二部分讲第十个问题。

前面说过，我讲的时候要拿自己的作品来讲。现在就先讲我是怎样写《咱们的五个孩子》的。关于这五个孤儿的事情，《北京晚报》一月八日有过报道，题目是《他们虽然失去了父母》。《人民日报》一月十一日也有过报道，题目是《孤儿不孤》。当我接受了《人民文学》编辑部给我的任务以后，心里有三种顾虑：首先，报告文学要写新的东西，如果人家都已经报道过了，你再来重说一遍就没有多大意义了，而且那两篇文章都写得很好；其次，我感到"孤儿不孤"在我们中国新社会里不是一件新奇的事情，似乎不必重复地报道，因为在我的周围就有好几个孤儿都是在党和政府的照顾下上学就业的；第三，这样多的宣传，这样多的关怀，像春雨似地洒到孩子们身上，会不会使得他们觉得自己很特殊，有了飘飘然的感觉。我心里是有这些顾虑的，但是结果我还是去采访了。采访，写报告文学，在我还是头一次。写这篇报道的时候，我就把我的这些想法写出来，作为文章的开头。第一次去的时候，是先到街道办事处看那位田迈琴同志。后来又到了孤儿的家里，看了田大婶。就是那位街道积极分子田淑英。第二次，是去看看孩子们所在的几个学校，跟每个老师谈了一些话。又看了服务站的那位陈玉珍同志。先看什么人，后看什么人，我并没有按着看的次序来写。我写这篇文章的中心意思，不只是说明"孤儿不孤"，不只是觉得一个孤儿在中国做到不孤，有吃的有穿的就完了。我写这篇文章的中心意思是：在我们中国，有些孩子尽管失去了父母，但是在党和国家的关怀之下，在周围人们的关怀之下，还要把他们培养成建设事业的接班人。所以我在想题目的时候，就觉得不能再用"孤儿不孤"这个题目。有个相声，题目叫《举目皆亲》，也很好，但也不能表达我上述的意思。《咱们的五个孩子》这个题目是从哪儿来的呢？我是怎样抓住这个题目的呢？那是在我去访问陈玉珍的时候，她称那几个孤儿为"咱们的五个孩子"。我觉得这句话非常好，非常亲切。"咱们的五个孩子"，就是说他们是咱们大家的五个孩子。咱们不只是照顾他们吃、穿、上学、上班，还要想到怎么样培养他们成为接班人。因此，我就拿这个做了题目。在写的时候，我就把陈玉珍作为第一个对象，头一个从她那儿拜访起。实际上我们第一次去拜访她，她不在服务站里，我把这个事实就省去了。

我们拜访过的人很多。比方说，到办事处去，不但看见了田迈琴同志，还有办事处主任张景星同志，他也同我谈了很多话，也替孩子们做过许多事情。过年的时候，他还去替孩子们包饺子。到田大婶家去的时候，就更热闹啦。要都写，那真要写成一篇很长的流水账。因为他们家是个大杂院，十四家人家住在一起，家家都替孩子们做过一些事，田大婶也都提到过。同时，田大婶还同我谈到她自己。她也是个孤儿，是她父亲的一个朋友收养了她。有个坏人要她父亲的朋友出卖她，她父亲的朋友很生气，跟那个人打了起来。这些事要都写进去，就会喧宾夺主。我到学校里去的时候，不但去看了老师，还看了校长。校长谈话的范围就更宽了，不但谈到这几个孤儿，还谈到学校里的其他孤儿，不但谈到老师对孤儿的关心，还谈到同学们对孤儿的关心，还谈到他们怎样组织以孤儿为中心的队日活动。这些材料在我的笔记上，已经写了小半本了。此外，我还从办事处拿回来人们给孤儿们写的一些信，是从全国各地寄来的。那些信，写得真叫人感动。写文章的时候，我就想，这么多的材料，怎么办呢？怎么样才能写得不那么拖泥带水呢？唯一的办法，就是凡是同孤儿没有直接关系的事都把它丢掉。要是实在舍不得丢掉，就留下作为副产品，在别的文章里再写。有些即使同孤儿有关系的，也把它总起来说，不把它分开说。就是那位陈玉珍站长，她同我谈的时候，也不只是谈五个孤儿的事，还谈了她自己的事，她站里一些人的事，我就全不写了。连她们所谈的替孤儿做这做那的一些事，我也省略了很多，我着重写的是最后的那一段，就是陈玉珍从孤儿家拿了活回来之后这一段。为什么呢？因为题目是从这一段里拿出来的。陈站长不是从孤儿家拿回了许多活儿吗，她担心大家忙，做不了，所以她说："我又拿回这些不算工钱的活儿来，一时做得了吗？等我一回到站，大家果然就问，这是哪家的这许多活儿呀？我一面打开包袱，一面说：'是咱们的五个孩子的。'大家一听，二话没说，就都忙起来，一个人洗，九个人补，很快地就给做完送去了……"我就着重在这一段。因为我的文章的题目是从陈玉珍的嘴里说出来的。

同田迈琴同志的谈话写得最多。为什么？这就是我前面说的孤儿不孤这件事在我们新社会不算新奇。田迈琴告诉我："这个办事处底下有三十个居民委员会，经管的是这一地区居民的卫生福利事业。这些户里的老、弱、病、残，从解放后，就一直是政府照顾下来的。这一区里孤儿就有三家……"我们现在所说的这么些事情，其实不过是一个居民委员会底下许多户里面一户的事情。那么就可以想到，全国在政府关怀之下的人是有多少了！

关于田大婶，她有八个孩子，大的一个是解放军战士，一个是模范公安人员。要是说起她这一家人来，也是有许多可以提的；但是我着重写的是田大婶所介绍的孤儿的父亲这一家人家的过去。还有她们院子里各户人家的新旧对比，这里我只留下两件事情。就是田大婶所说的：

　　　　　　　　　　　　　　　　记事珠

"我常常对孩子们说，'旧社会那种苦，你们可真是没法想。连你父母从前的苦境，你们都不知道，更不用说别的了。我们这院子里从前有个老头子，单身一人，一天早起，我们发现他爬在门口雪地里，死了，巡警阁里来了人，拉出去也不知埋到哪里，还不是喂了狗了！这院里还有一个孩子，出门玩去，就让人拐跑了。你们说那时候我们这些人就没有同情心吗？那时候这里是个人吃人的世界，自己死活都顾不了，还顾得上别人吗？你父母要是死在解放前，你们兄妹五个，现在已经不知都到哪里去了！大的学坏了，流落了，小的让人拐了，卖了，折磨死了，有谁管呢？感谢党吧，感谢毛主席吧，忘了这些，你们死去的父母也不容你。'"田大婶说这一段话的时候，我很受感动。所以特别把这一段写进去了。田大婶同孤儿住在一个院里，她知道有许多人来看孩子们，她说的人很多。但是我不能都写进去，都写进去又成了流水账了，所以我就把送东西的，给孩子们做事的，都放在后面总起来写了。我只写了一个解放军同志，一个理发师，谈到一个工人的时候，我就把话掐断了。实际上田大婶还是说下去的，我就没有让她说了。我写的时候是这样写的："还是一位工人……"底下田大婶没有说完，就说："这时候院子里响起一阵孩子说笑的声音，田大婶望一望窗外说，'同山在厂里，同义在幼儿园，中午只有同庆姐弟三人回来，我们到他们屋里去坐坐吧。'"因为再写下去，故事恐怕就会重复拖沓了。我把许多人替孩子们做过的一些事，都搁在写孩子们房间里的摆设时来写。我是这样写的："我们拉着孩子们的手，一同走进一间朝南的屋子，大玻璃窗外透进温暖的阳光。屋里四平落地，床上被褥整洁（这是街坊们帮他们洗的），墙上挂满了相片和年画（这是许多人送给他们的），桌上堆满了书（这也是人家寄的）。中间墙上是一幅毛主席的挂像，他的深沉的眼光，仿佛时时刻刻在慈祥地注视着在这屋里劳动、学习、睡觉的几个孩子，也慈祥地注视着到这屋里来的，给孩子们包饺子、送元宵、挂花灯、送年画的一切人。（包饺子是张景星同志，送元宵是一位解放军同志，挂花灯、赠年画是两个少先队。）他的慈祥的目光也注视着这屋里新发生的令人感奋的一切。"我就把这些事都归并到这里来写了。

我前面提到担心这样多的关怀，会使得孩子们特殊化的问题，访问了许多人之后，我感到我的担心是多余的，我这样写："在我和办事处干部田迈琴，街道积极分子田淑英谈过以后，我感到我的担心是多余的：等到我访问了孩子们的工厂领导人、学校和幼儿园的老师，看过了许许多多封的来信——特别是少年儿童们的来信，我彻底感到我们的在党和毛主席教导下的广大人民，是懂得怎样关怀我们的接班人的成长的。"下面是照着他们弟兄排行的次序往下写的。第一个是说看到他们的大哥哥周同山。其实我先去的是崇文区，那几个孩子的学校和幼儿园都在崇文区，后来才到周同山的那个工厂去的。我因为怕那样一说就乱了，所以先从大哥哥写起。底下写的是同庆，这里我着重写的是："同庆的老师、文昌宫小学五年级班主任张少华，她是从同庆的母亲死后就对她特别关怀的。"然后是写同来。同来是五个孩子中最淘气的一个，非常爱动、敏感。同来的那位老师，非常严格、细心。在教到《一个孤儿的回忆》的时候，怕同来难过，他先把同来叫到一边，告诉他新旧社会里的孤儿是如何的不同。在孩子的事情登上报以后，他又跟同来说："上报的'光荣'不是你的，应该归于党，归于毛主席，没有新中国就没有你们，你应该更要好好学习，天天向上。"小同贺的老师叫李和平，是二年级级任，年纪很轻，对小同贺特别关心。还有小同贺的一年级的老师周秀文，我也写上去了。

　　我写这篇文章，还得感谢《人民日报》、《北京晚报》

的记者同志们，因为有的人如法华寺小学的老校工，我没有会见过；还有周同山的日记，我也没有看到，是从《晚报》的报道里抄来的。我应该感谢他们。

底下讲到孩子们的来信，"孤儿们收到的信件，我看了有上百封，不止一次地我流下了感动的热泪。这里面最使人感动的是少年儿童们的来信。从这些信里，我看到了我们的党对下一代人的教育的成果，我看到了我们祖国和全人类的前途和希望！"我为什么着重这两句话，因为从孩子们所写的信中，能够看出他们是受到了党的教育，才能写出这样的信。能写出这样的信的孩子，是可以培养成我们的很好的接班人的。这是我们祖国的希望。我是有点自豪。我们国家有这么多的人口，有这么好的教育，对全人类也会有很大很大的好处。

最后我的注意力是放在这上面：这么多人关心这五个孩子，这五个孩子自己怎么样呢？他们是不是能不辜负党和政府以及周围的人们的关怀呢？他们拿什么来表示呢？我就写了以下的一段。这对孩子们是个鼓舞，对关心他们照顾他们的人是个安慰。我是这样写的："要知道咱们的五个孩子，对于党和政府以及周围一切人们的慈爱和关怀，是怎样感谢地接受，而又怎样地像一面明朗晶莹的镜子一般，把这温暖的阳光反射出来，映照在周围的人们身上，我们不能光看他们给人们写的感谢信，我们要看他们怎样地以实际行动，来表示自己没有辜负党和政府的培养关怀。"小同庆送纸给唐金增，是张老师告诉我的；周同山给人家送回钱包，他在日记里是这样写的："……我跑到那里找到了失主，她表示非常感谢我，她问我住在哪里，叫什么名字，我说了一句：'住在北京'就跑了回来。因为，在我们首都北京，在我们全中国，这种助人为乐的事太多了。"用孩子自己的话，比我说多少话都有力量，所以我就偷了一个懒，我说："孩子们把话都说尽了，我还有什么可说的呢？"正巧这篇文章要在《人民文学》六月号发表，六一是国际儿童节，最后我就借这个机会向这几个孩子说出我的祝愿。这就是《咱们的五个孩子》写成的经过。写这篇报道，我看了许多材料，《人民日报》、《北京晚报》的报道，相声《举目皆亲》，《中国妇女》外文版等的材料我都看了。不算采访和看材料的时间，光写约摸写了两三天。写出来的初稿有一万五千字，后来把像流水账的东西去掉一些，发表的时候不到九千字。

下面讲怎样写《走进人民大会堂》。

同志们想必都到过人民大会堂。这是一个很大的题目，很不容易写，使人感到不知道从哪儿写起。走进人民大会堂，简直是目迷五色。外宾们参观人民大会堂的时候，都非常惊奇，非常羡慕。我第一次去参观的时候，人民大会堂还没有完工，我们是从西门进去的。进去以后，听一位同志作了情况介绍，介绍虽然简短，但也是包罗万象：什么时候设计，什么时候施工，得到多少地区和单位的支援，出了多少模范人物，而且还有许多建筑方面的术语。遇见这样的题目，从哪儿下手呢？根据我的经验，就是从"初念"下手，就是写你的头一个感觉，所以我还是从我的第一个感觉写起。

在这次参观以前，虽然没有到里面去看，可是从天安门前走过，我们就看到冰里、雪里、风里、雨里，有许多工人在那里平地，搭脚手架，搬运材料，紧张地劳动；等到进去以后，忽然看到这么一个出人意外的庄严美丽的大会堂。这个强烈的惊喜，是你的一个初念。但是，这个初念，也不能没有个中心。这个中心是什么呢？就是说，这个奇迹是总路线的产物，是"鼓足干劲，力争上游，多快好省"的产物；要不是这样，就不可能在十个月之内出现这么一个人民大会堂。我就是照着这个中心写的。我一走出人民大会堂，这篇文章的轮廓就有了。没有去掉什么，也没有增添什么，文章写好之后只是改了几个字。就用文章里的第一句话做题目。因为如果光说"人民大会堂"，或是"记人民大会堂"，我觉得都不能表示出我当时当地的那种感觉。文章写好以后，我想不出题目来，就用了文章里的第一句话，就是《走进人民大会堂》。

> 走进人民大会堂，使你突然地虔敬肃穆了下来，好像一滴水投进了海洋，感到一滴水的细小，感到海洋的壮阔无边。

这是说进去之后，感到人民大会堂是那么大，感到自己是那么小，在这时候，你就产生一种非常虔敬的感情。

> 走进万人大礼堂，使你突然地开朗舒畅了起来，好像凝立在夏夜的星空之下，周围的空气里洋溢着田野的芬芳。
> 你静穆，你爽畅，你想开口，可是说不出话，你感到欢喜的热泉，在你血液里汹涌奔流，在你眼眶边盈盈欲坠！

万人大礼堂上面的灯布置得像天上的星星一样，抬头看的时候，你不觉得是在房子里，而像是在一片空旷的地上，闻到的不是屋子里的空气，而是一种田野里的芬芳。这是进到万人大礼堂时我的初念。底下就是细看了。

> 你定了神，抬头望。你望见高高的圆穹上，饱满圆大的葵花蕊中，一颗伟大的红星，发射着条条灿烂的金光。
> 三重荡漾的波浪形的灯环内外，嵌满了璀璨的围拱的群星。

这是写大礼堂的屋顶，下面是写座位。

> 在这里，看不见一根"承天"的"八柱"。
> 从上下三屋九千七百多个座位上，上望庄严阔大的主席台，群众和领导者之间，没有一丝视听上的间隔。

"八柱承天"是一副旧对联里的句子。是说天空是有八根柱子撑着的。人民大礼堂里一根柱子也没有，这是个很新颖的设计。没有柱子，就不会挡住台上台下的视线。我特别举出这个来，就是想象征在我们国家里，领导同人民群众之间是没有一点隔阂的。这是从底下往上看，下面是：

> 从主席台上向前看，这三层楼台连成一片，成了一望无际的浩荡的群众的海洋。
>
> 台上台下都围抱在无边无际的，万星熠熠的宇宙之中！

以下是说我走过许多地方，都没有看见过这么伟大的建筑。据我所知道的，日本的国会礼堂造了二十年。我还看见过法国的，英国的，美国的，瑞士的，还有其他国家的，都没有看见过这么大这么好的礼堂。所以我说：

> 你走遍天下，你看见过这么伟大，这么崇高，这么瑰丽，这么充满了庄严的诗意的人民大会堂没有？
>
> 你没有想到你会用自己的肉眼，看到这么辉煌的奇迹吧？你的想象力太贫弱了，你经不起这童话般的强光袭击，你以为是做梦。

的确是这样。头一次走进人民大会堂，你简直就像是走进了童话的世界。下面说：

> 你不是做梦，这是在总路线的红星高悬前导下，亿万群众欢呼跃进的激流之中，风里，雨里，冰里，雪里……把人人理想的人民大会堂，用土，用石，用钢，用铜，用玻璃，用锦缎……以神眩目夺的速度，扎扎实实，坚坚固固地摆在我们面前的。
> 这是人民的力量和智慧的结晶！

这一段，我就把人民大会堂还没有盖好以前在外面所看到的都写在这里了。这里有从上海来的红星，有从东北来的钢材，有从青岛来的玻璃……写到这里自然而然地就会往前想了。

> 人民的力量和智慧得到解放和发展，还不过十年。这种童话般的楼台，在眼前的北京，已不止十座八座。

那一年，是我们的建国十周年。北京不止建筑了人民大会堂，还有其他的一些建筑，这里就不一一列举了。

　　试想十年以后，百年以后，人民的力量和智
慧，更有无限量的发扬光大的时候，我们的祖
国，该是怎样的一个美丽庄严的世界！

　　写文章的人都有他自己喜欢用的一些比喻，我自己喜
欢用大海中的一滴水做比喻，现在再回到头一段来：

　　朋友，让我们把自己的一滴水，投进这浩荡
无边的力量和智慧的海洋中去吧。

开头是说像一滴水投进了海洋，觉得自己是那样渺小；这
里是说要死心塌地把自己的力量和智慧投进这个海洋。
　　下面讲怎样写《全世界人民和北京》。
　　这个题目，是《北京晚报》出的。从一九六三年起，
《北京晚报》就有个征文，总的题目就叫《我和北京》。
　　征文开始的时候，《北京晚报》就来找我写文章，可
是我好久都写不出来，特别是看多了《我和北京》的文
章，我就越不敢写了。

《我和北京》这个题目，同《走进人民大会堂》一样地大。在北京住过的人，从外省来的人，从外国来的人，都有他自己对北京的观感。像我这样在北京住了这么久的人，怎么会没有话讲呢，可是我就是不知道从哪儿讲起。这时候，我还是相信我的初念。就是拿到这个题目的时候，到脑子里来的头一个思想是什么。这个头一个思想，往往是最深刻的也可以说是长久隐藏在灵魂深处的，那么，我就照实写了。这篇文章，删得很多，最初引用了许多外国朋友的话，后来都删掉了。因为写得太详细，就会影响到文章的概括性。这篇文章，我是这样写的。

　　　　《我和北京》这题目，在我的脑海中不知翻
　　腾多少遍，不是没有文章写，而是不知从何写
　　起。一个在北京住过大半辈子的人，对于今天这
　　个在全世界人民心目中，腾光溢彩的北京，还能
　　没有话说吗？

常言说，"会说的不如会听的。"我还觉得，"会写的不如会念的。"你的感情只要有一点不真实，读者一下子就会念得出来。所以，要对读者真实，首先要对自己真实，要

把自己的真实的感情写出来。因此我一开始就说出自己的实话，"不是没有文章写，而是不知从何写起。"底下还是实话：

> 我坐在窗前，拈起笔，压下沸腾的情绪，静静地想：正因为我在北京度过了大半辈子，我和它有万缕千丝的牵连，我对它有异样复杂的情感，特别是在解放十四年后的今天，无论我从哪方面下笔，都描写不出它的翻天覆地变化的全面！捧起一朵浪花，怎能形容出大海的深广与伟大？

这里我用起"浪花"、"大海"来了。但是这个比喻我自己还是满意的。因为浪花的确很小，大海实在很大，捧起一朵浪花来实在没法形容出大海之大。例如《我和北京》的征文里有多少朵浪花，有写得非常非常好的，但毕竟还是一朵浪花。所以这样写我自己满意，读者是不是满意，那再说。

我写过北京没有呢？写过的：

> 记得在四十年前，青年的我，远远地在地

球的那一面，回忆着我热爱的北京，我是这样辛酸地写的："北京只是尘土飞扬的街道，泥泞的小胡同，灰色的城墙，流汗的人力车夫的奔走，我的北京，我的故乡，是一无所有！"

那是我在美国读书的时候写的。那时候在外国，看到人家街道宽阔、干净，有汽车，有电车，没有尘土，没有灰色的城墙，没有流汗的人力车夫，只看现象，不看本质，仿佛人家过的是不受压迫的生活，至少不像我们这样。对比起来，我就说："我的北京，我的故乡，是一无所有！"但是我也写："北京虽然是一无所有，但是它是我的家，灰色的城墙里，住着我所喜爱的人，飞扬的尘土，何时再容我嗅到故乡的香气。"你看那时候我就只有这么一点微薄的愿望，我只要闻一闻北京泥土的气味就满足了。过去我写到北京的时候就是这一次，这就是四十年前我所写的北京。

从那时直到十四年前的北京，真是一无所有吗？她在三座大山的重压之下，有的是贫穷，有的是痛苦，有的是愤怒，有的是耻辱……她在灰尘和血泊之中，挣扎呼号。

这些就用不着我说啦，大家都晓得北京所受的耻辱是太多了。我就生在庚子年，大家想想庚子年的北京是个什么样子！

　　终于在十四年前，来了千万双钢铁般的手臂，把它扶了起来，一个洪钟般响亮的声音，在它的天安门上，向全世界宣告："中国人民站起来了"，使得全世界的各个角落，千千万万白色，黑色，黄色，棕色的脸，一齐回转过来，以震惊热烈的神情，向着北京仰望。

　　从那时起，我的热爱的北京，像一朵朝阳下亭亭出水的芙蓉，皎洁，挺拔，庄严，美丽，在万头攒动，万目共瞻之下，愈升愈高……

　　因为我头一次写北京是在外国写的，所以再写到北京的时候，就很容易把外国人对北京的看法，对中国的看法跟十四年前对比。以前在外国，作为一个中国人是没有什么光荣的，受尽了人家的歧视，这是说不完的。但是从十四年前起就完全不同了。写这篇文章，我就采用了对比的写法。

芙蓉就是莲花。我们中国的传统，词汇里常常用"出水芙蓉"来形容非常干净，非常美丽，晶莹透亮的神圣的东西。在这个地方就不能用"大海"来比喻了，它就是一朵出水芙蓉。

　　在拂面的浩荡东风之中，中国人民高举的革命大旗的旗影下，我们听到了多少白色，黑色，黄色，棕色皮肤的朋友们，对我们所说出的，兴奋激动，热情洋溢的话语：北京的繁荣欢乐，给他们以深切的鼓舞；北京的飞跃前进，给他们以奋斗的力量；北京的同情和支援，在他们艰苦曲折的、争取平等、自由、民主、独立的道路上，映照出无限的光明。

下面就是外国朋友们讲的话，"北京的繁荣欢乐，给他们以深切的鼓舞"，因为中国的胜利就是他们的胜利；"北京的飞跃前进，给他们以奋斗的力量"，他们觉得我们中国是给他们做了一个榜样；"北京的同情和支援，在他们艰苦曲折的、争取平等、自由、民主、独立的道路上，映照出无限的光明。"下面还有：

> 他们说：你们知道不？在今天，世界上有多少双热切的耳朵在倾听着从北京发出的声音？有多少双兴奋的眼睛在仰望着从北京举起的旗帜？我们大家都深深地知道，在北京，有一颗和真理一样朴素的伟大的心，和全中国人民，和全世界被压迫民族、被压迫人民的心，融在一起，在同一个节奏下跳动！

"和真理一样朴素"是高尔基形容赞美列宁的话，说列宁这个人就和真理一样朴素。我在这里写的"伟大的心"，大家都会明白这就是毛主席的心。

> 我的一无所有的北京，我的疮痍满目的北京，在短短的十四年之中，竟然变成一个全世界人民所热爱所仰望的、光辉灿烂的北京，这岂是浅薄渺小的我，所梦想得到的？呵，我的崭新伟大的北京！我含着晶莹的顶礼的热泪，向你捧上一颗

感激奋发的微小的心，这颗心，将永远在你的伟大的心的领导之下，和全世界人民的心，一起坚强地跳动，直到我们的斗争彻底胜利的明天！

这篇文章就是这样结束的。

这篇文章，原来征文的题目是《我和北京》，但是，应征的人都不一定用这个题目。尤其是我写的这篇文章的内容，写到的不是我一个人和北京的关系，乃是全世界的人同北京的关系。这同当前形势以及我参加的一些社会活动是结合着的。一想起北京就不光想到我一个人，也不光想到北京人，而是全国人，乃至全世界人。因此，文章的题目是《全世界人民和北京》。

这篇文章的中心意思就是："我们大家都深深地知道，在北京，有一颗和真理一样朴素的心，和全中国人民，和全世界被压迫民族、被压迫人民的心，融在一起，在同一个节奏下跳动。"

以上是不是把九个问题都回答了，我不敢说；但是，我就是这么一个学生，我所能够回答的就是这些了。

以下再回答第十个问题：怎样练基本功。

两年以前，我在这里给函授学校的同志们也讲过这个问题，说来说去还是那几句话。我也看到不但是我，就是别的同志来讲，差不多都是那几句，只不过是我讲得浅薄，别人讲得深刻而已。

讲到练基本功，总是说要多看，多读，多写。多看别人的文章，多读别人的文章，多写自己要写的文章。这些，前些年我都讲过；但是，我觉得今年比前两年，我有点进步了。我想到这个题目，不是小学生给我出的，也不是中学生给我出的，而是函授学校的同学们给我出的。同志们不是小学生，不是中学生，都是做革命工作的，都是做群众工作的，都是宣传员。所以光是对大家说多看呀，多写呀，就很不够，多看，多读，多写，不过是个手段，重要的是看什么，读什么，写什么。无论什么书抄起来就读，无论什么材料拿起来就写，我觉得不一定都好。看什么，读什么，这里有个选择的问题，有个文艺批评的标准问题。毛主席讲过：政治标准第一，艺术标准第二。我们有些文学遗产，精华少，糟粕多，一些词藻艳丽的东西，往往是思想感情很不健康的东西。我有个朋友说："中国的词非得有病态的人念才觉得有味。不病的人，念着念着，你就会工愁善病了。"这话是有道理的。除非有挑选的眼光，有一种标准，才能化腐朽为神奇。所以说看什么，读什么，写什么，都要很好考虑，我认为无论是看，读，写，都要厚今薄古。

在讲怎样练基本功的时候，我就想起毛主席的教导来了。

毛主席《反对党八股》这篇文章，我自己常常学，每学一次，就有一次新的体会，得到新的启发，如果大家同意，我就把里边的几句话念一念。

毛主席说："但我们是革命党，是为群众办事的，如果也不学群众的语言，那就办不好。现在我们有许多做宣传工作的同志，也不学语言。他们的宣传，乏味得很；他们的文章，就没有多少人欢喜看；他们的演说，也没有多少人欢喜听。为什么语言要学，并且要用很大的气力去学呢？因为语言这东西，不是随便可以学好的，非下苦功不可。第一，要向人民群众学习语言。人民的语汇是很丰富的，生动活泼的，表现实际生活的。我们很多人没有学好语言，所以我们在写文章做演说时没有几句生动活泼切实有力的话，只有死板板的几条筋，像瘪三一样，瘦得难看，不像一个健康的人。第二，要从外国语言中吸收我们所需要的成分。我们不是硬搬或滥用外国语言，是要吸收外国语言中的好东西，于我们适用的东西。因为中国原有语汇不够用，现在我们的语汇中就有很多是从外国吸收来的。例如今天开的干部大会，这'干部'两个字，就是从外国学来的。我们还要多多吸收外国的新鲜东西，不但要吸收他们的进步道理，而且要吸收他们的新鲜用语。第三，我们还要学习古人语言中有生命的东西。由于我们没有努力学习语言，古人语言中的许多还有生气的东西我们就没有充分地合理地利用。当然我们坚决反对去用已经死了的语汇和典故，这是确定了的，但是好的仍然有用的东西还是应该继承。现在中党八股毒太深的人，对于民间的、外国的、古人的语言中有用的东西，不肯下苦功去学，因此，群众就不欢迎他们枯燥无味的宣传，我们也不需要这样蹩脚的不中用的宣传家。"这一点我觉得我们都要好好地学。我们要学人民的语言。你看现代作家里，凡是生活在人民群众中的，生活在火热斗争中的，他的语言就非常的丰富。还有外国的、古人的作品中的可以吸收的东西也要学，当然我们不要去学什么"冷冷清清"，什么"小园香径独徘徊"，我们要学那种生动活泼的有生气的东西。这样去学，是够我们学一辈子的。这种学习，真是"除死方休"。

毛主席还引用了鲁迅先生讲怎样写文章的一段话：

第三篇，是从《鲁迅全集》里选出的，是鲁迅复《北斗杂志社》讨论怎样写文章的一封信。他说些什么呢？他一共列举了八条写文章的规则，我现在抽出几条来说一说。

第一条："留心各样的事情，多看看，不看到一点就写。"

讲的是"留心各样的事情"，不是一样半样的事情。

讲的是"多看看"，不是只看一眼半眼。我们怎么样？不是恰恰和他相反，只看到一点就写吗？

鲁迅先生著作等身，他是不是看到一点就写呢？不是的。看到一点就写，一定很肤浅。比如说，你看一个人只看了一眼，他的眉眼之间有什么特点你都没有看出来，那你当然写不好。所以要多看看，这是很重要的。

第二条："写不出的时候不硬写。"

我们怎么样？不是明明脑子里没有什么东西硬要大写特写么？不调查，不研究，提起笔来"硬写"，这就是不负责任的态度。

硬写实在很苦。我们小时候作作文，实在苦得很，就因为那是硬写。那时候老师出的题目就很难写，例如"富国强兵论"，这里边又有政治，又有经济，又有军事，不但我写不出，在座的恐怕也没有几个人能写得完全。可是老师就给我们出这样的题，那才叫硬写呢。不过这种题目也有好写的时候，反正不但你不懂，老师自己也不懂，那你就写呗。写的人不会调查，又不会研究，出题的人也没有调查，也没有研究。他要有调查研究，就不会出这个题目了。现在我们要是脑子里没有什么东西就别硬写。自己别给自己吃这种苦头。

第四条："写完后至少看两遍，竭力将可有可无的字、句、段删去，毫无可惜。宁可将可作小说的材料缩成速写，决不将速写材料拉成小说。"

孔夫子提倡"再思"，韩愈也说"行成于思"，那是古代的事情。现在的事情，问题很复杂，有些事情甚至想三四回还不够。鲁迅说"至少看两遍"，至多呢？他没有说，我看重要的文章不妨看它十多遍，认真地加以删改，然后发表。文章是客观事物的反映，而事物是曲折复杂

的，必须反复研究，才能反映恰当；在这里粗心
大意，就是不懂得做文章的起码知识。

写出来的文章，不但要反复地看，要多看几遍，还要反复
地读。我刚才说过的："会讲的不如会听的"，"会写的不
如会看的"。你写得好不好，读者一看就看出来了，一听
就听出来了。所以你写好了以后，顶好读一读，看看有没
有人家听不懂的地方，有没有拗口或不顺的地方。

　　第六条："不生造除自己之外，谁也不懂的形
　　容词之类。"

　　这就是说，你用的形容词，你懂，别人不懂，就失
掉了写文章的意义。文章是写给别人看的，不是"结绳记
事"。结绳记事是自己结个疙瘩自己记住，别人晓不晓得
没有关系，写文章就不行了，你生造形容词别人看不懂，
等于不写。而且你白费工夫写，人家还得白费工夫猜。

　　我们"生造"的东西太多了，总之是"谁也
　　不懂"。句法有长到四五十个字一句的，其中堆

满了"谁也不懂的形容词之类"。许多口口声声
拥护鲁迅的人们，却正是违背鲁迅的啊!

　　我念的这两段是关于学习语言的。《反对党八股》这
篇文章我希望你们都常常学，细细看。
　　有话即长，无话即短，我打算讲的就是这些。

1965 年

漫谈《小桔灯》的写作经过 *

　　《小桔灯》是我在一九五七年一月十九日为《中国少年报》写的一篇短文。那时正是春节将届，所以我在这篇短文的开头和结尾都提到春节，也讲到春节期间常见到的"灯"。

　　文章的中心事实，就是后面从"我的朋友"口中说出的："去年山下医学院里，有几个学生，被当作共产党抓走了，以后王春林也失踪了，据说他常替那些学生送信。"

　　故事就用了重庆郊外的歌乐山作为背景。抗战期间，我在那里住过四年多。歌乐山下，有一所医学院，我认识这学院里的几位老师和学生。上山不远有一块平地，叫做莲花池，池旁有一个乡公所，楼上有公用电话，门外摆有一些卖水果、花生、杂糖的摊子，来往的大小车子，也

---

* 本篇引文是《小桔灯》的原版，与现行中学课本略有出入。

常停在那里。

　　这故事里上场的只有三个人，我和那个小姑娘还有"我的朋友"。我把"我的朋友"的住处，安放在乡公所的楼上，因为我去拜访这位朋友，而她又不在，由此我才有和那个小姑娘谈话的机会，知道了她父亲的名字和她的住处。

　　这个小姑娘是故事中的中心人物，她的父亲是位地下党员，因为党组织受到破坏而离开了家，她的母亲受到追踪的特务的殴打而吐了血。在这场事变里，这个小姑娘是镇定、勇敢、乐观的。这一场，我描写了她的行动：比如上山打电话、请大夫、做小桔灯，写了她对我的谈话："不久，我爸爸一定会回来的，那时我妈妈就会好了。"这"一定"两个字表示了她的坚强的信念，然后她用手臂挥舞出一个大圆圈，最后握住我的手，说那时"我们大家也都好了！"也就是说：不久，全国一定会得到解放。

　　"我的朋友"是个虚构的人物，因为我只取了这故事的中间一小段，所以我只"在一个春节前一天的下午"去看了这位朋友，而在"当夜，我就离开那山村"。我可以"不闻不问"这故事的前因后果，而只用最简朴的、便于儿童接受的文字，来描述在这一个和当时重庆政治环境、

漫谈《小桔灯》的写作经过　　　　　　　　　　*417*

冰心向小朋友讲解如何制作小桔灯

气候，同样黑暗阴沉的下午到黑夜的一件偶然遇到的事，而一切的黑暗阴沉只为了烘托那一盏小小的"朦胧的桔红的光"，怎样冲破了阴沉和黑暗，使我感到"眼前有无限光明"。

这件事发生在一九四五年的春节前夕，是我写这篇短文十二年前的事了，所以我又用"十二年过去了，那小姑娘的爸爸一定早回来了，她妈妈也一定好了吧？因为现在我们'大家'都'好'了！"来收尾，说明这小姑娘的乐观和信心，在十二年之后，早已得到了证实。

1979 年 3 月 12 日晨

漫谈《小桔灯》的写作经过

《小桔灯》新版后记

新版《小桔灯》里的四十六篇短文和诗，都是我在解放后一九五三年至一九六五年之间的作品，主要是为儿童写的。其中只有长诗《因为我们还年轻》（一九七二年）和散文《樱花和友谊》（一九七三年）这两篇，是为一处墙报和给外文刊物写的，没有在国内报刊上发表过。

我从头看了新版的校样，那些短文里所描写的人物和环境，一时都涌现到了我的眼前！这里有我们社会主义祖国的孩子，也有我们友好的国家和地区的孩子；有我们社会主义祖国欣欣向荣的许多景象，也有世界各地使我怀念低徊的山山水水。我仿佛看到了这些黑头发或蓝眼睛的孩子们在围着我又说又笑……而祖国的社会主义的建设成就和国外的山山水水，更像一幅幅雄伟美丽的画卷，拉过了我的面前。这些温暖美好的回忆，把感激的

记事珠

泪水引上了我的眼角。我承认我没有把我所看到的人物和环境写到好处，但我的确有一颗真诚的热爱毛主席和中国共产党，热爱社会主义祖国，热爱少年儿童的赤心。就是这一颗赤心驱使了我写出这些作品的。

"四人帮"横行的时候，我这个老文艺工作者，当然也是"文艺黑线专政"下的黑线人物，就是像《小桔灯》这样的不显眼的儿童读物，也没有能够和读者见面。粉碎了"四人帮"，阴霾尽扫，万里晴空，大地回春，百花齐放！《小桔灯》在百花吐艳之中，也重新开放了。这朵花很小，本来就不显眼，但它也勇敢地站在扬光溢彩的群芳行列之后，来接受工农兵群众、特别是小读者们的检阅！它希望在读者们的批评帮助下，这老树新枝上，能开出比《小桔灯》更有益于小读者们身心健康的花。因为我们革命接班人的健康成长，是有关于在本世纪末把我国建设成为四个现代化的社会主义强国的头等大事，我这个老文艺工作者，也要"老当益壮"，在有限的岁月里，为这件头等大事做出无限的努力！

1978 年 4 月 29 日

《晚晴集》后记

　　这本散文集的绝大部分，都是一九七六年九月之后的作品。

　　散文是我所喜爱的文学形式，因为它短小自由，可以随时随地挥写自己的感想；但是在"四人帮"横行的十年之中，我连这种短小的文章也写不出来了，直到一九七六年九月在毛主席逝世的日子里，才第一次迸出了我的哀痛的心声！这年的十月，粉碎了"四人帮"，一声霹雳，雨过天晴，山川又明丽了，空气又清新了，多年不见的朋友又相逢了，我心里积压的情感又涌到了笔尖。我写了悼念我们敬爱的周总理，还有在十年中死去的朋友如老舍先生等的文章。这本集子里忆悼的作品多了一些，恐怕也是自然规律，自己年纪大了，朋辈自然也多"老成凋谢"，再加上"四人帮"文艺专政的十年，雨打风吹，就更显得零落了。但是就在发现了在暴风雨中凋落的花朵之后，也发现了在润湿的泥土里萌苗的幼苗！四个现代化的新长征，给我们带来了文艺的春天。我们都要向前看，我愿和我的健在的老友和新生的力量在一起，在文艺园地上继往开来，开出一个柳暗花明的局面！因为我们热爱的社会主义祖国，在走向四个现代化的路上，是需要几代的文艺工作者，来为它贡献出最大的力量的。

1979 年 5 月 8 日

创作谈

　　我从小就喜爱文学，但也一心一意地想学医，从来没有想到要走上写作的道路。

　　我是从"五四"时期开始写作的，先是作为女学界联合会宣传股之一员，写些宣传文字，发表宣传文字，这时奔腾澎湃的中国青年爱国运动，文化革新运动这个时代思潮，把我卷出了狭小的家庭和学校的门槛。使我慢慢地看出了在我周围的半殖民地半封建的中国社会里，在我们的日常生活里，处处都有使人窒息的社会问题。我开始写了一些问题小说，如《斯人独憔悴》之类，用"冰心"的笔名发表了。后来写得滑了手，就一直写作下去，理科的功课拉下了许多，我就索性转了系，改学了文科。

　　这以后不久，我又开始写《繁星》和《春水》，那是受了印度诗人泰戈尔的《飞鸟集》的影响，收集起我自己的"零碎的思想"，严格说来，那是不能算为"诗"的。

我在大学毕业后，一九二三年到美国留学以前的几天，开始写了《寄小读者》，那本是准备给我的弟弟们和他们的朋友们看的。北京《晨报》的编辑先生建议把它在《儿童世界》栏内，陆续发表。我比较喜爱散文这个文学形式，书信尤其是散文中最活泼自由之一种。我也喜欢小孩子。这就是我从一九二三年开始写《寄小读者》，从一九五八年又写《再寄小读者》和一九七八年又写《三寄小读者》的原因。

我走上了写作的道路以后，直到一九五一年从日本回国以前，都因为那时我没有也不可能和工农大众相结合，对于自己周围的内忧外患，既感到悲愤和不满，又看不到前途的希望与光明，这造成了我的作品日渐稀少的原因。

一九五一年我回到了解放了的祖国，我看到了党领导下的朝气蓬勃的国家，层出不穷的新人新事，我感到了"五四"以来从未有过的写作热情，和"五四"以后还未感到的自由和幸福。在党的教育和帮助下，我有了走马看花的和工农接触、向工农学习的机会，这中间我还访问好几个友好国家和人民，关于这时期的见闻和感想，我都用散文写了下来。

"四人帮"横行时期，我也搁笔了十年之久。一九七六年九月，从写悼念毛主席文章开始，我又拿起笔来。粉碎了"四人帮"，给文艺工作者以第二次的解放。丙辰年清明的"四五"运动，又给我这个文艺老兵，以极大的鼓舞力量。我从来认为创作来源于生活，是时代生活的反映，同时创作必须从真挚的情感出发，抒真情，写实境，才能得到读者的同感与共鸣。时代在前进，社会在发展，我们必须和前进中发展中的广大人民紧紧结合在一起成为人民的一部分，广大人民之爱憎，成了自己的爱憎，这样才能不断地扩大创作的视野，提高创作的境界，做好为人民服务的工作。我愿以此自勉，来赶上比我年轻的先进者们！

1979 年 5 月 15 日